Igor T. Miecik

Sezon na słoneczniki

向日葵的季節

伊戈爾・T・梅奇克——著
林蔚昀——譯

獻給我的母親

目錄

1 舊名：基洛沃格勒，二〇一六年改為現名
2 舊名：第聶伯羅彼得羅夫斯克，二〇一六年改為現名

白俄羅斯
波蘭
盧茨克
羅夫諾
利沃夫
日托米爾
基輔
捷爾諾波爾
南布格河
赫梅利尼茨基
文尼察
斯洛伐克
烏日霍羅德
伊萬諾弗蘭科夫斯克
匈牙利
切爾諾夫策
敖德
羅馬尼亞
烏克蘭
各州首府
州界
分裂主義者在二〇一五年一月控制的地區
克里米亞，在二〇一四年三月被俄羅斯奪走
分裂主義者在二〇一四年春天影響所及最遠的範圍

譯者序

烏克蘭，另一朵太陽花

林蔚昀

二〇一三年十一月二十一日，烏克蘭的親歐盟人士因為不滿總統亞努科維奇（Wiktor Janukowycz／Viktor Yanukovych）違反承諾，拒絕與歐盟簽署自由貿易協定，轉而親近俄羅斯，於是走上街頭，到基輔的獨立廣場（Majdan／Maidan）進行抗議。十一月三十日，和平抗爭的民眾遭受到別爾庫特部隊（Berkut）暴力驅散，抗爭愈演愈烈，不只基輔的抗爭者重新奪回廣場，抗爭規模也擴散到烏克蘭全國。

獨立廣場抗爭（Euromajdan／Euromaidan）開始後三週，我們一家三口來到花蓮。我去時光書店做關於辛波絲卡（Wisława Szymborska）和魯熱維奇（Tadeusz Różewicz）的講座，丈夫留在民宿陪小孩。小孩睡著後，為了打發時間，丈夫打開電視，一臺一臺地轉頻道。當他轉到ＣＮＮ，看到關於獨立廣場抗爭的報導，立刻拿起相機，拍下電視的畫面。不只如此，他還繼續轉臺，拍下其他一百多臺電視臺，在CNN報導獨立廣場事件時，正在報什麼新聞、演什麼連續劇和廣告、邀請什麼人來進行什麼談話節目。

為什麼要拍攝這些平行宇宙般的畫面？這樣的紀錄到底有何意義？雖然身為波蘭人，他關心鄰國烏克蘭的局勢很正常甚至有必要，但關心到要拿起相機來記錄，還拍了一堆不相干的畫面，好像有點太誇張了吧？

「這裡」與「那裡」，互相注視的目光

四年過去了，我還是不太懂丈夫這麼做的理由，直到我最近訪問了波蘭報導文學作家，《向日葵的季節》（*Sezon na słoneczniki*／*Season for Sunflowers*）的作者伊戈爾・T・梅奇克（Igor T. Miecik）。當我問他為什麼去烏克蘭報導，他說：「理由很陳腔濫調，因為烏克蘭發生了戰爭，世界各地的報導者都去了那裡。」我才明白，拍下電視上的畫面，是曾經當過記者的丈夫「去那裡」的方式。有趣的是，這些捕捉了那天臺灣電視百態的照片，同時也呈現出了「在這裡」，或說，陳列出「那裡」和「這裡」之間，各種不同的光譜和灰階。

四年前，烏克蘭對我來說僅只是一個遙遠的「那裡」，是我心儀的猶太裔波蘭作家布魯

諾・舒茲（Bruno Schulz）曾經居住的城市德羅霍貝奇（Drohobycz／Drohobych）所在的國家。我雖然想去那裡朝聖，卻從未想過要深入瞭解德羅霍貝奇和烏克蘭錯綜複雜、被多個國家——波蘭、奧匈帝國、俄羅斯——殖民統治的歷史，以及這些歷史對今日烏克蘭的影響。

二〇一四年一月，我們已從臺北回到波蘭克拉科夫，獨立廣場抗爭持續進行，丈夫每天看相關新聞，偶爾也會對我訴說他的憂慮，曾經遙遠的「那裡」，在地理上及心理上愈變愈近。然而，真正感覺到「那裡」變成切身相關的「這裡」，則是在我看到烏克蘭作家安卓霍維奇（Jurij Andruchowycz／Yurii Andrukhovych）於一月二十四日刊載於波蘭《選舉報》（*Gazeta Wyborcza*）的公開信。

報紙上，我讀到這位和我有一面之緣（我們都是舒茲的譯者，曾經同臺講座）的作家描述烏克蘭正在發生的事。他說，亞努科維奇的政府用暴力手段迫害、威嚇抗爭者，甚至在一月十六日立法限制抗議行動及言論自由。不想活在這樣的獨裁國家，烏克蘭的人民戴著安全帽及面罩再次走上街頭抗議，有些人甚至手持木棍。他們不是政府口中的「激進分子」或「煽動者」，而是在面對特警部隊和狙擊手時為了保護自己的生命安全，別無選擇……

後來，我開始在新聞網路和臉書上關注烏克蘭，看到了二月十八日亞努科維奇的政府對人民開槍，進行血腥鎮壓，看到烏克蘭東部戰爭的陰影、克里米亞（Krym／Crimea）危機、亞努科維奇逃亡、新政府上臺……除了新聞，我也閱讀烏克蘭的文學作品（我讀的是波蘭文的翻譯），希望能多多瞭解這個國家的歷史與文化，也將烏克蘭詩作翻譯成中文，和臺灣的朋友分享。情況就這樣持續到三月。三月十八日，臺灣爆發了太陽花運動。臺灣的年輕人與公民團體不滿政府草率通過服貿協議，走上街頭，占領立法院，並且號召社會大眾加入支持。

於是，我的位置和丈夫互換了。現在是我在「這裡」，焦急地觀看我遠在「那裡」的故鄉。就像我因為獨立廣場抗爭而開始進一步瞭解烏克蘭，我也因為太陽花運動，第一次試圖深入瞭解我的故鄉，以及在這塊土地上錯綜複雜的歷史，還有這些歷史如何影響今日的臺灣。

臺灣太陽花，烏克蘭向日葵

也許是因為時間點相近，性質又有些類似，在臺灣媒體及網路論壇上，我們可以看到不少三一八和獨立廣場抗爭的比較，以及臺灣和烏克蘭處境的比較。其中有些比較是有根據的，如三一八和獨立廣場抗爭都是人民不滿政府決策所發起的公民運動，年輕世代在其中都扮演著重要角色。有些比較則讓我覺得很奇怪，比如克里米亞的「獨立公投」是俄國勢力干預的結果，在有些人眼中這卻是民族自決，就像臺灣獨立一樣。其實情況應該相反才是，如果有天臺灣進行公投，要求加入中國，這才會像克里米亞的狀況。

或許是因為距離和不瞭解，很多東西在討論中容易被簡化。比如「西烏克蘭親歐，東烏克蘭親俄」這樣的說法，或是獨立廣場上的抗爭者被簡化為極右派、法西斯、被歐美勢力煽動的激進分子，不然就是都被視為反抗暴政的民族英雄。事實上，獨立廣場抗爭的運動者組成很複雜，其中有親歐派、爭取民主的運動者，還有極右派（極右派中不乏帶有納粹色彩的組織）。極右派在獨立廣場抗爭中的貢獻不可否認，但這不表示我們要全盤接受他們的理念及行為，甚至忽視他們潛在的危險性。

要怎麼更深入地瞭解烏克蘭？正當我在思考這個問題，我發現了《向日葵的季節》這本書。看到書名就覺得親切，因為它讓我想到了臺灣的太陽花運動。當然，書中的向日葵不是臺灣的太陽花，而是烏克蘭的國花，也是當地重要的經濟作物。二〇一四年，烏克蘭東部發生了戰爭，人們忙著作戰、逃難，沒有時間採收向日葵。

從向日葵花田寫戰爭，是很有趣的視角。鏡頭拉長了，戰爭的面孔不再是畫面的中心，而是一個背景。看似疏離冷漠，但很符合現實。對許多拚命討生活的人來說，戰爭確實是一個背景，不過卻是無比重要的背景。因為戰爭，礦坑的工作停擺了，許多人拋下家鄉和原本的工作到前線作戰，許多人的家毀了卻還要被催繳貸款，許多人成了難民，必須站在超市收銀機旁販賣自己的悲慘故事博取同情，才能換取午餐用的馬鈴薯和甜菜。許多在難民收容所的孩子生病受凍，沒有保暖的衣服可穿。夏天當戰爭剛開始時所有人都認為它很快就會過去，逃難的人於是只帶了輕便的衣服上路，然而冬天到了，戰爭尚未結束，人們卻無法跨越前線回家拿衣服。

彷彿馬賽克拼貼，梅奇克用平凡人生活中的細節，拼湊出戰爭的面貌，彷彿由一個個獨立的向日葵籽組成的向日葵花心。然而，正如他自己所說，他想寫的不只是戰爭和獨立廣場抗爭，而是烏克蘭這二十五年來（或者更久）的國族歷史命運，以及與其錯綜交纏的，烏克蘭人的命運。於是，他寫頓巴斯（Donbas）的礦工、克里米亞的黑道、基輔的墓園設計師、志願軍與戰俘、獨立廣場的抗爭者（在抗爭結束後仍不願離去）、現任烏克蘭總統波洛申科〔Petro Poroszenko／Petro Poroshenko〕的巧克力工廠中的員工、困在難民收容所中的女人與小孩……以及許多他在旅途上遇到的，形形色色的人。

除了這些當下發生的人事物，梅奇克也寫他個人家族成員的故事。他母親的家族是從莫斯科來到頓巴斯地區的俄羅斯人，在他的家族中，也可以看到在烏克蘭社會中的分隔：有人親烏，有人親俄，有人離開故鄉，有人留下，有人信仰未來，有人懷念過去……在書中，作者的家族史像是一把萬能鑰匙，帶領讀者穿越過去與現在，「這裡」與「那裡」的境實，以及所有處在中間的人事物。

理解的責任，對話的可能

也許，烏克蘭的現實，臺灣的現實，或是兩者之間的現實，甚至世界的現實，都可以用這種馬賽克（或可說是向日葵籽）的方式陳列出來。我們可能會得到許多不相干的畫面，就像我丈夫在二〇一三年十二月某一天所拍下的一百臺電視臺的畫面。但是，它們真的不相干嗎？或許它們都訴說著同一個故事的不同面向？或者它們之間存在著某種蝴蝶效應的關係？臺灣的命運與中美日韓有著某種微妙的相關性，而這些國家的命運又與俄國、中東、歐洲的命運有相關性，那麼，或許在某個我們看得到或看不到的地方，在某個重要或不重要的環節，臺灣和烏克蘭的命運也有關聯。

如果關聯是存在的，理解就成了一種責任。有了理解，我們在觀看他人和自身的時候，才不會帶著過多的投射，不會老是急著「看看別人，想想自己」。當然，觀看別人的目的之一是觀察自己，但這樣的比較只有在清楚看見異同之時，才有意義，而看見差異又比看見相同更困難、更重要一些。

理解了自己和他人，臺灣人就能在外國人（比如烏克蘭人）面前呈現自身，並且同理對方的處境，對話、友誼和合作於是變得可能。獨立廣場和太陽花運動雖然相隔遙遠，但感謝網路，意外地帶來了一些臺灣和烏克蘭的對話。太陽花運動期間，一群烏克蘭學生拍攝影片，在網路上為臺灣人加油。臺灣旅遊作家葉士愷深受感動，親自到烏克蘭感謝這群學生，還在基輔當地的報紙登廣告聲援烏克蘭。除了政治、社會上的交流，我們也可看到文化上的交流。我所翻譯的烏克蘭詩作，後來促成了烏克蘭女詩人歐克珊娜．烏齊西娜（Oksana Łucyszyna／Oksana Lutsyshyna）來臺參加臺北詩歌節，一名臺灣學生因此對她的詩作產生興趣，於是寫了論文研究，後來甚至遠赴烏克蘭學習烏克蘭語……

三年過去了，臺灣和烏克蘭都在太陽花及向日葵的季節過後，努力在新的現實裡找到自己的位置。如今，我們看到了《向日葵的季節》的出版，或許有一天，我們會看到一本臺灣的報導文學，從太陽花這個事件出發，但它所延伸出的花瓣會觸及到臺灣的歷史與當下，並且涵蓋社會中各種人的命運。

「去找我姊姊。」母親說。「答應我，如果你到烏克蘭，你會找到我們的家人。我希望你回來告訴我，那裡發生了什麼事。答應我！」

「我答應妳。」

「我只剩下這個。」母親把一本包著皮革的老相簿交給我，還有一個裝著泛黃、破碎信件的信封，以及一把鑰匙。

第一章　追捕

從他們把他抓走，已經過了兩個月，但他依然沒有恢復。在我和他談話時，他三不五時會扯著我的袖子，低聲說：「那些人和以前不同。我告訴你，完全不同。」他有時會說不下去，雙手顫抖。

這不是烏克蘭的國安單位第一次逮捕他。但是這群人有些地方不對勁。一切都和往常不同。當他們把他頭上的黑布罩拿下來時，他終於有機會環顧四周。這不是他所熟悉的、他老家克列緬丘格（Krzemieńczuk／Kremenchuk）的烏克蘭國家安全局。那裡的牆又灰暗又光禿禿，天花板由水泥柱子頂著，燈泡不停閃爍，看起來像是某個廢棄的機庫或工廠倉庫……

他們讓他坐在一張小凳子上，在一張放著筆記型電腦的桌子前。反射燈直射他的眼睛。把他帶來的人站在四周。一面牆邊放著一個綠色的箱子，幾個人在箱子旁邊忙碌。那些箱子沒有標誌，但是他很熟悉這類箱子。那是拿來裝ＡＫ-47突擊步槍的箱子。他不明白這玩意出現在這裡要做什麼，而他也沒有多餘的力氣去猜想了。那是二〇一四年二月初，首都陷入一片狂熱。答案應該很明顯吧，那些武器是要被送到基輔的，國安局打算用它們來鎮壓獨立廣場上的抗爭。

他腦中只剩下一件事：他們什麼時候會開始刑求。就在這時，他聽到那些正在裝步槍的人說的話。他們沒有說「基輔」，而是說「哈爾科夫（Charków／Charkov）、敖得薩（Odessa）、第聶伯羅彼得羅夫斯克（Dniepropietrowsk／Dnipropetrovsk）[1]、克里沃羅格（Krzywy Róg／Kryvyi Rih）」。

我是在華沙的國家圖書館遇見他的，我正在為烏克蘭之行做準備。那是二〇一四年三月底，獨立廣場上的抗議者勝利了，丟人現眼的亞努科維奇逃到了國外。烏克蘭有了新的革命政府，但同一時間，俄羅斯併吞了克里米亞島，而在烏克蘭東部，各種反革命行動、抗爭、衝突、槍擊事件也愈來愈多。軍服、武器和暴力都與日俱增。

我正在讀關於歐力克山卓・穆茲奇克（Ołeksandr Muzyczko／Oleksandr Muzychko）的死訊：「三月二十四日，在羅夫諾（Równo／Rivne），烏克蘭特種民警部隊『游隼』在嘗試拘捕歐力克山卓・穆茲奇克時開槍將其擊斃。歐力克山卓・穆茲奇克人稱『白色沙夏』（Saszko Biały／Sashko Bilyi），是獨立廣場自衛隊和烏克蘭民族主義政黨烏克蘭國民議會—烏克蘭國民自衛隊的成員。」

「這狗娘養的是條硬漢。」我背後傳來一個沙啞的男人聲音。「他單槍匹馬毀了十六臺俄羅斯裝甲運輸車。我曾經和他在車臣一同作戰，他救了我的命。」

確實，在那段文字底下，有寫到穆茲奇克曾擔任焦哈爾・杜達耶夫的私人保鑣，他和其他烏克蘭國民議會（UNΛ）—烏克蘭國民自衛隊（UNSO）的志願者一起在沙米爾・巴薩耶夫的部隊戰鬥。[2]

那個站在我背後的男人波蘭語說得很流利，不過有很重的東部口音。他有一張曬得很黑、布滿皺紋的臉，被打歪的鼻子，太陽穴上方還有子彈留下的傷痕。

「我叫安納多・舒路德克（Anatol Szołudko／Anatol Szoludko）。」他自我介紹。「您對烏

1 二〇一六年五月十九日，第聶伯羅彼得羅夫斯克改名為聶伯城（Dniepr／Dnipro），本書寫作及出版時，這座城市尚未改名。

2 焦哈爾・杜達耶夫（Dżochar Dudajew／Dzhokhar Dudayev；一九四四—一九九六），伊奇克里亞車臣共和國（Chechen Republic of Ichkeria）前總統，車臣獨立運動領袖。沙米爾・巴薩耶夫（Szamil Basajew／Shamil Basayev；一九六五—二〇〇六），車臣陸軍將領，在車臣共和國杜達耶夫分離主義武裝中任指揮官。烏克蘭國民議會是烏克蘭極右派政黨，而烏克蘭國民自衛隊則是該政黨的軍事組織。

克蘭感興趣嗎？」

+ + +

他不斷為自己不體面的裝扮和髒兮兮的指甲道歉。他是直接從工地過來的，人總要過活啊。他把妻子和兩個青春期的女兒留在克列緬丘格的老家了。他今天提早下工，急急忙忙趕到圖書館。這裡有電腦和免費的網路，可以讓他查詢烏克蘭發生了什麼事，也可以寫信回家。

他說話的時候比手畫腳，眼神四處游移，雙手總是在找事做——這讓人感覺，他的狀況並不是很穩定。「他們可能會殺了我，這一點我敢肯定。他們想先利用我，然後再殺了我。我在那間倉庫裡看到太多，也聽到太多了。而他們把我放了出來，只是因為他們在找代罪羔羊。這些都是蘇聯國家安全委員會（KGB）訓練出來的冷血劊子手，他們想要把我塑造成一個殺人犯。」

顯然，他想要取得我的信任。他想要解釋一切、訴說自己的故事。他竭盡所能地要讓他的故事聽起來簡單明瞭又邏輯清楚，但卻造成了反效果。有時候他用一個字就帶過好幾年的人生，有時候又進入許多繁瑣的細節，讓敘事脫離了現實的時間。

他會在無法專注的時候道歉。他還是很難恢復到從前的樣子。他頭痛，眼前一片昏花，耳朵裡一直有沙沙聲。這都是倉庫事件的後遺症……一字一句的，他向我拼湊出多年來他為了爭取烏克蘭自由所做出的奮鬥，直到那個晚上，當他親眼見證到（雖然他那時候還沒有意識到這件事），烏克蘭和俄羅斯的祕密警察正在為不久後即將在東部發生的事做準備，也就是：戰爭。

「他們直接在街上抓我。他們開車過來，把黑布罩套到我頭上，然後就把我塞進一輛豐田陸地巡洋艦。當他們第一次把黑布罩拿下，我看到一座結冰的湖或是人工池塘，還有冰上被反射燈照亮的洞。那是給我的洞。我大喊：你們想要什麼？到底在搞什麼？而他們什麼也沒問，不管是獨立廣場還是烏克蘭國民議會—烏克蘭國民自衛隊，他們也不要任何人名、地址、電話。他們什麼都不要，只讓我浸在冰冷的水裡。我不知道持續了多久，一定有半個小時。倉庫就在湖岸邊，但是他們在路上還來得及痛打我一頓。」

「在倉庫裡，他們讓我坐在一張凳子上，用反射燈照我的眼睛。他們讓我抽根菸，緩和一下。或許這是因為他們想要休息？鴉雀無聲。我們靜靜地抽菸。最後有人出聲了，他從一個皮製的文件夾中拿出一份文件，丟在桌上，然後大吼：『簽名。』」

我認得他，他是波爾塔瓦（Poltawa／Poltava）烏克蘭國安局的上校，康德拉秀夫

（Kondraszow）。我也認出了他的助手，那傢伙壯得像頭牛，總是穿著淺色的輕便皮西裝，他是來自克列緬丘格的祕密警察。第三個人我則是生平第一次看到。然而，更令我不安的是另外三個人。他們和其他人完全不同，他們身上有些東西不對勁，非常他媽的不對勁。他們站在康德拉秀夫和他的人身後，一直在觀看。他們沒有人動我一根手指頭，也沒有發出任何命令，但是你立刻就看得出來，他們才是幕後黑手。除此之外還有那些在裝步槍的箱子旁邊忙來忙去的人，但是他們有自己的工作，根本沒有管我們在幹什麼。我只聽到隻字片語，但是那些我聽到的話語，讓我陷入了最深的恐懼。」

「你聽到的到底是什麼？」

「我清楚聽到了一個又一個烏克蘭城市的名字，但這不是重點。」

「那重點是什麼？」

「他們的口音。他們有著典型又抑揚頓挫的口音，那是莫斯科的口音。」

＋＋＋

安納多．舒路德克是反對共產黨的異議分子，在八〇和九〇年代的交界點加入了第一個獨立的烏克蘭政黨，也就是烏克蘭人民運動（Ludowy Ruch Ukrainy／People's Movement of Ukraine）。他是一名協助古蹟修護的志工，同時也是歷史的研究者。他在橘色革命中就積極參加抗爭，而現在他則參與了獨立廣場的運動。

安納多的祖母來自波蘭，她原本的姓氏是卡琳諾芙絲卡。安納多喜歡強調這一點，他總是為自己的波蘭背景感到驕傲。安納多小時候，祖母會帶他到天主教教堂，花好幾個小時生動地向他描述烏克蘭和波蘭的共同歷史。在祖母口中，所有的一切都和學校裡的不同，或者該說——完全相反。安納多最後終於明白——一定有人在撒謊。他很快就確定了誰是隱瞞真相的人。

他在八年級的時候第一次槓上了民警，那時候還是蘇聯時代。就像現在一樣，那時候也是復活節。在參加少年先鋒隊[3]成員的選拔時，選拔委員命令安納多自我批判。「他不知道從什麼地方聽到，我和祖母去了教堂。他於是叫我提出理性的、具有馬列精神的證據，證明神不存在。我沉默不語，他於是開始嘲笑我：『你的神一定是神祕不可碰觸的，所以你才會看不到他，是不是？』我忍受不了，於是對他說：『像你這樣的白癡，才看不到神呢。』我把

3 少年先鋒隊（Organizacja Pionierska／Young Pioneers）是共產主義黨派中類似於童軍運動的青少年組織。

脖子上的紅領巾扯下來，踢到他腳邊。我的下場是被帶到校長的辦公室，民警已經在那裡等了。」

安納多十年級的時候，他的對手就不再是民警，而是蘇聯國家安全委員會。

一個退伍老兵來學校給學生演講，說他是如何在一九三九年，以紅軍士兵的身分從波蘭人手中解放了西烏克蘭。他不斷歌頌史達林。而在他的軍服上，有一幅像聖幛[4]般的景象——上面密密麻麻別滿了大概有五十顆勳章。當他晃動身體的時候，這些勳章就發出像鎧甲一樣叮叮噹噹的聲音。這個老兵身形笨重、癡肥臃腫、而且還氣喘吁吁。

安納多在課上到一半的時候站起來，走到那個傢伙面前，一把將他胸口的勳章扯了下來，然後丟到地板上。他對全班大吼，說退休老兵不不是英雄，也不是解放者，而是希特勒的同路人！「而你有沒有聽說過，你的史達林活活餓死了幾百萬烏克蘭人？」他最後問對方。

那時候已經是一九九〇年，戈巴契夫的經濟改革和開放政策已經在進行中[5]，但是把退休紅軍的勳章扯下來這種事，是沒有人敢想像的。這是標準的流氓行為，而且還帶有政治色彩。就在那天，國家安全委員會給安納多建了檔，就像那些「契卡」[6]的祕密警察所說的：「stawit na ucziot」。也就是說，他們把安納多的名字列入自己的名單。

安納多第三次衝撞「體制」的下場就是被判刑。一九九〇年五月一日，異議又支持獨立的烏克蘭人民運動政黨在克列緬丘格舉辦了一場抗爭遊行，紀念哥薩克人（Kozacy／Cossacks）存在五百週年。[7]安納多燒毀了有鐮刀及槌子的蘇聯國旗。為了這場短暫的、四十分鐘的遊行，他被判坐牢四年，被送進了波爾塔瓦的第十五號勞改營。他在勞改營交誼廳的電視上，看到坦克上的葉爾欽、人們在莫斯科的國家安全委員會辦公室前抗議、吊車把「契卡」創始人捷爾任斯基（Feliks Dzierżyński／Felix Dzerzhinsky）的雕像從底座上拆下。當安納多從勞改營中被放出來的時候，已經沒有蘇聯，也沒有鐮刀及槌子的國旗了。

安納多花大量的時間和精神研究歷史。他訪問證人，也拿到了許多文獻。

4　在東方基督教（Eastern Christianity）中，聖幛（ikonostas／iconostasis）是指教堂裡分隔教堂正殿與聖殿、上頭繪有聖像及宗教繪畫的一道牆。

5　開放政策（Glasnost）是戈巴契夫提出的改革開放政策，其主要目的是增加國家管制的透明度，讓民眾參與討論，藉此讓民眾支持經濟改革（Perestroika）。

6　契卡（Czeka／Cheka），全名為全俄肅清反革命及怠工非常委員會，是前蘇聯的一個情報組織。

7　哥薩克不是一個單一民族，而是由許多民族組成的、具有特殊文化及生活方式的群體。十三世紀，一些斯拉夫人為了逃避蒙古統治，來到俄羅斯南部頓河流域、第聶伯河下游和伏爾加河流域地區生活。十五、十六世紀，又有一群來自俄羅斯及烏克蘭的人為了逃避沙俄統治，來到此地加入他們，形成了所謂的哥薩克族群。

在克列緬丘格附近的村莊，安納多訪問到一個老人，老人告訴他，內務人民委員部[8]是如何在一九四一年在他村子附近的森林裡，謀殺了那些從摩爾多瓦（Mołdawia／Moldova）被驅逐出境的人。

他寫下一個女人的自白——那女人曾在內務人民委員部當廚娘——她說，在克列緬丘格的集中營中，曾經關著後來在卡廷森林（Katyń/Katyn）被殺害的波蘭人[9]，蘇聯人把他們當成白老鼠，拿來實驗化學藥劑。

他把他的發現發表在報紙、網路，並且安排給年輕人的教育講座。他寫信給波蘭的歷史學家，並且也通知在基輔的摩爾多瓦領事館，關於摩爾多瓦人在這裡遇害的事。

於是他再次成為國安單位的眼中釘。他們傳喚、偵訊他，烏克蘭國家安全局的祕密警察在街上攔下他，對他提出威脅、請求和奇怪的提議：「你做這些有什麼用？誰會在乎老人們所說的，關於古早以前勞改營的胡言亂語？這是我們的勞改營嗎？不是！那是蘇聯的。你正在用你那些政治宣導傷害自己的祖國。如果你再不乖乖聽話，我們就把你交給俄羅斯聯邦安全局[10]，他們已經開始注意你了。」

「記住，我們在看著你。如果讓我們發現，你是個波蘭或是摩爾多瓦—羅馬尼亞的間諜，你到時要怎麼辦？你以為這很難證明嗎？你是個歷史學家？研究者？我操你媽的！」

但是這所有的一切，和有著光禿禿牆壁的倉庫比起來，都算不了什麼。

+ + +

「我問康德拉秀夫，他要我簽的是什麼文件，又想要我簽什麼。他用一個問題回答我：『你是要在烏克蘭被判十五年，還是希望我把你交給俄羅斯聯邦安全局的同事？』」

「很明顯的，他們想要一開始就給我下馬威。他們玩得很開心。康德拉秀夫把文件收起來，然後那個穿皮西裝的、壯得像頭牛的傢伙拿來了一個黑色的箱子，把它放在桌上，打了開來。我看到一團電線、一個不大的鉛蓄電池、還有一個用人造樹膠做的盒子，上面有轉盤。

8 內務人民委員部（NWKD／NVKD）是蘇聯在史達林時代的祕密警察機構，其所管轄的國家安全總局是蘇聯國家安全委員會的前身。

9 這邊指的是卡廷大屠殺（Zbrodnia katyńska／Katyn massacre），是蘇聯內務人民委員部於一九四〇年四月至五月間對波蘭戰俘、軍官、知識分子、警察及其他公務員進行的有組織的大屠殺。

10 俄羅斯聯邦安全局（Federal Security Service，簡稱FSB）是俄羅斯負責國內事務的情報機構，為蘇聯時期契卡、內務人民委員部、國家安全委員會的繼承者。

那頭蠻牛說：『這是給你的自白劑。』」

「他們輪流把電極接到我的陰莖、眼睛和太陽穴上。我不記得我對他們說了什麼。或許是：我什麼都會說，什麼都會簽，但是拜託他們行行好，他媽的，開始問我話，告訴我，他們到底想要什麼。」

「這一切持續了彷彿永恆那麼久。他們把文件拿了出來，我看也沒看就什麼都簽了。我眼前一片昏黑，只想著一件事：希望他們把我睪丸上的電極拿下來。我只記得我申明會和他們合作、向他們效忠，還簽了一張拿到一筆錢的收據。」

「他們把電極拿下來，收據收好。所有人都鬆了口氣，開始抽菸。康德拉秀夫拿出一把托卡列夫手槍，要我把它拿到手上，並且把食指扣在板機。然後他們立刻就把手槍裝進一個塑膠袋，就像民警拿來蒐集物證的那種。」

「他們甚至不隱瞞，他們要的是我的指紋。最後蠻牛拿出了自己的手槍，把它頂在我的太陽穴上，開了槍。什麼事都沒發生，只有彈簧發出的金屬撞擊聲，以及安靜的槍聲，在空空蕩蕩的倉庫裡迴響。他們很喜歡這個玩笑，他們全都哈哈大笑，像是老友般一個個來拍我的肩膀。」

「只有俄羅斯人沒有笑。我甚至沒注意到他們是什麼時候消失的。倉庫裡只剩下我和烏克蘭祕密警察。他們已經完全放鬆了，他們漂亮地完成了他們的任務。之後，他們把我載到城裡的醫院。我全身都在顫抖，我不知道是因為被浸冰水、被電擊，還是因為我被人打得滿嘴是血。天慢慢亮了。」

「我在醫院睡了一整天，然後第二天晚上我就腳底抹油，趕緊開溜了。我回到家，拿起行李箱，跳上計程車，想要以最快的速度到達基輔，到獨立廣場。我知道，在整個烏克蘭只有在那裡、在路障後頭我才是安全的。那時候我還不知道他們準備了什麼陰謀來對付我。」

「隔天，我在電視上看到，克列緬丘格的法官歐力克山卓・羅伯鄧科（Oleksandr Łobodenko／Oleksandr Lobodenko）被人殺了。他在自己家門前被人從背後開了兩槍，凶器是托卡列夫手槍。犯人沒被抓到，但是民警描述了他的長相，和我簡直一模一樣。」

「沒有比我更理想的人選了。我認識那個羅伯鄧科，他是個虛偽的傢伙，會為政治目的服務，隨便羅織罪名，追捕、懲罰反政府人士和獨立廣場上的活躍分子，我有好多認識的人和朋友都被他抓起來判刑了。連我自己，都在一個月前因為獨立廣場上的抗爭，而被他判了三個月的軟禁。」

「真是理想的挑撥。他們希望營造出這樣的畫面：獨立廣場的抗議者殺了極權政府的法官。一群暴動的法西斯主義者在爭取到權力後，馬上就開始動用私刑。」

「只有一件事不合邏輯——不在場證明。羅伯鄧科是在二月十一日晚上，在克列緬丘格被殺的，而我那時人已在基輔，在獨立廣場上，離犯罪現場有五百公里——幾百個人都看到了我，可以為我作證。」

「但是我沒有考慮很久。獨立廣場上的朋友們把我載到波蘭邊境，幫我賄賂了烏克蘭邊境的守衛，於是我就來到了這裡。」

「但你明明就有不在場證明啊。」

「對他們來說不在場證明根本不算什麼。再說，我怕的不是他們告我，而是怕如果我再一次落入他們手中，不知道會發生什麼事。」

「那麼那些槍呢？那些箱子是拿來幹嘛的？」

「你還不懂嗎？那是給那些在東部占領了政府機關的人用的。你以為那些武裝分子是突然從地下冒出來的嗎？他們的武器可不是空氣槍或拿來打鴨子的獵槍，而是ＡＫ突擊步槍。他們是從五斗櫃中拿出這些槍的嗎？不！他們是從我們的祕密警察手中拿到這些槍的，而牽著這些祕密警察的鼻子走的，正是俄羅斯人。我在那間倉庫裡親眼目睹，他們根據實際上的城市與實際上的部隊分配武器。」

＋＋＋

在圖書館大廳，幾乎就在我們頭頂上，鈴聲開始響起，宣告著圖書館很快就要關門了。現在是晚上八點四十五分，閱覽室的學生們開始魚貫離去。

「我的朋友們打電話給我，說：兄弟，快回來！我們需要你！在我們這裡有大規模的動員，男孩們加入軍隊，組成志願軍。難道我不想去嗎？我最想做的事，就是加入他們啊。你甚至無法想像，我有多麼想要到東部去——」安納多沉默了。他依然在把玩手中那空白的圖書預約表格，現在那表格已經被他摺成了一把精細的扇子。

「我明天出發。」我低聲說。

「去哪？」

「呃……東部。」

他彷彿重生了，又開始像個音樂盒一樣嘰嘰喳喳個不停，大笑著擺動雙手。後來，我們在圖書館附近的啤酒吧繼續坐了很久，而安納多給了我一大堆親戚、朋友、認識的人的地址、電話，還向我詳細描述他們的樣子。我有一種感覺，他彷彿要我記下所有他在生命中遇見過的人。看來，他確實很想家。

真是荒謬又矛盾。在烏克蘭，獨立廣場的勝利者成立了革命政府，掌控大權，而在克列緬丘格，安納多則官司纏身，被控告謀殺法官。哈！他們竟然對他這個嫌疑犯發出了全國性的通緝。甚至國際特赦組織都無法幫他，因為他既沒有被告，也沒有被審判，只是被通緝。

荒謬……那時候我並不知道，我還會遇到多少荒謬的事物。我會看到載著乘客的火車定期開過前線，從被政府軍掌控的A市開到被分裂主義者掌控的B市，因為前線並不會一直是前線，也不是總是像國界那樣清楚明瞭。或者，我也會看到有些人白天去上班，而在「非辦公時間」他們就會穿上迷彩裝，拿著槍在城市裡跑來跑去。我會看到自立為王的政府、騙子、魔術師、強盜、沒有軍隊的指揮官和沒有指揮官的軍隊。在我面前，往東部的路依然很長。

從華沙出發的夜班巴士會在清晨抵達利沃夫（Lwów／Lviv）。車上沒什麼人，多半是學生——在華沙高等院校求學的烏克蘭學生。

我在昏暗中翻閱母親給我的相簿，一邊回想我們臨別時的談話。

媽媽用一個問題當作開場白，雖然她並不期待聽到回答：「在頓巴斯[11]長大的三姊妹，一個選了俄羅斯，一個選了烏克蘭，第三個選了波蘭。這難道不是一種象徵嗎？」

第一張照片，三個年輕女孩愉快地微笑。她們看起來差不多大，也許十七歲，也許二十歲。她們的衣服都一模一樣，頭髮也梳成同一種樣子，又長又粗的麻花辮在後腦盤了起來。她們鑲著白色衣領的黑色連衣裙看起來像是學校的制服。三姊妹：娜塔莎，嘉拉，莉亞——最後一個是我母親。在旁邊那一頁，有一張夫妻的照片，兩人手挽著手，看起來四十多歲。妻子有一張方正的大臉，顴骨有點突出，眼神銳利，令人無法移開視線。而丈夫則有著一頭金髮和一張瘦長的臉，額頭很高。他們是我母親的父母，克勞蒂亞外婆和耶菲外公。我們可以在他們身上看到前羅曼諾夫王朝[12]的種族融合——外婆一半是俄羅斯人，一半是莫爾多瓦人[13]，而外公則有二分之一的拉脫維亞血統。

---

11 頓巴斯（Donbas）是烏克蘭東部一個區域，橫跨頓內次克州和盧干斯克州，是烏克蘭著名的礦業區。二〇一四年，這兩州在俄羅斯武裝分子的協助下宣布獨立，各自成立頓內次克人民共和國（Doniecka Republika Ludowa／Donetsk People's Republic）和盧干斯克人民共和國（Ługańska Republika Ludowa／Luhansk People's Republic）。

12 羅曼諾夫王朝（Romanowowie／House of Romanov）是從一六一三年至一九一七年統治俄羅斯的王朝，它也是俄國歷史上最強盛的王朝。

13 莫爾多瓦人（Mordwini／Mordvins）是俄羅斯的原住民之一，說烏拉爾語族莫爾多瓦語，主要分布在俄羅斯莫爾多瓦共和國境內，以及俄羅斯伏爾加河中游地區。

「我從來都沒有喜歡過頓巴斯。」母親說：「但它明明又是我的故鄉，我在那裡度過童年還有無憂無慮的學校時光。」

我清楚我們的家族故事，但是我沒有打斷她。我看得出來，媽媽想再一次經歷這趟旅程。

「我們三個都是在莫斯科西邊兩百公里以外的卡盧加出生的。爸爸是生物學家，也是學校的校長，而媽媽是教低年級的老師。因為爸爸的工作，我們住在公家派給我們的房子，那是一棟四聯屋[14]，旁邊種了許多果樹，還有菜園。我記得我們在那裡養了幾隻山羊、母雞和火雞。爸爸還種了玫瑰。」

「他們在一九四一年六月動員他去參戰。之後，那年夏天整個城市就開始撤退了。他們給了我們一輛馬車。媽媽允許我帶一隻小羊上路。我在牠脖子上綁了一條藍色的緞帶，上面還繫了鈴鐺，象徵好運。」

「那年我六歲。」

「路上有大批的群眾，還有零散的士兵。我記得那時的火車站——充滿了互相推擠的人、尖叫聲、還有空中的槍響。士兵拿走了我們的馬車，小羊也不見了。」

「我們在西伯利亞西部，一個薩摩耶人[15]的小村莊度過了戰爭期間。」

「我們收到了信，信上說，爸爸失蹤了。一直到戰爭結束之前，我們都沒有他的消息。下一封信是從捷克斯洛伐克的醫院寄來的，是爸爸的親筆信。他在一九四一年曾經被德國人俘虜，所以被降級，被編到受懲罰的部隊中。要離開這樣的部隊，你只能用血來償還你的『罪過』。也就是戰死，或是在戰鬥中負傷。爸爸受了很嚴重的傷，於是從軍隊中被除役了。」

「我們在卡盧加的家被燒毀了，而爸爸身為前俘虜，一直被人看不起。人們會去告他的密，而這些人都是他以前的鄰居、朋友和同事。回去當校長或老師已經是不可能的事了。他在以前服務的學校得到工友的職位。」

「爸媽夢想著離開，但是曾經當過戰俘的爸爸無法在任何地方入籍，除了遙遠的北方——在沃爾庫塔、諾里爾斯克，還有頓巴斯。」[16]

14 四聯屋是一種建築名稱，裡面有四間公寓，各自有獨立的出入口。

15 薩摩耶人（Samojedzi／Samoyedic peoples）是指居住在西伯利亞，使用烏拉爾語系薩莫耶德語族的一些民族的總稱。

16 沃爾庫塔（Workuta／Vorkuta）是俄羅斯科米共和國東北部一座礦業城市，於一九三二年建立，當時曾利用勞改營的囚犯挖掘煤礦。諾里爾斯克（Norylsk／Norilsk）是克拉斯諾亞爾斯克邊疆區的一座工業城，那裡也有勞改營。

「那是一個巨大的社會主義工地。全俄國的工人都被徵召到此，這裡是如此缺人，根本沒有人有時間看你的文件上寫了些什麼。城市在礦場和工廠附近興起，而在城市裡興建了學校。在這些學校裡必須有老師任教，這就是我們為什麼來到了康斯坦丁諾夫卡（Konstantynówka／Kostiantynivka）。」

「爸媽終於又可以當老師了。我們在共同住宅（komunałka／communal apartment）內得到了一個房間，而在五〇年代初期，我們在一棟新建的四層樓磚房中，得到了一間兩房公寓。」

「在劇院街六號。」我插嘴。

「對，在劇院街。那是克勞蒂亞外婆的家。八〇年代，當你還小的時候，曾經在那裡過暑假。」

「沒錯……八月的時候，桑葚會從樹上掉下來，直接掉到人行道上。外婆會叫我去撿，然後把它們放進玻璃罐裡。因為這些桑葚，我的嘴巴和鞋子都變得藍藍的。」

一個冰冷的女聲把我從沉思中拉出來，那是烏克蘭邊境的守衛：「請把護照拿出來檢查。」

輪到我的時候，一場鬧劇開始了。她不斷盤問我的行李：「你的是哪個？有幾件？打開！

給我看！」

「另一份證件，要有照片的！身分證？好。還有沒有別的？駕照？」

老天……我猶豫著，是否要給她看我的記者證。根據經驗，這或許會有幫助，但是也不一定，搞不好會有反效果，尤其在艱難的時刻，比如說像今天這樣緊張的日子。我把駕照拿出來，女孩考我是否能複述上面的資料。生日、父親的名字、母親婚前的姓氏。然後隨機抽題，重頭再來一遍！搞什麼？！她是存心找碴嗎？如果這是被民兵占領的區域或是前線，那我還能理解，可是這只是個平凡無奇的邊境啊。

在國界的另一邊，巴士在錢幣兌換處和夜間的小商店前短暫停留。烏克蘭的巴士司機和我聊了幾句：

「一個禮拜前就開始這樣了。」

「怎樣？」

「神經兮兮的。您第一眼就看起來不對勁。波蘭人平常不會和我們一起搭巴士，他們會自己開車。烏克蘭的工人也不搭巴士，他們會四五個人擠一輛車，或是搭小巴士。會搭這種大巴士的人多半是烏克蘭的學生、看護和清潔婦。您和大家都不一樣。獨自一人，看起來四十歲上下，沒車，也沒什麼行李。鬼才知道這是什麼人。」巴士司機大笑。

「什麼叫『鬼才知道這是什麼人』？那個邊界守衛把我當成誰了？走私客嗎？」

「比較像是傭兵。」

「傭兵？誰的傭兵？哪裡的傭兵？這裡嗎？在西部？拿著波蘭的護照？」

「這一個禮拜以來，烏克蘭禁止十六歲到六十五歲的俄羅斯人入境。但是我們看到各種各樣的人，拿著各式各樣的護照從歐洲各地來到烏克蘭，而且不只是從歐洲。這都是一些很奇怪的人，他們感覺得到蹤跡，會跟著蹤跡走，像是獵犬。」

「您在說什麼？什麼蹤跡？」

「還會有什麼蹤跡？戰爭的蹤跡啊，先生。他們是來參戰的。」

第二章　路標

盲人請我把我看到的告訴他。我於是說了：「在自由大道，在塔拉斯・舍甫琴科[1]雕像前的廣場上，聚集了一百、或是兩百個人。這些人在點蠟燭燈，獻給那些在獨立廣場上死去的利沃夫人。廣場上放著犧牲者的肖像，還有一個斗大的標語寫著：『榮耀歸於烏克蘭，榮耀歸其英雄。』」

「那是『天堂百人』。」盲人打斷我的話：「現在烏克蘭就是這樣叫他們的：『天堂百人。』」

「所有的肖像都綁著黑紗，」我繼續說：「而在他們上方則飄揚著烏克蘭國旗。在死者的肖像旁還有許多用圖釘釘著的小照片，有些是護照照片，上頭沒有黑紗。或者只是一張紙，

1　塔拉斯・赫里霍羅維奇・舍甫琴科（Taras Szewczenko／Taras Shevchenko；一八一四——一八六一），烏克蘭國家詩人及藝術家，其作品被視為近代的烏克蘭文學、甚至是現代烏克蘭語的基石。

上面寫著姓名和電話。有幾個女人跪在地上禱告。」

「那是那些在抗爭中失蹤的人們的親人。」盲人再次插話：「到目前為止，依然有幾乎兩百個人音訊全無。昨天電臺上說的是一百八十四個人。」

「還好，每天都有人被找到。就像安納多，幸好他平安無事。他從那些強盜、俄國祕密警察以及亞努科維奇的劊子手手中全身而退，這真是奇蹟，這是天大的好運。」

盲人長期生病，身體很虛弱，平常很少到城裡散那麼久的步。一路上，他都緊緊地抓著我的手。

通常他會和人約在他家樓下的「侯爵咖啡廳」。那條街是以他父親的名字——塔拉斯·楚普林卡（Taras Czuprynka／Taras Chuprynka）——命名的。他在咖啡廳一角有專屬的位子，總是空著。侍者問都不必問，就會給他端來一杯義式濃縮咖啡，加兩塊方糖。不過，今天的散步很明顯地讓他感到愉快。

三不五時，路上會有行人向他敬禮，並且以言辭向他致意：「祝您一切安好，尤里·羅曼諾維奇先生。[2]」

尤里·舒赫維奇（Jurij Szuchewycz／Yuriy Shukhevych）是羅曼·舒赫維奇（Roman Szuchewycz／Roman Shukhevych）的兒子。後者的假名是塔拉斯·楚普林卡，他是烏克蘭起

義軍（UPA）的指揮官，曾經領導由阿勃維爾成立的烏克蘭特種部隊「夜鶯」，一九四一年，這個部隊和德意志國防軍（Wehrmacht）一起進入利沃夫。[3]

「廣場上有很多年輕人嗎？」舒赫維奇問。「年輕人是最重要的。」他繼續說：「摩西在沙漠中帶著猶太人不斷流浪，直到所有的奴隸都死光了為止。因為只有自由的人才能打造應許之地，這樣它才不會被奴隸的心態染指。烏克蘭是奴隸的國度。第一批自由的人是獨立廣場上的年輕人。第一次的起義——也就是橘色革命——失敗了。那時候人們以為，自由可以透過和平的手段取得。」

「難道不是嗎？我們波蘭的經驗指出，這是可能辦到的。」

「您的回答正如我所預料的。您說的是『團結工聯』（Solidarność／Solidarity）運動和華勒沙。但是在那之前，你們在無數次的起義中流了多少血啊。不，這是不可能的。自由必須要用鮮血才能換得，不然就沒有價值。離橘色革命已經過了十四年。這一次，為了自由而戰的

2 「羅曼諾維奇」是父名，意思是：羅曼的兒子。

3 阿勃維爾（Abwehr）是一九二一年至一九四四年間的前德國軍事情報機構，而德意志國防軍則是一九三五年至一九四五年間納粹德國的軍隊。一九四一年六月二十二日德國開始進攻蘇聯，三十日攻下利沃夫。「夜鶯」（Batalion „Nachtigall"／Nachtigall Battalion）在進入利沃夫後宣布烏克蘭獨立，但不被德國承認。

新世代從前人的錯誤中學到教訓，他們不怕採取激烈手段。」

「烏克蘭是一個嘗過大屠殺滋味的國家。我指的是史達林在三〇年代一手造成的烏克蘭大饑荒。[4]在這裡——就像在進入應許之地的故事中一樣——人們說，大屠殺後的第四代才能過正常的生活，並且建立健康的國家體系。現在，這就在我們眼前上演。」

舒赫維奇得到人們的尊敬，不只是因為他父親的盛名，也因為他為了這盛名，親身付出了犧牲和代價。

身為蘇聯當局特別頭痛的人民公敵之子，舒赫維奇在一九四八年——也就是在他剛滿十五歲的時候被蘇聯政府逮捕。被放出來後，他很快又被關回去，總共在監獄及勞改營度過四十五年的歲月。他在牢房裡失明。最後，他終於在一九八九年獲得自由——戈巴契夫的開放政策在那時候正達到高峰。

今天對烏克蘭的右派人士來說，舒赫維奇是他們的精神領袖，也是獨立運動的耆老。總統尤申科頒發給他烏克蘭的最高榮譽——烏克蘭英雄勳章，而總理提莫申科則給了他特別的退休金，那是專門頒發給對國家有特殊貢獻的國民的。

出獄沒多久，舒赫維奇就成立了極右派的政黨烏克蘭國民議會和其軍事組織烏克蘭國民自衛隊（UNSO）。該政黨承襲了班德拉[5]領導的烏克蘭民族主義者組織（OUN）的傳統，同時也和烏克蘭起義軍有所連結。

舒赫維奇很樂意將烏克蘭國民議會—烏克蘭國民自衛隊的結構，和新芬黨（Sinn Féin）及愛爾蘭共和軍（IRA）的關係做比較。

雖然在幾次的國會選舉中，烏克蘭國民議會的支持度都低得可憐，但是它成功地培養了幾個世代的行動主義者，讓許多右翼政黨成長茁壯，包括那些即將執政的：比如全烏克蘭聯盟「自由」（Swoboda／Svoboda）和全烏克蘭聯盟「祖國」（Batkiwszczyna／Fatherland）。

烏克蘭國民自衛隊的訓練營吸引了幾百個年輕人來參加，後來這些人成了處理「事情」的戰士。那些最忠誠的——像是「白色沙夏」——不只對盾牌開槍，他們也隨著烏克蘭國民自衛隊的志願軍到納哥諾卡拉巴克、聶斯特河沿岸[6]、阿布哈茲（Abchazja／Abkhazia）、第

4 烏克蘭大饑荒（Hołodomor／Holodomor）指的是一九三二年至一九三三年發生在烏克蘭的大饑荒。據估計，大約有兩百四十萬至七百五十萬烏克蘭人死於此一事件。當代學者大多認為，烏克蘭大饑荒是在史達林農業集體化運動的背景下出現的災難。

5 史蒂潘·班德拉（Stepan Bandera，一九〇九—一九五九），烏克蘭民族主義者組織的領導人，積極投身於烏克蘭獨立運動，二戰期間曾與納粹德國合作。但在他於一九四一年宣布烏克蘭獨立後，納粹就將他監禁於集中營。他於一九四四年獲釋，後來在一九五九年於西德被蘇聯國家安全委員會暗殺。

6 聶斯特河沿岸（Naddniestrze／Transnistria）是聶斯特河沿岸摩爾達維亞共和國（Naddniestrzańska Republika Mołdawska／Pridnestrovian Moldavian Republic）的簡稱。

一次及第二次車臣戰爭、南斯拉夫、科索沃和奧塞提亞的戰場上。

「烏克蘭國民議會—烏克蘭國民自衛隊多年來的辛苦沒有白費。我們昔日栽培的青年，今天成了革命的先鋒。就是他們在獨立廣場上領導眾人。他們知道如何從基層建築社會。他們明白什麼是公民行動。」

「比如在車臣的山上破壞俄國坦克？或是私刑，像是『白色沙夏』和他的夥伴跑到羅夫諾的檢察官辦公室，毆打檢察官那樣的事？我們在電視上看到，他扯著檢察官的領帶，就像扯山羊的鬍子。」

「那又是誰打造了獨立廣場運動的結構？是誰把戰士們組織成部隊？是誰負責安排裝備、食物及維護內部秩序？那是國家裡的國家。至於說到『白色沙夏』在羅夫諾做的事……那算是私刑嗎？現在是革命的時代，在馬路上審判被推翻的政府是無可避免的事。老實說，『沙夏』還救了那個檢察官一命。他甚至沒有打他的臉。而在大樓前，則是擠滿了羅夫諾的群眾，要求他們把檢察官從窗口丟出來。那傢伙啊，可是會在收賄後，把強暴殺害少女的人犯在收押幾小時後放出來呢。這個電視可沒讓你看到，也沒和你解釋。」

「歐力克山卓，也就是『沙夏』，曾經是我的徒弟。確實，他脾氣火爆，不總是能克制衝動。我承認，他是有些流氓。但他不是小偷也不是強盜，他是個正直的男人。您知道嗎？他在聶斯特河沿岸、阿布哈茲和車臣打過仗，是焦哈爾・杜達耶夫的貼身保鑣之一。」

「我知道。」

「您瞧。那可不是隨便什麼人都能當得上。而時間告訴我們，誰動用了真正的私刑。『沙夏』在羅夫諾被人像條狗一樣地射死了。那些人開了好幾輛吉普車來追他，先對他的腳掃射，然後給他上手銬，最後一槍命中他的心臟。當然啦，什麼結果都查不出來。但是每個人都知道，那是亞努科維奇那些下三濫政治警察下的手。」

「就像我剛才說的，一定要經過四代……當一個民族主義者不是件容易的事。」

在獨立廣場上，帶著烏克蘭國民議會—烏克蘭國民自衛隊徽章的人總是站在最前線。但是二〇一三年十二月一號在工會大樓前的抗爭中，我們看到了之前從來沒看過的徽章，屬於迪米崔・亞羅什率領的右區。[7]

從那天起，右區成了烏克蘭親歐盟示威運動自衛勢力的主要支柱，街頭抗爭的前哨。

當民警開始向群眾掃射，他們毫不遲疑地拿起槍械。示威群眾能抵擋住二月十八日晚上

7 右區（Prawy Sektor／Right Sector），烏克蘭極端民族主義政黨，於二〇一四年三月成立，迪米崔・亞羅什（Dmytro Jarosz／Dmytro Yarosh）是前任領導人，他在二〇一五年底退出右區的活動。

到二月十九日清晨之間民警殘忍的攻擊，並將街頭的屠殺扭轉為示威運動最後的勝利，右區是最大的功臣。

右區很快就獲得了許多烏克蘭激進青年的好感。但是，根據烏克蘭的投票制度，右區做為一個政黨還太年輕，不能參加提前舉辦的選舉。

烏克蘭國民議會決定提供右區法人身分，它放棄了自己的品牌，開始打著右區的招牌繼續活動。這表示，它也和其他更極端的組織結合，如白鐵鎚（Biały Młot／White Hammer）、三叉戟（Tryzub）、烏克蘭愛國者（Patriota Ukrainy／Patriot of Ukraine）和C-14。這些組織大部分都是青年運動的產物，而舒赫維奇從勞改營出來後，最熱中扮演的就是領隊和導師的角色。他把自己視為烏克蘭民族主義者組織——烏克蘭起義軍和新一代年輕人之間的橋梁。

「把烏克蘭民族主義者組織和烏克蘭起義軍當作愛國年輕人認同的基石，這麼做安全嗎？這些組織畢竟做過許多不光彩的事，他們曾和納粹合作，手上也沾著波蘭鄰居的血。」我問老人。「我不認為，這樣的傳統能夠凝聚烏克蘭人。對於東烏克蘭人來說，烏克蘭起義軍等同於法西斯。而班德拉主義者（banderowiec／banderivtsi）依舊是拿來罵叛國賊的髒話，就像在蘇聯時期一樣。」

「那我們要用什麼來建構凝聚和認同？用什麼？基輔羅斯（Ruś Kijowska/Kievan Ruś）的

騎士史詩嗎？還是像赫魯雪夫或布里茲涅夫那樣的烏克蘭人？或是斯達漢諾夫的布爾什維克傳說？請您告訴我，我真的很想知道！」[8]

我沉默著。我沒有勇氣對一個眼睛看不見的老人說教。再說，對於他提出的問題，我也沒有答案。

舒赫維奇也沉默著。過了很長一段時間，他才重拾了被打斷的思緒：

「即使在文化圈中，我們的戰鬥也是大衛和巨人歌利亞之間的爭執。直到不久前，烏克蘭語才開始在西烏克蘭以外的地方變得受歡迎。這些年來，俄羅斯人把我們的文化推進民俗村的隔離區。烏克蘭語和有刺繡的傳統服飾一樣，是鄉下人的行頭，而俄羅斯人呢，大家都知道，是杜斯妥也夫斯基、契訶夫、柴可夫斯基、魯布烈夫（Andriej Rublow／Andrei

---

8 尼基塔·赫魯雪夫（Nikita Chruszczow／Nikita Khrushchev；一八九四—一九七一），曾任蘇聯最高領導人，童年在頓巴斯度過，和父親一樣都曾在頓巴斯當過礦工。赫魯雪夫的第三任妻子是烏克蘭裔，而在他的政治生涯中，也和烏克蘭關係密切。列昂尼德·布里茲涅夫（Leonid Breżniew／Leonid Brezhnev；一九〇六—一九八二），曾任蘇聯最高領導人，出生於葉卡捷琳諾斯拉夫省卡緬斯科（今烏克蘭第聶伯羅捷爾任斯克），政治生涯在烏克蘭起步。阿列克謝·斯達漢諾夫（Aleksiej Stachanow／Alexey Stakhanov；一九〇六—一九七七），蘇聯礦工，在一九三五年因為在頓巴斯採礦打破紀錄，一舉成名，甚至登上美國時代雜誌的封面。

Rublev）、門德列夫（Dmitrij Mendelejew／Dmitri Mendeleev）、特列季亞科夫畫廊、莫斯科大劇院裡的芭蕾以及太空冒險。同樣的威權統治和輕視，我們也可以從波蘭人那邊感受到。我再說一次，當一個烏克蘭的民族主義者並不容易……」

盲人希望我們休息一下，在路邊的椅子上坐坐。

在大型顯示板上正播放著電視新聞——是第五頻道的。那是總統候選人波洛申科的電視臺。自從在二〇〇三年成立，它就具有明顯的親西方色彩。十一年前它做了第一次「廣場運動」——也就是橘色革命——的現場轉播，後來也去了烏克蘭親歐盟示威運動，現在，它的攝影機則來到了頓巴斯。

在利沃夫的顯示板下，在自由大道上，人們即使晚上也聚集在那裡。他們想要在一起。現在螢幕是靜音的，因為在螢幕旁上演著彷彿海德公園般的情景。在簡陋的舞臺上，愛國主義組織的行動派、利沃夫當地的議員和從獨立廣場上回來的抗議者正在發表演說。他們將會為軍隊募款，會為去頓巴斯的志願軍招募新兵——在那裡，每天都有新的政府大樓被占領，還會出現愈來愈多的「小綠人」，就像那些占領克里米亞的一樣。

舒赫維奇聽了一會兒他們的演說。

「所以您說，是安納多叫您來找我的？」他突然問。「我真高興，他身體平安健康。他在你們波蘭過得怎樣？」

「他找到工作，把太太和女兒們從克列緬丘格接來了，但是他在那裡待不住，一直嚷著要回來。」

「回來幹嘛？」

「他想去東部參戰，去頓巴斯。」

「您瞧，他真是個好孩子，不是嗎？這就是我們的教育！」

+ + +

他們堅持約在「巢穴」餐廳（Kryiwka），部分原因是想要讓我見識利沃夫最有名的、供應當地一流美食的餐館，部分原因則是想要表現（他們對此毫不隱瞞），他們和俄羅斯人、波蘭人、東烏克蘭人的史觀有多麼不同。

在餐廳入口必須說出通關密語，這句充滿愛國精神和民族主義的話語如今在烏克蘭四處都可以聽到：「榮耀歸於烏克蘭！」而回答則是：「榮耀歸其英雄！」

穿著烏克蘭起義軍制服的守門人會用軍用水壺遞上一杯伏特加，然後就可以進去了。

這間餐廳（或者也可以說是烏克蘭起義軍的陵寢）的裝潢是模仿游擊隊地堡的風格，而他們的菜單也很有戰爭和反抗軍的感覺：「英雄們的聖餐禮」、「納粹省長（Gauleiter）的森林之夜」、「游擊隊的狂喜」、「夜鶯部隊的喜悅」。而在這些名稱之下，則藏著當地典型的野蘑菇湯、血腸、烤鯉魚或水餃。

在「巢穴」吃飯，你會覺得以前的烏克蘭起義軍過得比今天大多數的烏克蘭人還要好。你在這裡可以吃到燻羊乳酪和烤肉，肉上還淋滿了濃濃的醬汁。餐廳裡充滿了老舊的步槍、軍服、繡章、鑰匙圈、酒杯和玩具PPSh-41衝鋒槍，看起來就像是烏克蘭起義軍流行文化的活雕像。

他們有三個人在等我。皮奧特・巴伊薩（Piotr Bajsa），五十四歲，前任烏克蘭國民議會——烏克蘭國民自衛隊利沃夫分部的指揮官。他也是聶斯特河沿岸和阿布哈茲的烏克蘭抗俄志願軍的成員。他拄著拐杖，那是在喬治亞打仗時留下的舊傷。

華樂利・烏拜屈克（Walery Łubajczuk），五十六歲，利沃夫的歷史老師，烏克蘭國民議會——烏克蘭國民自衛隊的支持者。

米科拉・丹尼爾屈克（Mykola Danylczuk），三十四歲，經濟學家。他是民族主義組織三叉戟的運動者，這個組織已經納入右區的翼下。關於自己的事他說得很少，只自我介紹他是個經理，他管理的範圍也包括「巢穴」。

丹尼爾屈克向我打招呼。「在我們餐廳，很受歡迎的一句敬酒詞是：『波蘭人、莫斯科鬼子、猶太人去死』。這和我們的設計風格很合拍，不是嗎？這裡的『去死』當然是比喻啦，只是開個玩笑。」

「啊哈……」

丹尼爾屈克很能言善道。「很明顯的，我是個反猶主義者。我不會隱瞞這件事，而且我一點都不覺得丟臉。但我是個現代的反猶主義者。我的意思是，我反對對猶太人使用暴力，反對開槍射擊以及這一類的事。但是我贊成把世界的經濟體系和猶太人的經濟體系分開。我認為，我們應該避免使用猶太人的錢，也應該避免和他們做生意，我的意思就只是這樣而已。這就是為什麼我會強調，我們說的『去死』只是比喻，比較像是呼應哥薩克或烏克蘭起義軍的游擊隊傳統。那是一種很正面的價值。我說的話會嚇到您嗎？」

「我很少被嚇到。但是要說『去死』是正面的……」

「那只是個玩笑。」巴伊薩插嘴：「這不是重點。各位先生們，我們就站在戰爭的門檻上，我們其實已經在戰爭裡面了。沒有開一槍一炮就把克里米亞交出去，我覺得是件醜聞，現任政府在這件事上完全做出妥協。如果我們可以在克里米亞成功擋下普亭，頓內次克（Donieck

／Donetsk）和其他東部城市就不會飄著一堆俄國國旗了。」

「俄國人只會蠻幹。你給他們多少，他們就拿多少。如果你對他們開槍，他們的膽子就沒那麼大了。我很清楚我在說什麼。在阿布哈茲，當他們的對手只有民兵，他們愛幹什麼就幹什麼。當他們在施若米亞（Szromia）遇到我們，也就是烏克蘭國民自衛隊的志願軍，他們的自信心就煙消雲散了。我們的部隊只有二十五人，卻在兩天內就擋下了俄國一整個裝甲縱隊。我們在那裡掛起了烏克蘭和烏克蘭國民自衛隊的旗子，這樣他們就會明白他們的對手到底是誰。」

「之前，為了避免我們的軍事行動可能帶來的國際制裁，我們試圖隱瞞我們的國籍和身分。比如說在聶斯特河沿岸摩爾達維亞共和國，當我們在領步槍的時候，同時也要把護照交出來，只有在把武器繳回去時，才能拿回護照。然而在施若米亞的戰役過後，我們對自己的勝利如此驕傲，我們根本不在乎克里姆林宮的政治宣傳會怎麼評論我們。」

「我們也監聽了他們的電臺。如果莫斯科鬼子的指揮官知道，前面有我們的人，他們就會試圖避開。他們想盡辦法，尋找只有喬治亞人的地方發動攻擊，為的就是避免和烏克蘭國民自衛隊的志願軍正面交鋒。我很確定，同樣的情況也會發生在克里米亞以及任何有親俄運動的地方。」

華樂利．烏拜屈克：「您記得羅馬元老院的成員及偉大演說家老加圖（Cato Maior）是怎麼結束自己每次的發言嗎？他說：『在我看來，必須毀滅迦太基！』我每次上完課，就會用這句話做總結：『在我看來，俄羅斯不久就會崩潰！』我經常因為這句話而惹上麻煩，許多年前，這消息竟然還傳到基輔，送給教評會審理。唔，但幸好這裡是利沃夫，這裡的每個人都知道我是對的。再說，這也不是在煽動暴力或兩國之間的仇恨，只是冷酷的計算。我啊，親愛的先生，老早就預料到蘇聯會解體了。在一九八二年我就預言過這個偉大的時刻會到來，我只是弄錯了年分，但也只差了一年。」

「您瞧，這是無法避免的——崩潰和分裂早已寫在俄羅斯人的靈魂中，因為這是墮落的靈魂，我甚至會說，是腐爛的靈魂。和俄羅斯人的靈魂完全相反，烏克蘭人的靈魂是純淨的，是來自神的禮物，充滿正面的能量。您在笑？」

「我們只要分析一下語言就夠了。把幾個字挑出來談。我親愛的先生，字和語言可以反映靈魂和國家認同。」

「現在您就可以看到，我們和亞洲—蒙古—布爾什維克—俄羅斯的野蠻人有什麼不同！沒錯，沒錯，野蠻人，我親愛的先生。」

「我們就拿烏克蘭語的 jadalnia 來做例子好了，這是個很有正面意義的字，代表吃飯的地方。而俄語呢？Stołowaja——這個字是從桌子來的，桌子在，但是桌上沒有東西可以吃。」

「再來：lekarnia，醫院，在波蘭語中是szpital。而在俄語中是bolnica。在烏克蘭語中是治療的地方，而在俄語中是疼痛的地方。」

「婚禮，Ślub，在烏克蘭語中和喜歡及愛有關，而在俄語中說的則是匱乏。匱乏！只要一結婚，婚姻中的其中一人就開始缺少什麼了！」[9]

「現在您明白了嗎？其中的差別在於，烏克蘭語是世界上最古老的語言之一，而莫斯科語則是芬蘭—烏戈爾語和韃靼語混合而成的語言，沒有靈魂，沒有神。沒錯，沒錯！您又在笑了。我知道您想要說什麼，您想說，這是一個只存在了二十五年的國家在尋找自己的認同。人民和國家想要認識自己的根，想要為它感到驕傲，這應該是件好事吧？傳統會凝聚人民和社會。然而，人們卻對我們這些烏克蘭的愛國者感到憤怒，認為我們沒有從烏克蘭的歷史中選擇該選的東西。」

米科拉．丹尼爾屈克：「這就對了，讓我們把話題拉回我們現在坐著的地方吧。這些傳統是犯罪的傳統嗎？依我之見，去討論烏克蘭起義軍有沒有犯過戰爭罪行，是沒有意義的。我知道波蘭人的觀點，也知道他們怎麼看待發生在瓦萊尼亞的事件。[10]你們說那是屠殺？而我說那是事件，因為這是比較持平、不會只偏重單方面歷史價值的說法，這就是我要說的。

戰爭就是戰爭。戰爭會產生殘酷的事件，而起義軍的戰爭則會產生特別多殘酷的事件。」

「在這裡，在利沃夫，而且不只在利沃夫，烏克蘭起義軍的士兵們會被人看成是英雄及愛國者。我們也用同樣的眼光看待親衛隊第十四武裝擲彈兵師（14 Dywizja Grenadierów SS／14th Waffen Grenadier Division of the SS），也就是『加利西亞』（„Hałczyna”／”Galicia”）。沒有任何事會改變它。我們有塔拉斯．楚普林卡街，還有史蒂潘．班德拉的雕像。烏克蘭的親衛隊隊員和奧匈帝國所成立的『Sich 步槍兵』[11]都是踏著同樣的一條路，往烏克蘭的獨立邁進。那時候親衛隊隊員懷抱著希望，想要重複一次世界大戰的情況，讓德國人和布爾什維克主義者都吃敗仗。」

「我認為，親衛隊的縮寫ＳＳ可以有很多種讀法。這就是為什麼我把ＳＳ解讀成『Sich

9 在以上這些例子中，作者是用波蘭文的字母來音譯烏克蘭語及俄語詞彙，為了呈現出這三種語言的對照及比較，中譯予以保留。

10 瓦萊尼亞（Wołyń／Volhynia）是位於現今烏克蘭西部的一個歷史區域，一九四三年到一九四四年，烏克蘭起義軍在納粹占領下的瓦萊尼亞及東加利西亞（Galicja Wschodnia／Eastern Galicia）發動對波蘭人的種族清洗行動，兩者加起來總共造成七至十萬波蘭平民死亡。

11 Sich步槍兵（Strzelcy Siczowi／Sich Riflemen）是奧匈帝國軍隊中的一支烏克蘭部隊，在第一次世界大戰中和俄羅斯人戰鬥。

步槍兵』的縮寫。」

「還是蘇聯時代的時候，我和朋友屬於所謂的學生建築部隊，它的俄文名稱是Studienckieje Straitielnyje Otriady，縮寫是ＳＳＯ。我們有這個組織的外套，袖子上就有ＳＳＯ的繡章。我們把最後的Ｏ拆掉，只留下ＳＳ。我記得我們那時候對自己感到好驕傲，穿著這外套在許多蘇聯的城市昂首闊步。現在的年輕人已經不必像我們當年那麼辛苦鑽漏洞了。在我們的餐廳吧檯旁邊就有一家賣紀念品的小商店，你可以在那邊買到武裝親衛隊第十四師的繡章。它就像是真的一樣。『加利西亞』的士兵們也是戴同樣的繡章。」

華樂利・烏拜屈克：「烏克蘭具有三千年的歷史。您看看，我這裡有地圖。地圖是不會說謊的，教科書可能會，但地圖從來不會。今天的烏克蘭和斯基泰帝國有交界。您聽過土塚嗎？斯基泰人[12]、哥薩克人和烏克蘭起義軍的士兵都會蓋土塚。親愛的先生，這表示在這塊土地上歷史是有連貫的，我們的歷史可以上溯到三千年。」

「最好的證據還是文字。在法國曾經有過一個地方叫做高盧，在西班牙和葡萄牙都有加利西亞，這所有的一切都代表著烏克蘭古文化的分支。其他的分支則是我們的加利西亞，還有加利利（Galilea／Galilee），也就是我們的救世主耶穌基督的故鄉。」

「這就是我給您上的烏克蘭簡史。它令您印象十分深刻吧！對吧！」

「我有說服人的天分，這天分並不是什麼了不起的天賦，而是我能提出有力的論點。一年前我去辛菲洛普（Symferopol）參加一場歷史教師研討會，我就和一個住在那裡的同行進行了一場冗長的辯論。她住在頓巴斯，也在那裡工作。我們花了六個小時討論烏克蘭的歷史和當代的問題。最後她對我說：『你知道，華樂利，在你面前我找不到辯駁的論點。在這六個小時，你把我變成了一個班德拉主義者。』她這樣告訴我。」

「我甚至還說服了她，俄羅斯會瓦解！不出十年這一定會發生。」

「如果受到震撼，當然會瓦解，這種事是不會自然發生的。」皮奧特・巴伊薩插嘴。

他有點不高興，因為我們花太少時間談政治現況，而談話的主題都圍繞著（他認為次要的）歷史、認同，對年輕人的教育。但是對我來說，政治現況我每天晚上都可以在烏克蘭的任何一家電視臺上看到，而坐在我面前的男人們則為我誠實地描繪了當今烏克蘭民族主義者的自畫像。

不過，巴伊薩還是再次把話題轉回了東部的情況。「不能害怕使用武力。」他重申：「在東部活動的那些強盜都是被從國外送來的內奸所操控。如果政府害怕，或者因為某些原因不

12　斯基泰人（Scytowie／Scythians），古典時代在東歐、東歐大草原至中亞一帶居住與活動的游牧民族。

能派遣正規軍隊和這些人作戰，只要把幾百個我們的小夥子送去那裡就夠了。我們的志願軍可以在幾小時內恢復秩序。否則的話，我們在幾個星期內就會失去東部，就像我們已經失去的克里米亞一樣。」

「有人說，」我插嘴：「革命政府無法仰賴正規軍隊，但是亞努科維奇也無法仰賴正規軍隊，這就是為什麼他沒有派他們上獨立廣場，而是只靠別爾庫特部隊（Berkut）。正是因為這份不信任，政府才不想要在東部使用正規軍。」

「政府不能靠正規軍隊的理由很簡單。」米科拉．丹尼爾屈克說：「因為這是一個缺乏經營投資、紀律渙散、墮落無比的組織。我十五年前曾經待過軍隊，然而，如果不是因為三叉戟的青年夏令營，我到今天還不知道槍的槍托在哪，槍管在哪。有整整一年，我們只有去打靶場三次。我們主要的工作是蓋房子——而我們的部隊還是機械化步兵部隊，連同空降部隊，是我們軍隊的主幹呢。」

「我明白了。」我說：「但是如果照你們的看法，政府不能靠軍隊，那麼要從哪裡找來那些你們口中的『我們的小夥子』？他們要到哪裡參軍？總要有徵召他們的地方吧？要給他們武器，還要有訓練他們的人力和場地。你們說要創造一個新的或額外的、自己的『革命』部隊。這是很龐大的工程啊。誰要來做？忠心耿耿的軍官們嗎？還是民警？或是情報機構？」

三個男人沉默了很久。他們彼此互看了一陣，然後又看了看我。最後巴伊薩在沉默中點了點頭，丹尼爾屈克於是把自己的名片拿出來，在背後寫下了幾個字，把它推到我面前來。「這一切已經在進行中了。在利沃夫我們正在動員。目前為止這還是機密。但是知道的人就是知道。在那裡他們會告訴你一切。」

我讀了名片背後的字，上面寫著：烏克蘭萊絲雅街[13]，利沃夫老城，藝術十 藝廊「右區」，女主人：歐克西娜・馬切尤斯（Oksana Marciejus）。

+ + +

二〇一四年三月十三日，烏克蘭國會通過了國民軍的法案。內政部將會在自己的軍隊體系下，編制一個新的六萬人武裝部隊。感謝這個法案，人們在獨立廣場上自發成立的志願軍

13 萊麗莎・派翠芙娜・哥薩克—柯維特卡（Łarysa Kosacz-Kwitka／Larysa Petrivna Kosach-Kvitka；一八七一—一九一三），筆名「烏克蘭萊絲雅」（Łesia Ukrainka／Lesya Ukrainka），烏克蘭女詩人、女性主義者、愛國主義者。

部隊現在有了法律上的依據。

在利沃夫，志願軍報名的地方就在烏克蘭萊絲雅街上的咖啡廳。一個月前，咖啡廳的名字還只是藝術十一藝廊，現在它已經有了紅黑相間的新招牌——右區的象徵。

女主人歐克西娜．馬切尤斯四十歲上下，美麗又高雅，是當地波希米亞圈子的怪胎。她不信任我。這件事從一開始就看得出來。

我知道她的俄語說得很流利，她也知道我寧願以俄語交談。即使如此，她還是一開始就聲明：「我會用烏克蘭語和您交談。如果用俄語，我無法完整地表達我想要訴說的某些概念。我要說的是文化和愛國主義之間的聯繫，我人生的目標就是結合愛國行動和烏克蘭文化的推廣。在我們的藝廊裡，除了當代利沃夫畫家的畫作，還有從基輔獨立廣場上運來的、用輪胎做成的路障，以及一桶汽油彈。我認為，這是一個很好的象徵，完美地表現出我們想要在這裡達成的目標。」

「我在十幾天前，才把右區的名稱加到藝廊上。這是對基輔獨立廣場英雄的致敬。藝廊本身已經運作七年了，有些人說它是民族主義的中心，這一點我並不同意。在我這邊展出的藝術家包括中國人、越南人，甚至黑人。我也遊歷過世界許多地方，我認為愛國主義、民族主義和對自己文化的熱愛，和對他人文化的理解及接受並無牴觸。我甚至接受俄羅斯人，嗯，我說的是那些開明的俄羅斯人。」

「當我在國外旅行的時候我認識到，國家的發展是最重要的。我發現在國外，人們對俄羅斯的文化成就瞭若指掌，這常常令我感到很傷心。他們知道誰是杜斯妥也夫斯基、柴可夫斯基或是艾瓦佐夫斯基[14]，但卻不知道烏克蘭文化有多豐富。這就是我的人生目標誕生的緣由——我要推廣我們的文化，同時也要推廣我們的國家思想。烏克蘭文化和國家的概念是一體的。我們的文化源頭是靈魂的價值，這是神賜給我們國家的禮物。這些價值和靈魂的條件形成了烏克蘭國家認同的基礎。」

「這就是為什麼我要用烏克蘭語訴說這些概念，用俄語是不可能的。」

歐克西娜慢慢地打開了。在第三或第四次見面的時候，我們已經像老朋友般談話，我們也談到了志願軍。

歐克西娜有參加右區領導人迪米崔・亞羅什的總統競選活動。歐克西娜受過建築及美術的教育，也是西烏克蘭藝術家協會的副會長。每天晚上利沃夫的社運人士們都會在她的藝廊

14　伊凡・康斯坦丁諾維奇・艾瓦佐夫斯基（Ivan Ajwazowski／Ivan Aivazovsky；一八一七—一九〇〇），俄羅斯亞美尼亞畫家，居住在克里米亞，以海景畫著稱。

聚集，也有一些賣舊書和骨董的商人。不只右區的人會來，還包括全烏克蘭聯盟「自由」歐勒赫・提亞尼波克（Oleh Tiahnybok／Oleh Tyahnybok）的支持者，以及全烏克蘭聯盟「祖國」尤莉亞・提摩申科（Julia Tymoszenko／Yulia Tymoshenko）的支持者。

安德烈曾在阿富汗服役，他也是烏克蘭國家安全局的少校和提摩申科的保鑣。當他喝醉酒的時候，會把他的軍人證拿出來，說：「你看，我兩次在坎達哈（Kandahar），四年在前線。」

還有史蒂芬，總是穿著發亮的皮西裝，個性冷靜，文化素養很高，來自一個戰前的利沃夫家庭。他的叔叔是「加利西亞」武裝親衛隊第十四師的士官，在布羅德圍城戰役中戰死（整個十四師的士兵都是）。史蒂芬總是在兜圈子。他繞來繞去地說，必須重建國家的精神，必須教導年輕人認識聖書的內容，但是他真正的職業是什麼，他卻不肯透露。

有時候歐克西娜的丈夫伊戈爾會來——他最近總是到首都出差——廣義上來說，他的工作也和國安有關。就像後蘇聯時代共和國的人們所說的：「部門員工」，也就是內政部的人。

安德烈：「理論上來說，我們是在內政部和政府部門的單位下做事，但是現在根本不知道該信任誰，所以人們會不斷建立新的、比較正式或非正式的任務小組。我們現在正在嘗試建立效忠政府、可以讓國家恢復平靜的新勢力。至於我們要怎麼稱呼這個組織，是要叫它維安力量、國民軍、民警或警察，這都不重要。我們不能靠軍方，更不能靠民警。我們的基本理念是：誰比較強勢，我們就支持誰。在東部的情況比這邊更糟，因為在那裡人們已經沒有任何未來了。民警公開支持打著俄羅斯旗幟的反政府組織，包括他們那些占領行政大樓和搶奪警用設備的行動。很快的，我們就會面臨提前的總統大選。我們要怎麼進行，才能確保投票的公正？」

歐克西娜的咖啡廳是一個聯絡的窗口。右區的人特地在這裡放了自己的招牌，同時在這裡設立亞羅什的競選分部。對於新支持者來說這是第一個站牌。它是站牌，同時也是路標──通往頓巴斯的路標。

我媽媽學生時代的照片。如果我們可以把想要記住的生命經驗也貼到相本上，那麼我媽媽和烏克蘭的聯繫可說是零。我在照片上看到一群笑顏逐開的年輕人，這些男孩和女孩是莫斯科國立大學藝術史及建築史二年級的學生，他們一同踏上了「俄羅斯金環」[15]的旅程，去

15 俄羅斯金環（Złoty Pierścień／Golden Ring）是一條標準的旅遊路線，主要沿著古老的、有文化歷史價值的俄羅斯城市行進。

造訪具有最珍貴宗教建築的中世紀古城：伏拉迪米爾（Włodzimierz／Vladimir）、烏格里奇（Uglicz／Uglich）、蘇茲達爾（Suzdal）、雅羅斯拉夫爾（Jarosław／Yarosławl）……這些都是俄羅斯王國的發源地。在照片上四處可見古老的東正教教堂以及修道院的遺跡，它們現在都變成了集體農場的倉庫、文化中心、無神論主義的電影院和博物館。這些年輕的藝術史學者們在尋找俄羅斯文化及認同的搖籃。他們去伏爾加河（Powołże／Volga region）流域尋找，去北方，去從前諾夫哥羅德共和國和莫斯科大公國的領地尋找。[16]

基輔羅斯不在照片上。

媽媽在大學的最後一年參加了一個青年馬克思主義者的討論社團。史達林已經死了，人們認為，地球會旋轉得更快、更令人愉快。帶領社團討論的是一個來自華沙大學拿獎學金的學生。然而很快的，就有人向莫斯科國立大學告密，說社團的討論質疑列寧主義的基本教義，國家安全委員會於是介入，逮捕了社團的成員。這件事在幾天後就落幕了，但是社團已無法繼續運作。拿獎學金的學生必須離開蘇聯。他和媽媽靜悄悄地、不引人注意地舉行了婚禮。二十二歲、剛從莫斯科國立大學藝術史系畢業的我媽媽於是得到了進入波蘭人民共和國的許可。她來到史坦尼斯拉夫．羅倫茲（Stanisław Lorentz）教授的翼下，一直到退休都在華沙國立博物館擔任策展人的工作，負責波蘭十九世紀繪畫的部門。她再也沒有回到俄羅斯，即使回到頓巴斯，也不會超過兩個星期。但是半世紀過去了，她依然沒有放棄國籍。

娜塔莉

三姊妹中最年輕的娜塔莉（Natalia），也就是娜塔莎阿姨，來到克拉斯諾達爾（Krasnodar）的煤油及瓦斯研究中心求學，這地方離康斯坦丁諾夫卡有幾百公里的距離。它曾是庫班哥薩克人（Kozacy kubańscy／Kuban Cossacks）的首都，卻幾乎被布爾什維克主義者摧毀殆盡。在她班上有一個哥薩克人，他的名字是格里高利（Grigorij）。但是這男孩對自己的家鄉並不熟悉，他是在科雷馬[17]的育幼院長大的，也在那裡完成中學教育。他的父親因為在二戰期間和德意志國防軍所成立的哥薩克部隊合作，於是被判了二十五年的勞改，而他的妻子則被判了

16 諾夫哥羅德共和國（Republika Nowogrodzka／Novgorod Republic）是十二至十五世紀以諾夫哥羅德為中心的城邦國家，位於今俄羅斯西北部。莫斯科大公國（Wielkie Księstwo Moskiewskie／Grand Duchy of Moscow）是十三世紀到十六世紀一個以莫斯科為中心的俄羅斯政權。

17 科雷馬（Kołyma／Kolyma）是位於俄羅斯遠東地區的一個區域，蘇聯最大的勞改營之一也在此地。

十年。

在學業的最後一年格里高利和娜塔莎阿姨結婚了。格里高利希望能回到庫班，但是像他這樣的人在故鄉是完全不可能得到入籍機會的。他被派到秋明[18]工作——秋明是西伯利亞一個迅速崛起的重鎮，同時也是蘇聯石油天然氣工業的首都。身為班上最優秀的學生，娜塔莉有權利選擇自己要在哪裡工作，她決定和丈夫同行。在接下來二十五年，他們兩人會在研究中心研發地底的地圖，尋找哪裡有新的石油及天然氣礦井。他們會成為成功的蘇聯人。每到休閒時刻，格里高利都會去打獵。他最愛的遊戲是和研究中心的朋友們一起搭公用直升機飛到西伯利亞的北方針葉林，然後從上空朝下面所有會動的東西開槍。

他們的女兒瑪麗亞（也就是我表姊）是整個家族中唯一回到頓巴斯，回到康斯坦丁諾夫卡，回到克勞蒂亞外婆身邊的人。她為什麼是我媽媽最喜愛的外甥女？也許是因為，她是除了我媽媽之外家族中唯一的一個人文學者（她是歷史學家，而其他人都是工程師）。或者因為她深愛著克勞蒂亞外婆？我不知道，但是她正是我媽媽叫我去找的人。我媽媽想要知道關於她的事，也最擔心她的命運。

嘉拉

嘉拉（Gala）是三姊妹之中最年長的。她到鄰省的第聶伯羅彼得羅夫斯克，進入烏克蘭國立化學技術研究中心就讀。她在學校認識自己未來的丈夫，尤里（Jurij）。他比嘉拉大幾歲，當嘉拉還在讀碩士時，尤里已經在讀博士了。尤里來自一個烏克蘭鄉村，是家族裡唯一會說烏克蘭語的人，這是他的第一語言，也是他的母語。他用烏克蘭語給嘉拉寫情詩。他們兩人都留在了烏克蘭，留在克里沃羅格，離康斯坦丁諾夫卡有四百公里的距離。他會成為冶金工廠的工程師，而她則會領導一個化工實驗室，專門研發鐵礦加工的新技術。他們會有兩個孩子，蓮娜（Lena）和帕威爾（Paweł）。在蘇聯解體後，他們所有人都會成為烏克蘭的公民。

帕威爾會成立自己的公司，他會販售烏克蘭鋼鐵廠的產品——金屬板、金屬管、壓延鋼板。他的生意會蒸蒸日上。直到……直到他開始反抗那些想要把他的生意奪走的強盜。

18 秋明（Tiumeń／Tyumen）是俄羅斯秋明州的首府和該州最大城市，同時也是俄羅斯在西伯利亞的第一個移民城市。

第三章　肥貓半島

人們說他曾經拿著棍棒跑來跑去，毆打那些遲交保護費的人。人們說他有槍，而且還使用過它。人們說，他叫「哥布林」（Goblin），隸屬於最有勢力的黑道集團「撒冷」（Salem）。取「撒冷」這個名字的目的是為了提高聲望，而這個名字也曾經顯赫一時。二十五年前，在蘇聯的末期，「撒冷」是一個香菸牌子[1]，只有那些最愛出風頭的人才會抽。今天，「哥布林」的名字則為謝爾蓋．阿克肖諾夫（Siergiej Aksjonow／Sergey Aksyonov），他是克里米亞共和國的「總理」，就是他把克里米亞半島拱手讓給俄羅斯的。

而弗拉迪米爾．康斯坦丁諾夫（Władimir Konstatinow／Vladimir Konstantinov），現任克里米亞共和的國會主席呢？他八成也是個黑道，也屬於「撒冷」。俄羅斯電臺「自由」（Radio

---

1　臺灣叫沙龍涼菸。

Swoboda／Radio Svoboda）控訴他做出手法十分粗糙的詐欺行為。他在克里米亞島蓋住宅區、賣房子，然後感謝被他一手操控的政府，他可以把地址的牌子換掉，然後把同一間房子反覆賣給不同的人。這種事是可能發生的嗎？

這可能嗎？你可以有這樣的過去，然後不會從政壇中被踢出來？

在烏克蘭這是可能的，而在克里米亞這甚至具有正面意義。手槍、棍棒和靠武力從別人手中奪過來的鈔票，是通往政壇的頭等通行證。

克里米亞的黑道從九〇年代就認識到，開槍打打殺殺不是一切。第一個黑道政黨是克里米亞經濟發展黨（Partia Ekonomicznego Rozwoju Krymu），運作了不到兩年。這個黨的領袖——當時總統的顧問米亥．科切拉瓦（Michaił Korczeława）、黨主席葉夫基尼．波坦涅夫（Jewgienij Podaniew）、副黨主席亞歷山大．魯樂夫（Aleksander Rulew）、政策總顧問米亥．圖魯卡羅（Michaił Turukało）、「巴許麥柯夫幫」的頭子，想出成立政黨的維克多．巴許麥柯夫（Wiktor Baszmakow）——全都在一次攻擊中被殺了。

那是一九九八年。克里米亞的居民一開始把克里米亞經濟發展黨稱為「合法強盜黨」。在科切拉瓦一幫人被殺之後，還有十五個相關人等也被殺了。「合法強盜黨」於是成了「被殺黨」，而這個黨也不復存在了。克里米亞的每個人都知道是誰殺了他們。這根本不是什麼祕密——兇手正是「撒冷」。

來自提奧多西亞的信　一

「在我們的城市民警局長的工作是搶奪房地產，市長的兒子負責向作小生意的人收保護費。市長本人則炒作國有土地，但也因為這個原因，去年他就被競爭對手開槍打死了。平凡普通的黑道維持我們這裡的秩序，意思就是，不要讓事情惡化。想想看，提奧多西亞（Teodozja／Feodosia）的意思還是『上帝的禮物』呢。」

關於民警局長謝蓋爾・伊凡諾維奇・郭布可夫（Siergiej Iwanowicz Gubkow），居民開誠佈公地說，那傢伙是個強盜。他們在網路上嚴厲地批評他、調查他、揭發他最新的醜聞。他們說，民警局長和市長的兒子已經強取豪奪了二十五間公寓。他們專門找那些孤獨又無力的人下手，強迫他們轉讓自己的房產。

郭布可夫把一間位於十九世紀老屋裡的美麗四房公寓留給了自己。另一間比較沒那麼豪華的，則給了當地的烏克蘭國安局局長。

最有名的奪屋事件是搶奪弗拉迪米爾・皮耶多羅維奇・班達爾羅夫（Władimir Pietrowicz

Bondariow）的房子。班達爾羅夫綽號「皮耶多羅維奇」（Pietrowicz）或「銀髮」，是個絕佳的下手目標，因為他的過去並不單純（多年前曾隸屬於某個克里米亞的幫派），他的老婆死了，又沒有孩子。有一天「銀髮」突然消失了，然後一些奇怪的人開始變賣他的財產——有五個房間的寬敞公寓、一點五公頃的地（上面還蓋著靠海的旅館）、在史達辛諾瓦大道上給「Gol-Stol」足球迷的咖啡廳，還有一輛剛買了一年的豐田陸地巡洋艦。

但是「銀髮」後來被人找到了。野狗把他的屍體從乾草原上一個不深的洞穴中挖了出來。他的口腔和肺部裡都有泥土。這表示，有人把他活埋了。

影片 一

獨一無二的紀念。三十二分鐘的錄影，古老的VHS風格。攝影機打出的日期是一九九四年。今天在YouTube上，這部影片的名稱是「強盜克里米亞」（„Bandycki Krym”）。

客人魚貫進入，大概有五十個人。有刮了鬍子的年輕男人，帶著他們濃妝豔抹的女伴。還有大腹便便的男人，但是他們的背部和肩膀則像摔角手一樣強壯。沒有人穿西裝，大家都穿短袖襯衫，並且把襯衫紮進西裝褲裡。他們戴金錶、手鍊、粗大的項鍊上繫著東正教的十字架。

花園裡有游泳池，而在長桌上則擺滿了絕對伏特加。[2]

音樂響起：

就像在義大利，
在高尚的圈子，
我想要喝苦艾酒，
當個女王或公主，
過著像在童話裡一樣的生活，
被瀑布聲包圍。

那是人稱「魏倫諾克」(Woronek)的謝蓋爾・魏倫柯夫(Siergiej Woronkow)的生日宴會，他是當時「撒冷」的老大。早在那時候，他的買賣已經是用百萬美金來計算的了，而他手下

2 絕對伏特加(Absolut Vodka)是一款瑞典品牌的伏特加。

則有一千五百人。今天「撒冷」囊括了克里米亞所有的商業活動，不只是娼妓、走私和毒品，也包括合法的部分——從破破爛爛的計程車、公家機關，甚至到自治國會。

一個賓客送給壽星一隻滑膛槍。「是模型。」他說：「拿來裝飾用的。」所有人哄堂大笑，久久不能止息。

大家嚴肅地站起來舉杯敬酒：敬友情、敬靈魂的價值、敬我們在此齊聚一堂的大家庭、敬祖國——克里米亞。

郡治安官

傑內第・莫斯卡（Giennadij Moskal／Hennadiy Moskal）將軍。他從一九九七年起擔任烏克蘭的內政部副部長，以及克里米亞的警察總長。黑道多次威脅要殺死他，他們甚至已經準備好要發動攻擊，但即使如此他還是每天走路上班，不雇保鑣，也不帶武器。他難道不怕死嗎？黑道們認定，他是個瘋子。但事實並非如此，醫生說他有肺癌，只剩下幾個月的生命。他在三年後離開這個職位，獲得升遷——他現在是外喀爾巴阡州（Obwód zaparpacki／Zaparpatia Oblast）的州長。肺癌痊癒了。

在克里米亞半島的歷史上，莫斯卡將軍是唯一在黑道眼中既誠實、又鐵面無私的警察總長。即使是黑道也會帶著敬意稱呼他「郡治安官」，因為他什麼人都抓。

這簡直令人難以置信。克里米亞的民警通常只抓敵人、不抓朋友。這是很正常的舉動，就像所有講道義的黑道會做的事。

莫斯卡回憶：「上任第一天晚上，我還來不及打開行李，辦公室就來了電話。」

「『戰爭！』」

「『什麼戰爭？』我問：『在哪裡？』」

「值勤的警官實事求是地回答：『在市中心，普希金街（ulica Puszkina）上！』」

「我們立刻出發，我無法相信自己的眼睛。戰爭！這不是鬥毆，也不是槍擊事件，而是如假包換的戰爭。手槍和衝鋒槍不斷發出答答答答的聲音，在一個街角一把重型機關槍瘋狂掃射，而在另一個街角，火箭推進榴彈[3]也展開了攻擊……」

「這樣的事件每兩天會發生一次。如果沒有戰爭，那至少也會有一輛車爆炸，或是有人

---

3 火箭推進榴彈（Rocket-propelled grenade，RPG）是一種用來發射反戰車高爆彈的武器，特點是輕便、便宜、操作簡單而火力強大，人稱「步兵大炮」或「迷你大炮」。

的房子被扔手榴彈。歡迎來到克里米亞……」

「我上任的時候，剛好正進行著最血腥的幫派械鬥，這屠殺已持續了十年，從未間斷。這場械鬥的結果是：克里米亞島的生意被兩個幫派瓜分，一個是最有影響力的『撒冷』，另一個則是比較弱的『巴許麥柯夫幫』(Baszmaki)。他們瓜分了一切。在克里米亞，即使是公立幼兒園的床單，都只能在黑道經營的洗衣店清洗。」

來自阿盧什塔的信

「『瀝青沙夏』在利巴奇的海灘上被人開槍射死了。雖然他是個蠢材、粗人，但不管怎樣都是自己人。他代表我的老大，那些照顧我、保護我的人，我的保護者，鬼才知道要怎麼稱呼他們。自從我開始用我的廂型車載客，我就給他們交保護費，到現在已經五年了。」

「沙夏快要四十歲了，屬於克里米亞的老牌討債流氓之一。他是怎麼在這一行活過這麼多年的？我一點概念都沒有。人們叫他『瀝青沙夏』，因為他會把滾燙的瀝青澆在欠債的人身上。他向開蘇聯小巴的司機還有計程車的司機收保護費。但是鬼才知道，現在我要以誰的名義交保護費，還有要交給誰。正值旺季，而我不知道我要付錢給誰。這事很難搞。你不付錢，因為你不知道要付給誰，還有要付多少，同一時間已經有人開始幫你計算債務。說『我不知道，沒人來找我啊』根本不是理由。你必須自己弄清楚要把錢給誰、在什麼地方給、什麼時候給、給多少。你必須自己處理好這件事。幸好，把沙夏幹掉的人並不是他的敵手，而是他的酒友。不管是價錢，還是老大都沒有變。喔，這就像是在同一間辦公室的窗口前，現在坐了一個新的公務員，而且這個新來的沒有用滾燙的瀝青潑人的習慣。」

影片 二

「強盜克里米亞」的影片結束後，還有一段片尾字幕，是後來才加上去的，在「魏倫諾克」舉辦盛大生日宴會的二十年後。這段字幕告訴我們當時最重要的主角們是誰，還有他們的現況：

謝蓋爾．魏倫柯夫，「魏倫諾克」，「撒冷」的前任頭子。通緝犯。住在提奧多西亞。

列夫．米林斯基（Lew Mirimski／Lev Mirimski），十二年來擔任烏克蘭國會議員，同盟黨（Sojusz／Soyuz）的創始人及黨主席。

葉夫基尼·哈維奇（Jewgienij Chawicz），「撒冷」的成員，一九九五年被殺。

瓦希里·皮雅托夫（Wasilij Piatow），「皮塔奇幫」的前任頭子。克里米亞自治共和國國會議員。

米亥·皮雅托夫（Michał Piatow），瓦希里的弟弟，「皮塔奇幫」的成員，皮耶渥麥斯科耶地方議會的議員。

葉夫基尼·安（Jewgienij An），「韓國人熱尼亞」，「撒冷」的成員，因為三件謀殺案被叛無期徒刑。

歐勒格·盧比奇（Oleg Lubicz），「撒冷」的成員，一九九七年三月被射殺。

葉夫基尼·盧比奇（Jewgienij Lubicz），歐勒格的弟弟，「撒冷」的成員，一九九七年九月被射殺。

伊戈爾·利嘉裘夫（Igor Ligaczow），「撒冷」的金融專家，克里米亞自治共和國國會議員，來自「地區黨」（Partia Regionów／Party of Regions）。

伊戈爾·法蘭奇克（Igor Franczuk），「法蘭克」（"Frank"），「撒冷」的前任成員，商人，「黑海煤油氣及瓦斯」財團的總裁，烏克蘭國會議員。

尤里·尼格魯（Jurij Negru），「尼格」（"Niegr"），「撒冷」雇用的殺手。一九九五年因為殺人被判刑，二〇〇六年重獲自由。

亞歷山大・梅尼克（Aleksander Melnik），「撒冷」的成員，克里米亞自治國會議員，來自地區黨。

格里高利・費歐多羅夫（Grigorij Fiodorow），「費歐多」（"Fiodor"），「撒冷」的成員，一九九九年六月在一次炸彈爆炸中喪生。

瓦切斯拉夫・舍維夫（Wiaczesław Szewiew），「撒冷」的成員，前任克里米亞自治國會議員。國際通緝犯。住在雅爾達（Jałta/Yalta）。

康士坦丁・切涅佐夫（Konstantin Czerniecow），《強盜克里米亞》（這本書寫的是九〇年代的黑道火拚）一書的作者說：「這份名單描繪出今日克里米亞的黑暗現實。這裡頭的某些人和他們的手下很早以前就死了。那些活下來的人，把運動褲換成名貴的西裝，手槍換成平板電腦。他們賺到了錢，也賺到了議員的豁免權。就是這些人今天在統治克里米亞。我們叫他們『肥貓黨』，他們是最後才開槍的那群人。」

議員

列夫・米林斯基就是那個在「魏倫諾克」的生日宴會上，把滑膛槍送給他的人。

在網路上可以找到更多關於他的訊息。

二〇〇八年春天，監視錄影機拍下他的人（六個穿著迷彩裝的彪形大漢）進入辛菲洛普位於十月革命六十週年街上的「芙雪特」（Furszet）超市。他們把顧客趕走，抓了四個員工當人質，並且要求店主把店轉讓給他們。

「芙雪特」是一間位於市中心的大超市，就在車站、政府機構和警察局旁邊。

別爾庫特部隊來了，過沒多久，米林斯基也跑進了商店。他堅持，他只是在討回公道，因為這間商店其實是他的。他還對那些特種警察大吼：「你們知道我是誰嗎？你們知不知道你們在跟誰打交道？！你們明天就會丟飯碗，被人趕到街上去！」

然後他還把議員的證件拿到他們眼前晃來晃去。確實，米林斯基在一九九七年成立了同盟黨，這些年來也一直擁有烏克蘭國會議員的職權。他說合法就是合法。店是他的了。

在YouTube上還有另一部影片，記錄的是米林斯基的政見發表會。一個年輕的電視新聞記者問米林斯基他的財產從哪裡來？米林斯基於是發飆了：「我是白手起家的啊！我每天工作二十小時，當然有錢！你要用點大腦！」他繼續提高音量說：「我的第一筆錢是靠用貝殼和塑膠吸管做成的耳環賺到的！我自己去海邊撿貝殼，自己每天晚上動手把它們做成耳環！我可以教你們怎麼做！」

今天米林斯基是一個擁有好幾十家公司的大老闆。他的母公司叫做「帝國財團」（Korporacja Imperium），在他的網站上，他表示他擁有一點八億美金的財產。

然而他的錢卻不是靠耳環賺來的。在九〇年代，他從辛菲洛普市政府手中接收了所有的公廁，然後把它們改裝成商店。之後，他把辛菲洛普三個主要的地下道改裝成賣場。

辛菲洛普的記者瓦丁・西恰斯涅（Wadim Szczastnyj）曾經寫過報導，關於米林斯基在九〇年代的生意。他寫道：「那些和米林斯基租了店面的可憐人，之後就成了他的人質。房租愈來愈貴，而他們無法退租。那些頑強抵抗的人，米林斯基則找了『塔維亞』摔角俱樂部的小夥子們來對付他們。我算過了，每一個通道每個月可以讓米林斯基賺進五萬美金。市政府什麼也沒得到，而且還要付裝修和水電費用，因為米林斯基確保了合約的內容是對他最有利的。他狡猾地結合了暴力、詐騙和賄賂。」

為米林斯基工作的人包括收保護費的流氓、律師和公務員。二〇〇五年他的手下占據了阿盧普卡的「金口」旅館（Złotoust）。那是一個大型休憩中心——有七百個床位，公園，還有專屬的海灘。法院很快地就讓占領合法化了。米林斯基最後把整間旅館用三億美金賣給了俄羅斯的商人們。

在最新的影片中，一群喝醉酒的、胸膛上戴滿勳章的退休老兵對著攝影機呻吟：「米林斯基，他是個好孩子啊，他知道普通老百姓在想什麼。」這些老兵坐在公園裡邊吃香腸邊喝伏特加，那是一場米林斯基安排的野餐聚會。

而在列夫・米林斯基的官網上則寫著：「米林斯基目前在寫一篇學術論文，題目是：『公民社會中的政府權術』。」

來自克赤的信

「我在克赤（Kercz／Kerch）附近原本有一間製造魚製品的小工廠。那地方就像是童話中的一樣——位在靠近俄羅斯的大港口，在那裡，大型的國營企業已經為兩國的貿易鋪好路了，你所要做的只是努力工作賺錢。本來我的生意也做得很好，直到他們找上我。所有人都在同一天的休息時間，接二連三地出現。不，不是黑道。他們有來，但他們是最後才來的。一開始是衛生局的人，接下來是國稅局，然後是市政府的代表，接下來是民警。他們什麼小細節都不放過。廁所乾淨嗎？機器的貸款有沒有按時繳交？員工休息室在哪？加班費怎麼付？可以請幾天病假？他們把文件翻來翻去，一直翻到最後一頁。他們不讓我們工作。整個工廠都在等，而他們依然我行我素。一個月後，一個陌生人提議要向我買工廠，出價一萬五千美金。我說：不。蓋工廠就花了六萬四千美金，機器花了九萬七千，運輸貨物的車輛則花了三萬。整個公司的帳面淨值就有十九萬美金。」

「幾天後，我在自己家門口被兩個拿著橡膠棍的人攻擊。他們狠狠地打了我一刻鐘。我去報警，警察卻說：『你不該喝這麼多的。』他們當面嘲笑我。我必須帶全家人逃離克里米亞，否則他們會把一切奪走。我把公司賤賣給了一個認識的頓內次克商人。我不會再回家，不會再回到克里米亞了。」

權威

弗拉迪米爾・馬卡魯夫（Władimir Makarow），人稱「白頭沃瓦」（Wowa Biały）。他們叫他「白頭」，因為當他還是個年輕小夥子的時候，就在蘇聯時期的勞改營坐了三年牢，因此滿頭白髮。每個克里米亞人都知道「白頭」是誰。記者稱他是「提奧多西亞的地下市長」，或是「克里米亞最出風頭的犯罪權威」。

二十五年前，當時還年輕的「沃瓦」在克里米亞海灘上是「三個杯子」賭博遊戲的高手。在當時的開放改革政策下，民警沒空去取締這種遊戲。於是「三個杯子」成了最好也是最熱門的生財工具。每到放假，整個蘇聯的工人就會蜂擁到這裡度假，每個禮拜都有大批的人潮來來去去，每一批人潮都代表著幾千個玩「三個杯子」的冤大頭，而這些冤大頭在輸了錢後，第二天就會回到他們在西伯利亞的鋼鐵廠、高加索的集體農場和白俄羅斯的冰箱製造工廠。

「沃瓦」很有才幹。三季之後，提奧多西亞所有玩「三個杯子」的賭博攤子都歸到了他旗下。「沃瓦」的手下都是些虎背熊腰的小夥子，背上有東正教教堂的刺青。每多一條罪名，教堂上就多一座塔。

在「三個杯子」之後，「沃瓦」的手下們掌控了計程車，在計程車之後，則是市區公車。他們計算稅金的方法很公平，和其他人不一樣。「白髮」的保護費不是憑空隨便亂喊價的。他的手下會坐上公車，從起站坐到最後一站，數有幾個乘客，算出平均值，然後告訴司機他要交多少稅金。司機們不會抗議，因為在開放改革的氣氛之下，司機們不賣票，而是直接和乘客收錢。

他手下有十七個討債集團為他工作，幾百人手上有武器。最後，「沃瓦」拿下了提奧多西亞的港口。沒有他，在城市裡沒辦法做任何事。一個典型的例子：載著柳橙的喬治亞貨船在港口已經和公務員周旋了三天，他們不能卸貨，旅程又短，所以沒有冷藏室，柳橙慢慢開始腐爛。有人好心建議：「打電話給『白髮』吧。」兩小時後，柳橙就上岸了。

而人們說他最出風頭，那是因為他買了一架Mi–6直升機。[4] 不知道是從俄國、車臣、烏克蘭還是直接和黑海艦隊買來的。大家都知道，你可以從黑海艦隊買到幾乎任何一種武器，而且價錢還不賴。

Mi–6直升機真的是個龐然巨物，甚至可以用來載坦克。「白髮」通常用它來載林肯加長禮車，或是賓士跑車。

當「白髮」最信任的左右手「斜眼柯利亞」（Kosy Kolia）結婚的時候，「白髮」從提奧多西亞的上空撒下鮮花和鈔票。

一九九九年，莫斯卡將軍在任的時候，對許多「白髮」的成員下了逮捕令，總共有三十個人被起訴。但是「白髮」沒有被抓到。於是警察又給他發出通緝。有人說他在俄羅斯，有人說他在希臘，有人說他經常會回到提奧多西亞，依然在打理自己的生意。

4 一種蘇聯製的大型運輸直升機，最高可載重一萬兩千公斤。

去年疑惑解開了。克里米亞的報紙公布了消息：「白髮」已回到提奧多西亞，就住在度假勝地奧爾焦尼基澤的一棟別墅裡。《今日報》（*Siegodnia*）的記者如此描述「白髮」的別墅：「這棟兩層樓房位在山丘上，面朝海岸。牆的四面覆滿了野玫瑰，就像是白色的瀑布。穿過長滿了無花果樹、柳橙樹、茉莉花和天竺葵的小徑，會來到一個小港，在那裡停泊著『白髮』二十五公尺長的私人遊艇。」

十五年前對「白髮」發出的通緝令依然有效。克里米亞的民警仍在「尋找」。

來自提奧多西亞的信 二

寫信的人甚至沒有屬名，只是寫：「公務員」。

「所有人都知道，我們的市長亞歷山大．弗拉迪米羅維奇．巴提涅夫（Aleksandr Władimirowicz Bartieniew）是因為買賣地皮而被殺的。」

「在克里米亞南部的海岸，買賣地皮像是一場熱病。而在我們這裡，則是真正的瘋狂。人們買地、搶地、殺人，就為了得到海灘上或海邊的一小塊地。俄羅斯和烏克蘭的寡頭、政客、公務員、民警、黑手黨和普通的流氓像是狼群一樣爭奪這些土地。」

「大部分的土地依然是國有的，於是所有的一切都要通過市政府。」

「在過去三年間，克里米亞有四個市長被殺，五個市長被捕，原因都是土地。」

「我自己就親眼看到，在死前的幾個禮拜，我們的亞歷山大・弗拉迪米羅維奇是如何像無頭蒼蠅一樣轉來轉去，在全歐洲尋找更有保障的銀行。他很著急。我知道他每個月會付民警十萬烏克蘭幣，讓他們監聽各式各樣的人，然後把消息傳遞給他。」

「他確實有害怕的理由。他炒地皮炒得很兇，他把屬於市政府的一片海灘奪走了，然後在上面蓋了一間很大的機庫。在科克捷別利（Koktebel）另一塊也是非法弄來的土地上，他則蓋了一間有一百五十個床位的旅館『白色崔馮』。在他被人開槍打死之前，他還來得及用一千三百萬美金的價格把它賣掉。」

「現在我們被併入俄羅斯了，接下來會發生什麼事？現在這些強盜的火拚才真正要開始。人們說，會開始國有化，法規、政府和民警都會改變。新的玩家出現了。新的老大也會出現。老大的制度是很敏感、複雜的系統。在一個老大上頭還有另一個，從普通的流氓或警察算起，上頭不斷會有更大的老大，一直到寡頭。這些老大各有各的特色和作風。但有一件事是可以確定的——在俄羅斯最後的老大就是克里姆林宮。」

在泛黃的紙上讀用俄文字母寫成的信是一件很困難的事。有些地方紙破了，有些地方有墨跡。

一字一句的，這封顫抖的信把災難的圖像描繪了出來：

我最親愛的莉亞，我想了很久，到底要不要對妳說實話，要不要一五一十地告訴妳，在我們這裡發生的事。我不希望妳認為，我寫信給妳是要尋求妳的幫助，我知道你們也有自己的問題。每個人都有。但是也許當我把它寫下來，我心裡頭會好過一點。

不幸，莉亞，不幸的事件在我們的家族中發生了。我們以為，蘇聯解體了，因為必須如此。在烏克蘭我們對此感到很開心。當共和國自治的條文公布時，還有當真正獨立的消息公布時，尤里高興地把國旗掛在了我們的陽臺上。當他們的烏克蘭獨立週年（烏克蘭是在一九一八年獨立的）到來時，基輔、利沃夫和伊萬諾—弗蘭科夫斯克（Iwano-Frankowsk／Ivano-Frankivst）的人們手牽著手形成人龍，把這三個城市連了起來。尤里也去了，他那時候已經六十五歲了呢。可以說，我的丈夫是一個烏克蘭愛國者。

當我擔心我們的國家崩潰後會變得如何，尤里安慰我說：不會發生任何事，只會愈來愈好。嘉拉，妳會看到的，這麼多人都因為擁有自己的國家而高興，我們的國家就是烏克蘭。

妳看看帕威爾，他的生意做得多好啊。我們已經老了，該是退休的時候了。

帕威爾的生意確實做得愈來愈好。我之前寫信告訴過妳，他和他的妻子娜塔莉在精華地段的新大樓裡面買了一間漂亮的五房公寓。他們很高興，他們的生活也過得很好。看到我的孩子們高興，我也覺得開心。我於是想，也許尤里是對的，如果年輕人會過得更好，那麼蘇聯解體也是必然的事。因為我們的時代已經過去了。

沒有一件事是理所當然的。沒有人知道，未來會往哪個方向發展。獨立還不到三年，不幸的事件就開始了。

帕威爾引起了老大們的注意，那些強盜以徵收「保護費」之名向他勒索。在烏克蘭市場分成好幾塊。販售亭和市集上的小商店歸普通的流氓管，大一點的公司歸民警管，更大的工廠則歸國安局管，諸如此類。帕威爾不明白，每個人都要有自己的老大。他反抗他們。

我可以想像。帕威爾比我大十五歲，充滿自信，是我童年時的英雄之一。他和他父親一樣是個冶金工程師。在蘇聯時期，在他設立自己的公司之前，他曾經在一間巨大的、負責生產潛水艇引擎零件的武器工廠工作。在我還小的時候，他帶我去參觀過他的部門。我這一生中從來沒有看過比那更大的空間，在天花板底下有許多巨無霸般的機器——高架起重機把像是房子一樣大的零件吊來吊去，到處都是轟隆轟隆的聲響還有機器發出的尖嘯。

沒錯，這個男人一定會反抗。他是個兩百公分的大漢，有著方正的頜骨，堅強有力的肌肉，鋼鐵般的韌帶。他跑得最快，潛水也潛得最深。

一九九五年夏天，當帕威爾從克里沃羅格到第聶伯羅彼得羅夫斯克出差時，H11號公路上的警察把他攔了下來。他只記得這些。

接下來發生了什麼事？隔天，一個偶然路過的司機在同一條公路的路肩上找到了他，離他被攔下來的地方有八十公里。他昏迷不醒，全身是血。

在醫院，醫生認定他的脖子被某種硬物打中，可能是鐵棍或是鐵管，甚至有可能是他放在行李箱裡面的他自己的產品。

診斷：頸部的脊椎斷了，脊髓也損傷了。這代表著全身癱瘓，唯一完好的部分只有頭。

尤里對自由的狂熱和讚嘆就在那一瞬間、在H11號公路上破滅了。沒有人受到懲罰，民警束手無策，檢察官拖拖拉拉。沒有人，完全沒有任何人會為發生在H11號公路上的事負責。家庭生活就像玻璃瓶一樣打碎了。嘉拉和尤里退休了，帕威爾的妻子娜塔莉一邊照顧半身不遂的丈夫，一邊養育成長中的孩子瓦丁。

一開始娜塔莎阿姨會幫忙，從遙遠的西伯利亞，從秋明寄錢過來。但是後來私有化開始了。俄羅斯人和烏克蘭人用同樣一個詞稱呼私有化：「prichwatizacja」，意思大概是把別人的東西搞成是自己的。這又是另一個苦澀的文字遊戲。後蘇聯共和國大部分的人民都獲得了所謂的「私有化卷」(voucher prywatyzacji)。人們之後可以利用這些票卷，購買私有化公司的股票。大部分的人立刻就把這些票卷拿去換現金，但是在秋明的情況不一樣。有一群大膽、對歷史性的改變抱持開放態度、和蘇聯共青團有關聯的年輕同志，提出了「員工私有化」的概念。他們提議，在他們的監督下創立一個信託基金，而這個基金會讓員工們的股票增值。所有人都會成為富翁。聽起來很棒。娜塔莎和格里高利身為特殊專家和資深員工，擁有非常多的股票。他們一點都沒有猶豫。蘇聯共青團的同志確實很大膽、受過教育，而且對歷史性的改變抱持開放態度，除此之外這些同志還是他們的好朋友。在基金成立了半年後，蘇聯共青團的同志就帶著基金來到莫斯科了。大家都知道那是首都，股票市場、銀行、新的百萬富翁和億萬富翁正在誕生。

在接下來的三年間，秋明地圖學研究中心的投資者們依然會定期收到財務報表，關於他們快速增值的資本。在一九九七年，娜塔莎和格里高利決定從他們的鉅額投資中拿出一部分。那時候問題出現了。他們找不到他們的錢、他們的股票，也找不到基金，只找到一個郵局信箱。而那些基金的主人，也就是對歷史性的改變抱持開放態度的同志和好朋友們，早已在多年前成了賽普勒斯（Republika Cypryjska／Republic of Cyprus）的公民。娜塔莎和格里高利只是這些人的工具。

第四章　革命守衛的營帳

在獨立廣場，在革命者的帳篷之間長滿了番茄。人行道上的地磚都在戰鬥時被敲下來了，現在這些空隙成了理想的花圃。種番茄這個主意很好，因為存糧不是很充足。

托列克（Tolik）目前沒有事做。他整天都待在空無一人、用舊輪胎堆成的堡壘，坐在用來拋擲汽油彈的機器旁邊。他在一本破破爛爛的筆記本上寫下他的回憶。

有時候他會向好奇的行人訴說某項英雄事蹟。這樣的故事很多。托列克待過博格丹・赫梅利尼茨基第三十一隊（31. Liniowa Sotnia im. Bohdana Chmielnickiego）。[1]這個部隊的人負

1　這個部隊的名稱是以歷史人物博格丹・赫梅利尼茨基（Bohdan Chmielnicki／Bohdan Khmelnytsky，一五九五—一六五七）來命名。博格丹・赫梅利尼茨基是一個爭議性人物，一方面他率領的赫梅利尼茨基起義，讓烏克蘭哥薩克人從波蘭獨立，建立了自己的國家；但也有人認為，他與俄羅斯結盟，為這個國家埋下禍根。除此之外，在起義期間大量猶太人被屠殺，因此對猶太人來說，赫梅利尼茨基是殘忍的暴君。

責保衛格魯舍夫斯基大街（ul. Hruszwskiego／Hrushevsky Street）上的路障。那路障就位於前線，而且是和其他地方隔離開來的。

有時候他會停下書寫，彷彿從夢中醒過來似地站起來，四處張望，想確定這地方是否依舊。小鳥在公園裡歌唱，遠處傳來電車的聲音，路障被拆除了，堡壘旁的男孩們平靜地在鍋子裡攪拌食物。第三十一隊現在只剩下幾個十七歲的少年。他們會在晚上拿起警棍和手電筒，以革命糾察隊的身分到基輔各處去巡邏。托列克不去巡邏，他才不要讓自己看起來像個蠢蛋。

筆記本已經寫完了。他是為誰而寫？為了妻子，讓她改變心意嗎？為了孩子，這樣他們才知道他是為了什麼來到這裡？或許是為了他自己，這樣他才不會瘋掉？

孤獨

托列克來到獨立廣場上已經三個月了。他把妻子和兩個孩子留在了第聶伯羅彼得羅夫斯克。確實，他們處不好已經很久了。托列克有著狂傲不羈的靈魂。從學生時代起，他就不斷參加這個或那個社會組織或祕密組織，經常去開會、發傳單、上街頭抗議。因為這些政治活動，托列克的手頭一直很緊，而他的脾氣也愈來愈火爆。

當他離家去獨立廣場的時候，妻子告訴他，他可以不用回來了。他不相信她的話，但她沒有在開玩笑。現在有個男的定期會去找她。他的名片上寫著「經理」，是個賣口香糖的。托列克跑去找那個人，狠狠揍了他一拳——但那又如何？現在，在格魯舍夫斯基街的堡壘，第三十一隊的帳篷再次成了他的家，但可以維持多久？

克利奇科[2]最近來過了。他和基輔的市民見過面，因為他想競選市長。那些人問他，赫雷夏蒂克街（〔Chreszczatyk／Khreshchatyk〕再怎麼說都是基輔的主要道路）什麼時候可以通行？也就是說，抗議者們什麼時候會帶著自己的帳篷離開？

克利奇科回答，獨立廣場已經完成了自己的歷史任務，而在五月二十五日的選舉過後，必須把這些帳篷拆除，解散自衛隊，讓人們回家。「城市必須正常運作。」他說。

正常運作……托列克腦中一片空白，留在他身體裡的只有這些記憶：緊張、節奏快速的白日，在崗位上鎮守。警醒、擠滿了人的夜晚——在破爛的帳篷旁。衣服爛到綻了線。襪子很緊，襯衫黏黏的，呼吸聞起來有酸味，但他不會感到羞恥。這裡的每個人都是如此，就像

2　維塔利・克利奇科（Witalij Kliczko／Vitali Klitschko；一九七一—），現任基輔市長，曾是職業拳擊手。

是一個大家庭中的兄弟。在人與人之間，可以看到忠誠、信仰和希望。

而現在呢？他們留在獨立廣場，因為必須有人監督政府。政府就是這個樣子，一旦它得到權力，馬上就想欺騙普通老百姓。到時候就必須再一次築起路障，所以最好是根本就不要完全拆除。

誰留了下來？建築臨時工、打零工的人、無業人士、焊接工、養豬的人、拖拉機司機、學生、販售亭的店主（收賄的和收保護費的流氓已經把他的一切都奪走了）。

在這裡，一個是上校，一個是哥薩克隊長，另一個是百夫長，連長，或是某部隊的射擊手，或某某分隊的哥薩克人。當他們穿上制服，戴上臂章、勳章、軍帽和肩章，他們就不再是半年前穿著中國製造的運動褲、還有二手西裝來到廣場上的那些人。

這一段以路障圍起的街道是他們的國家，是幾百公尺重新奪回的尊嚴，是在破爛帳篷屋頂下的烏托邦。

附近政府機關的權力無法到達這裡。民警不能進入獨立廣場。有問題嗎？請和維持秩序的指揮部聯絡——那是獨立廣場的自衛隊。

自衛隊的糾察員神氣地大步走過。他們手中拿著警棍，會向路過的行人盤查證件。有時候他們會要求你打開大一點的袋子，讓他們查看。他們很小心地防患未然，就怕有人來挑撥鬧事。他們肩上擔負著重要的責任。

在自衛隊的參謀部，一整天都有高階軍官在值勤。現在值勤的是列昂尼德・克魯（Leonid Król）。他有著銀色的鬍子，身穿黑色制服、戎裝皮帶，皮帶上繫著芬蘭刀和一個用來裝彈藥的褐色皮袋。在他的辦公桌上有一個哥薩克軍事領袖的象徵——一根一公尺半的箭羽錘。

他今年五十五歲。在來到獨立廣場之前，他是個建築工人。在這裡，因為他年輕時念過警校，於是很快地升成上校。在二月的戰鬥中他腹部中彈，幸好子彈只擦過表皮，所以他很快就恢復了。

當我問他關於回家的事，克魯陷入沉思。他有回去的理由。在平靜的小鎮舍佩蒂夫卡（Szepetówka／Shepetivka），他的妻子和孩子在等他，還有農莊以及建築公司。

他必須回去，銀行還有貸款要付，然而……「我很少和人說這個，但是我知道，我要回去的世界並沒有比我當時離開的那個世界好多少……」他說：「在這裡，至少還可以做一點夢。」

才幹

赫雷夏蒂克街上的人行道沒有地磚，說得更正確一點，是沒有人行道。車道都被軍事帳篷占據了，而道路兩旁則是沙子，地磚推成的牆劃分出革命區域。在獨立廣場戰況最激烈的時候，這裡築著高高的、具有威脅性的路障。現在只要這道簡單的矮牆就夠了，在和平時代它比路障更實用，而且建築風格也更賞心悅目。

在牆與牆之間，已經有可供行人出入的寬闊通道。在具有威脅性、禁慾、軍事化的革命氛圍之中，我們也可以逐漸看到繽紛多彩、具有正面價值又有趣的城市生活剪影。迷彩裝、貝雷帽和沉重的靴子在車道上，在各自的帳篷前鎮守；同一時間，在破碎的人行道上，大衣、洋裝和高跟鞋也搖曳生姿地飄過。

革命的守衛們很樂意接待來客。畢竟和獨自一人坐在歪歪扭扭的凳子上、守在帳篷前比起來，和客人聊天還是比較愉快的。而且，搞不好對方還會捐幾塊錢。

在每個帳篷前都有一個盒子——那是贊助革命者的樂捐箱，好讓他們給手機加值或購買食物。

革命者有自己的共同廚房，但是隨著時間過去，可以丟進大鍋裡的食物愈來愈少了。在獨立廣場上負責煮飯的瑪莎向每一個來領湯的人道歉：「今天沒有湯，但是我保證明天一定有。明天我們會得到豆子，甚至豬油。但是今天材料都用完了。我們有麵包、果醬和熱茶。拿吧，你們拿麵包吧，需要多少就可以拿多少。」

米亥沃．伊永（Mychajło Ijon）是個很有才幹的人。這位來自摩爾多瓦的志願軍和他在戰鬥團體中服務的小舅子，早就料到會有物資調度上的困難，所以在一個月前就開始了半商業化的活動。

他們彷彿像是專業的推銷員，在行人走進圍牆中後就跑去和他們搭訕。他們很快地把紀念品（一個藍黃相間的緞帶，上面印著做為烏克蘭國徽的金色三叉戟和「勝利」的字樣）塞進對方手中，然後會把四、五個人帶進獨立廣場的中心。

他們在一座帳篷前停下。那座帳篷上寫著「沃里尼亞第十五隊服務中心」，旗桿上則掛著寫有「烏克蘭民族主義者組織」字樣的烏克蘭國旗。

在帳篷前有一場展覽：刮壞的頭盔、旗幟、用舊的防彈背心、十字鎬的木柄、從別爾庫特部隊那裡奪來的棍棒和頭盔、自製手榴彈、木製盾牌、還有用來發射汽油彈的氣動式迫擊炮（完全是獨立廣場的抗議者自製的熱門產品）。

「水管、調整射程的支架、一瓶壓縮空氣。很簡單的結構，但是超級有效。」米亥沃對觀眾解說。「這是我們用追擊炮發動攻擊的照片。」他說，然後吸了一口氣，停頓了一下，繼續說：「這是我在發射。」

米亥沃的小舅子這時指指身邊的樂捐箱：「如果各位想要支持我們這些起義者，祖國不會忘記你們的貢獻的。現在正是歷史性的一刻，革命仍在持續。」

在獨立廣場的另一頭，在大學街（ul. Uniwersytecka）旁邊，行人們則會被一個身材矮小、身上綁著國旗的老人攔下。那是拖拉機司機帕威爾・沙須克（Paweł Saszko），他因為身上綁的那幅旗子而在獨立廣場上遠近馳名。沙須克身上的國旗是倒過來的——藍色在下，黃色在上。

有人走過去提醒他，要用正確的方向戴國旗。如果他搞錯了，那沒辦法——但如果他是故意的，那實在很沒禮貌，不可以這樣做。我們處在艱難的時刻，國家正在存亡之際，必須尊敬國旗。如果那人這樣說，就正中了沙須克的下懷。他馬上會把行人拉到大學街路口，基輔那血腥「狙擊手大道」(„aleja snajperów”）的現場，「我會告訴您關於國旗的事。」他預告。

「您看到那些刮痕沒？那是狙擊手的子彈擦出來的。」沙須克說：「我當時就站在這裡，子彈從我的臉頰邊呼嘯而過，然後射中了旁邊一個不到二十歲的男孩。這是他的肖像。更遠一點的那邊死了兩個人，再過去死了三個。在這裡，在這條街的中心，可以看到整座陵墓，因為在這裡至少有十個人被殺。您看看這些照片，這些孩子是多麼年輕啊。這個女孩是護士，她也曾經從我身邊跑過去。她背部中彈，剛好打到脊椎。那些子彈都很大，像是我的無名指那麼長。那真是可怕的一天。讓我們禱告吧。您對國旗感興趣嗎？您看到那棟政府機關上面空蕩蕩的旗竿了嗎？是我在半夜把上面的旗子拿掉的。我會給他們掛反過來的國旗。我會一直把他們的國旗拿下來，然後掛反的上去。」

沙須克的理論是這樣的：這個國家所有的災難都來自於錯誤的國旗掛法。在下面是黃色——那是土地的顏色，象徵著底層所有的擔憂，而在上面是藍色——那是代表著天堂和天使、自由及快樂的顏色。

在烏克蘭，地面上的東西現在往上升，傷害了天空，於是天空降下了雨。這就是為什麼烏克蘭一直在受詛咒的邪惡中掙扎。

如果我們把國旗反過來，那麼天空的元素就會從底層上升，然後永恆地讓大地充滿愉悅及和諧。

走過大學街，再往前一百公尺就是赫雷夏蒂克街和格魯舍夫斯基大街的交叉口，那是獨立廣場最後的邊界。就是在那裡的堡壘，托列克的博格丹・赫梅利尼茨基第三十一隊進行了著名的戰鬥。

在高高的旗桿上有四面國旗，都是反過來的。

同心

戴著黑紅相間的臂章、來自右區的年輕人們在走到獨立廣場上時，用手指著葉赫・索伯列夫[3]，一邊竊竊私語地評論。從他們的臉上，可以看到明顯的敵意和挑釁。

索伯列夫也用同樣的態度回敬。他舒舒服服地在餐廳的露天座位裡坐下（那是全城最貴的壽司餐廳），挑釁地看著那些年輕人。他搖晃著腿，點了他要的餐點。

他以前還是他們的同志，今天卻穿上了淺色的春季西裝，褲子燙得筆挺，頭髮的分線十分整齊，指甲也修得乾乾淨淨。而他們則穿著髒兮兮的迷彩裝和破破爛爛的軍靴，頂著光禿禿的腦袋（看起來就像勞改營的囚犯），手指因為沒有濾嘴的香菸而泛黃，指縫裡也都是泥土。

索伯列夫曾是獨立廣場的菁英領導之一。他當過記者，寫過幾十篇追蹤調查的報導，而且還是意志黨（Wola／Volia）的創始人。

右區就像它字面上所表達的意思一樣，在烏克蘭找不到比它更右的組織了。他們討厭索伯列夫，因為他是個「玻璃」——也就是同性戀。一月，當索伯列夫和一個男人擁抱的影片在網路上出現時，他就被踢出了獨立廣場的社會議會。但是當獨立廣場勝利後，索伯列夫就像在這裡的人們口中所說的，「成了檯面上的人物」。他當上了烏克蘭除垢委員會（Lustracyjny Komitet Ukrainy）[4]的委員長，這個部門是設在烏克蘭總理阿爾謝尼・亞采尼克[5]的內閣之下的。

索伯列夫說，在他的情況中，「來到檯面上」只是個修辭罷了。「除垢委員會只是個根據革命規則運作的機構。在烏克蘭的法規中，甚至沒有『除垢』這個詞。所以我沒有任何法律上的依據、經費和辦公室，甚至連一張可以當作『檯面』的桌子都沒有。」

既然如此，他要怎麼有一番實際作為？獨立廣場上的人現在不只因為他的性向而批評他，也因為他為了個人事業而接下一個像花瓶一樣的職位。

---

3 葉赫・索伯列夫（Jehor Sobolew／Yehor Soboliev；一九七七—），烏克蘭國會議員，曾任記者。

4 除垢（lustracja）是中、東歐國家轉型正義的重要法令，目的是限制之前威權政府時期，曾經迫害人權的情治人員、官員、司法人員繼續擔任公職，避免他們影響新政府的運作。

5 阿爾謝尼・亞采尼克（Arsenij Jaceniuk／Arseniy Yatsenyuk；一九七四—），烏克蘭政治人物，在二〇一四到二〇一六年間擔任烏克蘭總理。

索伯列夫為自己辯護：「現在是革命的時刻，能搶到多少權力，就要去爭奪。在歷史上，每當有革命運動，必定會產生反革命。現在兩者的間隔通常很短。只有趁現在才能做一些比較激進的事。」

「還有一件事——」他補充：「在選舉後會產生新的團隊。誰能把政府撐起來？是那些（他指指右區的年輕人們）丟汽油彈的專家和在網路發動抗爭的人嗎？這些象牙塔裡的傢伙們從來沒在行政體系內工作過。我在政府的這段期間所學會的事，比我過去十八年所學會的還要多。」

在帳篷裡，人們夜復一夜不耐煩又狐疑地討論激進的手段。革命的守護者們不斷提到「公投」二字。人們無法整合出一個共識，也不是很確定公投的內容到底應該是什麼。最好是關於所有的一切。權力必須回到人民手中！喔，沒錯！

在瑪莎廚房旁邊的廣場（就是今天領不到湯的地方）有一個穿黑色制服的人把桌子攤開，擺上了許多傳單，他也把擴音器打開了。

「說得好。」——隔一陣子就會聽到有人這樣評論。講者很能抓住群眾的情緒。他想要讓大家完成聯署，讓公投來決定反貪腐的法規。他的名字是狄米崔·柯爾雄（Dmytro Korszun）。

他這麼自我介紹：他曾是革命反貪腐辦公室的警察。

阿爾謝尼．亞采尼克在自己的內閣中設置了專門處理反貪腐政策的全權代表。接管這個職位的是特蒂娜．車娜沃爾[6]，獨立廣場的抗議者，烏克蘭國民議會—烏克蘭國民自衛隊的社運人士，就像索伯列夫一樣，她是亞采尼克成立的社會諮詢小組的成員。車娜沃爾多年來都在對抗政府。她曾舉辦過許多反政府的著名抗爭，為了抗議而把自己綁在基輔火車站的鐵軌上，還帶著攝影機潛入亞努科維奇的宮殿。

在短短幾天之內，特蒂娜．車娜沃爾就組了烏克蘭反貪腐辦公室，網羅了三十個她的親信。在這些人之中，也包括狄米崔．柯爾雄。這個組織成立的目的是為了協助革命政府，在打擊貪腐的工作中提供武力支援。

「貪腐」二字就像是引爆炸彈的雷管，柯爾雄身邊立刻圍滿了群眾。

「從第一天開始，我們就有一籮筐問題。」講者說：「沒有法規，沒有辦公處，沒有經費，也不能使用武器。我們試圖完成自己的工作，因為在我們身後有最重要的法律——也就是歷史的制裁。我們用信念和堅定的意志來支撐我們的行動。如果我們進入某個地方，我們就像

6　特蒂娜．車娜沃爾（Tetiana Czornowoł／Tetiana Chornovol；一九七九—），烏克蘭記者及社運人士，現任烏克蘭國會議員。

是反恐分子，戴著面罩，破門而入，用槍管頂著嫌犯的牙齒，命令他躺在地上，檔案和文件漫天飛舞，抽屜也從書桌中被拽出來。哈，我還需要多說嗎？一句話，就是專業啊。」

「然後人們開始挑釁了。他們在網路上說，我們狩獵那些前極權政府的官員，像是討債集團一樣收回他們從人民手上搶走的財產。我們原本把一個反貪腐的法案交給國會表決，現在不知道為什麼，竟然有了四個。」

「但是接下來的一切就像往常一樣。某個文件被揭露出來，說特蒂娜有精神分裂，曾兩度在精神病院做治療。國會把我們的四個法案都丟進垃圾桶了。我們的團體被解散了，而我回到這裡，回到你們身邊，為了公投而奮鬥。」

一小群人鼓譟著，一邊咆哮、發出難聽的咒罵。「我們到底是為了什麼而設下這些路障？這裡的人們都白白犧牲了。我們被貪腐壓得喘不過氣，這是我們祖國最大的不幸，掃除貪腐明明是獨立廣場的人們最熱切的渴望之一啊。」

在這裡，不只有穿著迷彩裝的革命守衛，許多牆後的平民也停下來聆聽柯爾雄的演說。人們一個又一個地在聯署名單上簽名。

他們臉色陰沉、充滿擔憂地四散離去。在大學街上，人行道的牆邊，有一個帶著碎花頭巾的女人正在向群眾吆喝。「來吧，來吧，給天堂百人點根蠟燭，我這裡也有蠟燭燈。」

在一張攤販的小折疊桌上擺著東正教的蠟燭、蠟燭燈、印有烏克蘭國徽的郵票、右區黑紅相間的貼紙，還有迷你國旗。

「給我一個蠟燭燈和兩根蠟燭，嬤嬤。」

「蠟燭燈十五塊烏克蘭幣，蠟燭一根五塊，再買幅國旗吧。」

客人差點沒昏倒，臉色立刻沉了下來。一個蠟燭燈要十五烏克蘭幣？這根本是高利貸、搶錢的生意。

「嬤嬤，您不覺得丟臉嗎？您這是在利用對英雄的紀念。我們在革命，而您卻在做這種事。」

「嗨，小夥子啊，你們的革命可不會讓我填飽肚子。我也有生活要過。兩個算你十塊吧，願上帝保佑你。」

我在基輔曾經有過一個女朋友，她的名字是安娜絲塔西亞（Anastazja），或簡稱娜絲塔亞（Nastia），或是絲塔辛卡（Stasieńka）。那是一九八六年夏天的事，當時的天氣完全像今天一樣。今天，戰爭就在基輔六百公里以外，而今天的聶伯河岸沙灘也像當時一樣，擠滿了年輕人。我那時十五歲，和許多人一樣站在像

寫在留白之處

戰爭盒子

衣櫃一樣大的販賣機前面排隊，等待我人生中的第一杯啤酒。我把硬幣投進去後，機器就會往杯子裡（杯子是用鐵鍊拴住的）注入像水一樣稀的日古廖夫斯柯耶啤酒（Żyguliowskie／Zhigulevskoye）。這些機器在當年的基輔可是超紅的，它們代表著新潮的氣息。啤酒！那是蘇聯時代最缺貨的產品之一。在每一個販賣機前面都排了長長的隊伍，排隊的都是男人。第一個一口乾掉之後，就馬上到隊伍的最後方去排隊。這是社會的約定俗成，良好的排隊習慣：一次只能喝一杯酒。其他人也在等！隊伍裡的每個人都有錢，但是啤酒就像藥品一樣稀少。

一九八六年夏天，車諾比核災事件過後的三個月。在河上游一百三十公里之處，正持續著自從長崎原爆以來，地球上最嚴重的核能事故。而在沙灘上呢？哪裡有什麼輻射啊！到處都是笑聲！除此之外還有啤酒、冰棒、穿比基尼的女孩、男孩、籃球，還有「烏爾奇」（urki）——也就是身上刺有東正教教堂刺青的黑道分子。

但是我可以感覺到，人們身上有不好的改變。他們很緊張，嘴角緊繃，聲音裡帶著攻擊性。他們喝很多酒。即使消息被封鎖了，但是在基輔的所有人都已經知道，在河上游一百三十公里的地方發生了什麼事。

我記得我和人們談論過那些被命令去清理輻射瓦礫的役男。他們手裡拿著鏟子，頭上戴著鉛製的桶子，只露出兩隻眼睛，胸前有一片鉛板，在背後緊緊地用鐵絲繫起來。這就是蘇聯的防輻射衣。那些人都是志願者，他們很樂意去做這件事，因為在車諾比的整個服役期間只持續十幾分鐘，命令只有一個：「手拿鏟子，把瓦礫鏟上貨車，然後快滾！」做完這件事，就可以贏得胸膛上的勳章，並且除役，成為後備軍人。後來有很多人寫了許多關於這些年輕人的事。有幾千個回憶、訪談、報導。他們都很年輕就死了。

娜絲塔亞十七歲，有著綠色的眼睛和銅紅色的捲髮。她比我大兩歲，那時候，在一九八六年七月，她剛考上了基輔的藝術學院。

娜絲塔亞很少笑，她經常講關於戰爭的事。她的哥哥冬天在阿富汗戰死了。她的同學則在等待秋天的軍隊徵召。我記得她提到那些會跳的反步兵地雷，它們會把人炸得四分五裂，卻不會把人殺死。她也告訴我關於美國的火箭，它們是那麼地輕，一個人就可以扛起來，但是它們卻可以把直升機和所有機翼上有紅色星星的飛機打下來。她還說，她們家有一個戰爭盒子，裡面裝著她哥哥的勳章。媽媽把這個盒子放在客廳的牆櫃上，放在有著綠色封面的《靜靜的頓河》[7]上下冊精裝本旁邊。

---

7 《靜靜的頓河》（*Cichy Don*／*And Quiet Flows the Don*）是蘇聯作家肖洛霍夫（Mikhail Sholokhov；一九〇五—一九八四）的小說作品，描述兩次戰爭（第一次世界大戰、蘇聯國內戰爭）和兩次革命（二月革命、十月革

如今我明白，她當時對我所說的事，我沒有一件聽進去。我當年十五歲，從華沙來到這裡。我的父親在華沙起義期間在市中心活過了兩個月。但是有著綠色眼睛的憂鬱女孩口中那會跳的、殺了她的哥哥的地雷，對我來說實在太遙遠了。

我現在正坐在離沙灘不遠的基輔水公園，在著名的露天運動場。那時這個運動場也在，有著水泥做的舉重槓鈴，還有栓在鐵鍊上的啞鈴，這樣才不會被人偷走。

穿著藍白橫紋汗衫和工裝褲的男人們對著輪胎練習跆拳道的踢腿動作。更遠一點，有幾個嘴上無毛的小鬼在練習用刀子攻擊。他們的導師是一個戴著天藍色貝雷帽的五十歲壯漢。那個前俄羅斯空降兵[8]在那些堆疊起來、用來練習打拳和踢腿的輪胎上畫了一個人像，然後在特定部位上打叉，指出哪裡是肝臟，哪裡又是主動脈和心臟。好了，開始，給我殺！

「這些孩子是烏克蘭童子軍『皮拉斯特』(Plast）的成員，他們想要上前線作戰。」導師解釋：「他們還太年輕，但是就讓他們去練習吧。誰知道什麼時候會輪到他們？」

娜絲塔亞馬上就要來這裡了。我會知道關於她的兩段失敗婚姻，還有兩個美麗的孩子。女兒和她一樣是個藝術家，兒子今年將滿二十五歲，是個電玩設計師。我一眼就會認出她：她的臉看起來很疲倦，依然沒有笑容，眼睛有些腫脹，眼珠子是綠色的……

我會和娜絲塔亞一起坐在基輔水公園的長椅上，看著男人做運動，看著孩子們練習用刀挖出敵人的肝臟。

娜絲塔亞會再次談論戰爭。她兒子志願報名參加烏克蘭國民警衛隊，已經上路了。而我會聽她說，並且一邊想著一九八六年的夏天。我不會問她關於那個她媽媽放在客廳牆櫃上的木頭盒子的事。

命）期間，頓河哥薩克人的生活。

8　俄羅斯空降軍（Russian Airborne Troops），從事空降作戰（利用降落傘或飛機從空中降下進行突襲）的一種軍隊，士兵的特徵是身穿和水手一樣的藍白橫紋汗衫，戴天藍色貝雷帽。

第五章　生死未卜

塗了黃色護壁的牆還有整個走廊都貼滿了告示。獨立廣場上的人們稱這些告示為poiskowoczki，類似「尋人啟事」的意思。

第一則，**尤里．伊凡諾維奇．安格伍**（Jurij Iwanowicz Angiełow）。生日：一九七一年八月二十八日。居住地：克里米亞，別爾江斯克（Bierdiańsk／Berdiansk）。二〇一四年一月二十八日在塞凡堡（Sewastopol／Sevastopol）失蹤。一月二十七日最後一次和母親通話。他在電話中告訴母親，他要去基輔的獨立廣場。二月二日，母親接獲民警的通知，說他們在塞凡堡的火車站找到他的護照。

第二則，**羅曼．瓦希列維奇．格拉辛屈克**（Roman Wasiliewicz Gerasymczuk）。二〇一三年十二月十七日失蹤。穿著紅色及黑色的雙面外套，黑色牛仔褲及黑色運動鞋。他在十七日下午出門，沒有人知道他往哪個方向。當天晚上他打電話回家，說：「媽媽，別生氣，我在獨立廣場上。」他最後一次打電話回家是在一月四日，第二天，他的電話就在收訊範圍之外了。

第三則，**葉夫基尼・弗迪米羅維奇・達許科維奇**（Jewgienij Władimirowicz Daszkiewicz）。生日：一九九四年三月十五日。居住地：卡盧什（Kałusz／Kalush）地區的沃伊尼利夫（Wojników／Voinyliv）。二〇一四年二月二十日失蹤。人們最後一次看到他是在那天傍晚六點，在卡盧什公車總站。他說，他要去基輔。他帶著一個大旅行袋。那天晚上他最後一次打電話回家。他的家人說，他身上可能帶著很多錢。

第七則，**羅曼・謝蓋爾維奇・伊凡諾夫**（Roman Sergiejewicz Iwanow）。一九九六年生。住在伊萬諾—弗蘭科夫斯克（Iwano-Frankowsk／Ivano-Frankivst）。二〇一四年一月二十七日失蹤。那天晚上八點他去路障前的崗位站崗。從此之後沒有人再看過他。

第二十一則，**安德烈・伊凡諾維奇・伊尼茨基**（Andrij Iwanowicz Ilnincki）。在二〇一四年二月初失蹤。他本來要去第十七號醫院就診，根據家人的說法，他也去了。但是醫院的登記簿上沒有他的名字。

第三十二則，**愛德華・馬克辛莫維奇・米亥炎科**（Edward Maksymowicz Michejenko）。二十六到二十八歲。住在盧干斯克（Ługańsk／Luhansk）區域。二〇一四年三月五日下午在基輔的自由宮殿（Pałac Wolności）一帶失蹤。在失蹤前，他曾在被獨立廣場的戰士所占領的自由宮殿住了好幾個星期，負責保衛這棟建築，同時也是獨立廣場指揮部的成員之一。三月五日，他和兩個自衛隊的同伴一起去見一個男人，對方表示要拿馬鈴薯給獨立廣場上的抗議者，只是需要人幫忙從比薩拉比亞市場載過來。他說他有車，但車上只有一個空位。愛德華上了車，而他的同伴們決定用走的過去。他們看到載著愛德華的車往市場的方向駛去，但之後卻突然開始加速，並從他們眼前消失。那是一輛白色的豐田卡羅拉。他們在市場上沒找到愛德華，也沒找到豐田卡羅拉。從那天起，沒有人再見過愛德華。

第四十則，**馬克辛・弗拉迪米羅維奇・斯格普尼科夫**（Maksym Władimirowicz Skripnikow）。一九六九年生，住在基輔。身高一百八十五公分，身材中等，右手臂上有一個被刀刺中的傷痕，腹部上也有移除膽囊的手術痕跡。他是阿富汗戰爭的退伍士兵，有癲癇症，也許還有失憶症。他在二〇一四年三月十二日離開家，之後就沒有回來。他在獨立廣場上的廚房工作。人們在二月的街頭衝突後，還有在皮爾切斯卡區（dzielnica Pieczerska）的民警崗位上見過他。

「八十五個人。」我聽見背後傳來一個聲音：「我們還在尋找八十五個失蹤者。」啊，就是他了！他就是我在等的人。站在我身後的是一個高大帥氣的黑髮男子，還不到三十歲，穿著T恤和軍裝褲，揹著一個運動背包。他的名字是塔拉斯・馬特菲耶夫（Taras Matwiejew），是一名記者，他和他的考古學家朋友尼古拉・安德烈耶夫斯基（Nikołaj Andrijewski）早在三月初就成立了一個叫作「獨立廣場尋人」（Poszukiwawcza Inicjatywa Majdanu）的組織，召集了許多志工，尋找那些在烏克蘭革命期間失蹤的人。

「你知道最令人難過的是什麼嗎？」塔拉斯開始說：「傑內第・莫斯卡——革命政府任命的委員會領導人、民警的上師、那個毫不妥協、知道怎麼在流氓面前捍衛法律的男人——告訴我們：根據官方數據，沒有需要尋找的人。在他們內政部的資料裡，只有兩個人失蹤。」

「莫斯卡，就是那個在克里米亞對抗黑道及貪腐的警長？」

「就是他。」

「也許你們算錯人數了？」

「我們和支持我們的民警和區警合作，聯手尋找那將近一百個失蹤者。那些人前一天都還在的，隔天就彷彿人間蒸發了。」

「你們有找到任何人嗎？」

「有的。在獨立廣場的血腥屠殺後，我們有一百九十四個失蹤者。兩個月過去，現在我們的失蹤者名單已降到八十五人。」

「其他的尋人機構——也就是你們的夥伴『獨立廣場ＳＯＳ』（SOS Majdanu）——提供的

數據是三十八人。」

「他們的算法不一樣。他們只看民警的官方數據，也就是那些有報案的人。」

「但是如果他們和民警都在找這些人，而民警的數據說有三十八人，那莫斯卡口中的『兩個人』是從哪裡來的？」

「嗯，問得好，是從哪裡來的？」

我告訴塔拉斯關於安納多的故事。我本來以為，這至少會讓他感到有點驚訝。綁架、嚴刑逼供、裝著步槍的箱子——而這一切都是在獨立廣場的勝利後不久發生的！他臉上的肌肉甚至沒有顫動，沒有露出任何驚訝或不可思議的神情。

「我一點都不懷疑，很多失蹤案件是民警的傑作。」他打斷我，說：「我自己就親眼看到，在基輔市中心，在第聶伯河上，在黑暗的巷子裡，民警們把倒在街上的屍體裝進沒有任何標記的貨車裡。我們也看到——有幾十個人可以作證——穿著制服的民警把獨立廣場運動者的名單交給那些拿錢辦事的流氓，然後這些人——我們叫他們『提特須克』[1]——就照民警的

1 提特須克（Tituszki／Titushky）指得是亞努科維奇政府雇用的不良少年及流氓，他們的任務是去毆打獨立廣場上的抗議者及記者。這個名稱的來由是瓦丁・提特須克（Wadyma Tituszki／Vadym Titushko），他是被雇用的打手之一。

命令去綁架或威脅那些運動人士。」

「別忘了——」他繼續說：「在獨立廣場革命時期，很多運動者的家人或朋友不會告訴民警他們的親人失蹤了。人們害怕壓迫。你想想看，你難道會打電話給亞努科維奇的鷹犬，然後老實告訴他你兒子下落不明，而他最後說的一句話是：『我要去基輔的獨立廣場』？」

「你們從什麼時候開始尋人的？」

「在獨立廣場的血腥鎮壓爆發後，我們發現身邊的許多夥伴、或者我們看過的人突然不見了。但是真正讓我們決定開始做這件事的人，是伊凡．塔倫（Iwan Taran）的母親。伊凡．塔倫來自羅夫諾附近，是三個孩子的爸爸。那個又老又病的女人來到基輔，來到我面前，淚流滿面。她說，伊凡在羅夫諾的朋友們告訴她，他們在獨立廣場上看到伊凡。她也看到了——在電視上，在抗議現場的報導背景中一閃而過。我們那時對此束手無策，只能安慰她，給她錢讓她坐車回家，然後向她承諾我們會去找伊凡。那時候說這句話有點像是敷衍，但是後來這項承諾讓我們良心不安，於是我們開始尋找伊凡。後來，我們也開始找其他人。」

「許多一開始在失蹤名單上的人，後來都被找到了。」

「他們都還活著嗎？」

「有活有死。在獨立廣場勝利過後很久，還有人躲在朋友家裡，因為不信任民警，害怕露面。在我們最先找到的一群人之中——有兩個男人已經死了。其中一人的屍體被丟在基輔城外的路上，一個則被丟在基輔的某個下水道。當我們告訴民警這件事，他們說，這兩個人的死亡和獨立廣場沒有任何關係。但我們卻知道兩者是相關的。其中一個本來要去獨立廣場，另一個則在獨立廣場上參加抗爭，待了很長一段時間。」

「另一個例子：一對來自赫梅利尼茨基的夫妻——亞卓絲卡（Jadrowska）和庫托伊（Krutoj）。親友們知道，他們要去獨立廣場。但他們卻突然失聯了，而他們的車後來在克里米亞被發現！和他們原本出發的地方或原本要去的地方差了十萬八千里。幾天後，民警告訴親友，這兩人在赫梅利尼茨基被不知名的強盜殺害了。直到今天，都沒有任何人通知親友去確認死者的身分或認屍。民警說，犯罪專家還在鑑定中。如果鑑定還在進行，那民警怎麼知道死的人就是亞卓絲卡和庫托伊？如果不是親友指認出死者的身分，那會是誰？」

「幸好，我們找到了大部分的失蹤者，他們都還活著，也都很健康。在革命的混亂過後，這些人一個又一個地冒了出來。有許多人都是從外地來的，革命期間，他們住在那些在獨立廣場上認識的朋友家裡休息或療傷。他們沒有告訴任何人他們的藏身之處，因為他們依然害怕民警的威脅，也擔心家人會被捲入。有人從國外捎來訊息，說他到那裡去做治療了。有人從演習場發出通知，因為獨立廣場的革命結束後，他就立刻去參加志願軍，但害怕讓家人知道。有人遺失了、或失去了手機（裡面有所有人的聯絡方式），還有人在獨立廣場上墜入愛河——之前被革命沖昏頭，現在則被愛情沖昏頭，沒時間想別的事。」

「最近我們找到了伊蓮娜（Irina），一個來自比爾戈羅德（Białogród／Bilhorod）的女孩。她母親透過我們的協助尋找她。就像其他幾百人一樣，伊蓮娜的電話在二月的屠殺過後就不通了。我們貼了尋人告示，但是沒有放她的照片。伊蓮娜的媽媽——一個老女人——把照片寄給我們，但信件遺失了。後來我們才發現，獨立廣場上很多人都認識伊蓮娜。她在某個露天廚房的帳篷工作。獨立廣場的抗爭勝利後，廣場上的人愈來愈少，她原本的廚房也被拆除了，她於是跟著她在廣場上認識的男朋友，到他們部隊的廚房工作。還好，有人認出她，並通知我們。我們於是把消息告訴伊蓮娜那擔心得要命的老媽媽。那女孩每天一定會經過、並且看到我們的尋人啟事。也許她根本不想被找到？有時這樣的事也會發生……」

「你們去哪裡找那些死去的人？」

「就像我剛才說過的，我們去醫院的停屍間找，去道路附近的樹林找，去下水道和第聶伯河打撈，還有去無名的亂葬崗及祕密的埋葬地點尋找。我們會查證每一條消息——即使那些消息看來很不可思議、是不願具名的人提供的，或是只有單一的來源。」

「今天最可疑的地方就是那十幾個無名的墳墓——根據我們的線民提供的消息，它們是在一個二月的晚上，突然出現在基輔附近布羅瓦里鎮（Browary／Brovary）的公墓。我去過那裡，那些土堆排成三排，上頭插著莫斯科東正教會的十字架。我們寫信給公墓要求解釋。公墓的管委會說，這是遊民和流浪漢的墓，他們不知道這些人的身分。根據法令，所有這樣的墳墓都應該要有編號及埋葬日期，在公墓的登記簿上，也應該要有死者的性別、推斷的年齡、身高、身體特徵和可能死因。布羅瓦里鎮的公墓沒有這樣的紀錄。當地的行政機構只是把所有埋葬在那裡的人的資料都寄給我們。烏克蘭內政部長阿瓦科夫告訴我們，他們已經調查過這件事了。什麼叫調查過了？真正的調查應該是由官方進行驗屍，像我們這種志工組成的社會組織沒辦法做這件事。」

「即便如此，我們還是靠著一群專業人士的協助——其中包括潛水夫、探洞者（grotołaz／caver）、城市的排水系統及下水道員工——在基輔的下水道進行搜索。在獨立廣場抗爭進行期間，人們傳言，民警會把屍體丟到下水道裡。我剛才提過，早在我們剛開始搜索的時候，我們就在下水道找到了一具屍體。目前為止就只有這一具，但是我們不斷在下水道找到令人不安的物品——護照、衣服、屬於抗議者的東西。比如說黃藍相間的肩帶、裝飾品、緞帶、旗幟、幾個軍用頭盔還有幾件自製的防彈衣。」

「我們組了一個潛水隊，不久之後，他們就會到第聶伯河底進行搜索。」

「我昨天去了基輔第五號醫院的驗屍處。一個不願具名的來源指出，那裡停放著一具無名男屍，已經放了很久。醫生讓我們進去了。我們發現，消息是真的。只不過，那不是一具無名屍，它的主人是獨立廣場上的抗議者。他在醫院登記的是真名——阿列克謝．賀利采（Aleksiej Cholica）。他到醫院的時候身負重傷，三月十日在加護病房過世。我找到他時，他正躺在地板上，腐爛得一蹋糊塗。他沒有家人，市政府也沒有給醫院喪葬費用。於是他就躺在那裡，全身發黑。請原諒我，我只是實話實說，這個故事告訴我們，這場革命到底有多麼混亂。阿列克謝甚至從來沒有出現在我們的失蹤名單上面。」

「除了布羅瓦里公墓，基輔的白科沃公墓（Cmentarz Bajkowy／Baikove Cemetery）也令我們很在意。那裡有全烏克蘭最大的火化場。那是最神祕的空間之一。在所有和我們打交道的機構中，白科沃公墓是唯一不提供我們任何訊息的——不管我們是寫信，還是請和我們合作的國會議員向他們提出正式詢問。在烏克蘭，即使是有豁免權的機構，如內政部和國安局，都會回覆我們，甚至包括經營基輔垃圾焚化場的公司。在城市裡有傳言說，民警會在垃圾焚化場燒毀犧牲者的屍體。當我們提出疑問，焚化場很快就以很專業的方式做出回答，釐清所有的疑惑。但是白科沃公墓及它的火化場至今沒有給我們一個交代，一個字都沒有。」

「我覺得，這很可疑。」

「我們寄了好幾次專業又實事求是的書信給他們。犯罪學家、火化專家和法醫也在這方面提供我們協助。我們問他們一年、一個月、一天用了多少瓦斯，我們請他們提供被火化的屍體的資料：年齡和體重。但是他們沒有做出任何回應。」

「你覺得這還會持續多久？」

「你說尋人嗎？雖然我們組織的名稱是『獨立廣場尋人』，但是人們也會向我們通報別的失蹤事件。在烏克蘭境內，失蹤人口又慢慢增加了。」

「我也在找人。」

「誰？」

「我的表姊，我十六年沒見過她了，從一九九八年秋天開始，我手上唯一的線索就是她的地址……她家的電話沒有人接。」

「她到過獨立廣場嗎？」

「我不知道，或許沒有，不，應該是沒有，一定沒有。她超過五十歲了，而且是個俄羅斯人，來自頓巴斯。但是你剛才說，人們也向你們通報其他的失蹤事件，而那些新事件和獨立廣場無關。它們都發生在哪裡？」

「一開始是在克里米亞，而現在則在頓巴斯。有人去了那裡，然後沒有回來。有人逃離那裡，但是沒有到達目的地。戰爭在那裡開始了。」

尋人啟事。在那面有黃色護牆的牆上，還貼著這麼多的告示。第五十四則，**亞歷山大·喬治耶維奇·亞格魯**（Aleksander Gieorgijewicz Jegorow），一九九二年生於克里沃格勒（Kriwograd），「維京」隊的成員。高大，金髮。人們最後一次看到他是在二月十八日，在格魯舍夫斯基大街上……

第五十五則，**安東尼·皮耶多羅維奇·札列許屈克**（Anton Piotrowicz Zaleszczyk）。一九八五年十二月二日生。住在日托米爾（Żytomierz／Zhytomyr）。人們最後一次看到他是在……

第六十六則，**維塔利·維亞切斯羅維奇·克里默**（Witalij Wiaczesławowicz Krimow）。一九七五年五月生。戶籍所在地：舍佩蒂夫卡（Szepetówka／Shepetivka）……

第七十則，**米亥·安東諾維奇，科瓦蘭科**（Michał Antonowicz Kowalenko），生於……

第七十二則，**波格旦·科廷屈克**（Bogdan Kotinczuk）……第七十三則……第七十七則……第八十一則……第八十二則……第八十三則……第八十四則……第……

關於那個地方的故事是沃迪米爾・梅臣科（Włodymir Mielniczenko）告訴我的——他正是一手創造了白科沃公墓[2]的人。

他已經很多年沒有說這個故事了。在他多年的人生伴侶及工作夥伴、也就是與他共同創造白科沃公墓的阿妲・雷巴屈克（Ada Rybaczuk）過世之後，他就承諾自己，再也不對人提起關於這座墓園的事。

他現在同意訴說這個故事，因為他決定再一次相信自己的祖國。新市長維塔利・克利奇科在上任沒多久後，宣布要為獨立廣場上的犧牲者建塑像，並且要公開徵件。聽到這個消息，沃迪米爾再次站到了圖板前，拿起炭筆，大聲對自己說：「最後一次。」

白科沃公墓不是個很適合散步的地方。「獨立廣場尋人」的志工們就是想在這裡找到民警犯罪的證據。

白科沃公墓是個奇怪的地方。看起來，它好像在這裡舉行自己的葬禮。大道上坑坑洞洞，

2 白科沃公墓，烏克蘭最古老的墓園之一，建於一八三四年，在十九世紀末期被分為老區和新區兩部分，從文中推測，雷巴屈克和梅臣科設計打造的應該是新區。

建築物的灰泥都剝落了，草皮上長滿雜草，而在早已荒廢的噴泉中，則可以看到許多碎掉的玻璃瓶。但我們看得出來，它本來不應該是這樣的，就像在城堡的廢墟中，你依然可以感覺到一絲過去的榮光。

這個地方的故事是關於體制對個人造成的傷害。那體制是由愚蠢、暴政、憎恨和貪腐等元素組成的，與其說它破壞了秩序或良好的風俗，不如說它本身就成為一種秩序和普遍的風俗，一種至高無上的法律。烏克蘭的貪腐是不成文的憲法，是嶄新的十誡。

白科沃公墓——它是一個有野心的建築企畫。彷彿假山或梯田的納骨塔包圍著高聳的「告別聖殿」，還有一面用水泥打造的浮雕牆，而在它前面則是一座人工湖（雖然現在只是個水窪）。

阿妲·雷巴屈克和沃迪米爾·梅臣科在莫斯科藝術學院念書的時候就認識了。在他們的第一個聯展「新地島上的核爆」(Atomowy wybuch na Nowej Ziemi)[3]後，他們就成了工作上以及人生道路上的夥伴，朋友們甚至會說：他們兩人是一體的。即使是阿妲已經過世了三年的現在，沃迪米爾依然會在自己的作品上簽屬「APBM」——這是他們倆姓名的縮寫，在多年的合作中，他們都是這樣給作品屬名的。

沃迪米爾是烏克蘭人。他沉默寡言，經常在沉思而看來心不在焉，很少笑。就算他笑了，那也不是張嘴大笑，只能算得上是隱約的微笑。他身形矮壯，在邋遢的衣服下可以看見緊繃的肌肉。他的手又粗又硬，像是做粗工的工人那樣。

他敲打石塊，把青銅、黏土和水泥灌進塑模，彎折雕塑架構用的鐵絲。他就是這麼創造出他的雕塑，也創造出自己的體格。有著這樣的身軀，他要是去扮演匠神赫菲斯托斯[4]也不會讓人覺得奇怪。

阿妲是猶太人，很好動，甚至可說是一刻都靜不下來，也很喜歡說話。她伶牙俐齒，很有幽默感，總是在大笑，渾身散發出神祕的、令人感到正向的能量。這所有的特質，都讓人一眼就喜歡上她，即使她身材瘦小、有點乾巴巴、體格像是少年、臉型像是反猶漫畫裡面畫的那樣——大家依然會覺得，她是個美麗的女孩。而且不管她活到幾歲，大家都會把她看成女孩，而不是女人。

---

3 新地島（Novaya Zemlya），俄羅斯位於北冰洋的群島，島上有核武器試驗場，蘇聯在那裡進行了二百二十四次核試驗，其中包含歷史上威力最強的氫彈：「沙皇炸彈」。

4 赫菲斯托斯（Hephaestus），古希臘神話中的火神和匠神。

兩人都因為「新地島上的核爆」而成為體制的眼中釘。這一系列畫作訴說了無情的俄羅斯帝國對遙遠北方小島上的原住民所做的殘忍干涉，或者應該說是殘忍毀滅。他們在畫布上用立體主義的畫風，描繪出這場犯罪的各個階段——牛奶換成了伏特加，原本自由奔跑的麋鹿群變成了集體農場，骯髒、發臭、像是腫瘤般的集合住宅矗立在縫了彩色骨製裝飾的蒙古包及冰屋之間，醜陋又笨重、像是骷髏般的機器從地底挖出珍貴的寶物：鎳、鋅和鎘。最後則是題名所提到的爆炸——那是在五〇年代，在新地島上進行的一連串氫彈試爆。這樣的展覽不會得到政府的青睞，也沒有得到。不過，在後史達林的赫魯雪夫解凍時期[5]，這些畫作還是在幾個展覽上展出了，甚至也到國外展出。

完成學業後，阿妲和沃迪米爾回到基輔。他們一直都認為烏克蘭和基輔是他們的故鄉，私底下也常用烏克蘭語交談。沃迪米爾會公開宣示似地穿著烏克蘭傳統服飾，那也是烏克蘭的愛國主義者經常穿的。阿妲則長年研究娘子谷大屠殺[6]，在那場事件中納粹德軍殺死了超過一萬名猶太人。感謝阿妲及她的夥伴們，蘇聯才慢慢開始談論這次的屠殺。

他們兩人對體制來說都是頭痛人物，他們老是干擾體制，體制勉強對他們睜一隻眼閉一隻眼。在六〇年代，這兩位建築和烏克蘭歷史的愛好者想出要列一個名單，記下基輔自一九一七年開始被共產主義者毀壞的古蹟。名單上記載了二百七十六個建築物，大部分是宗教建築，但也有墓園和有錢人蓋的宮殿。甚至當他們知道有些古蹟已被修復，他們還是提出了強烈批評，因為修復的方式很野蠻，比如窗戶的形狀改變了（因為工廠大量生產的窗戶就長那樣），或是天花板的壁畫被毀了，不然就是立面的裝飾簡化了。他們不只批評共產黨書記，也批評把宮殿改建成辦公大樓的新貴商人。

但是他們依然贏得許多建築的標案。他們不只設計了基輔的公車總站，也一手打造了少年宮。

在一九六八年，他們獲得邀請，要他們設計並且建造基輔的大型新墓園，也就是白科沃公墓的新區。

他們的理念是這樣的：墓園應該成為一件藝術品，一個見證人類有限生命的人性化陵寢。高聳的「告別聖殿」應該要遮住地下的火化場，聖殿的本質是無神論的，沒有任何裝飾，也沒有任何宗教元素。但另一方面，這也讓死者的家屬能夠根據自己的信仰以及儀式來埋葬

5　赫魯雪夫解凍（Odwilż／Khrushchev Thaw）是指赫魯雪夫在一九五〇年代中期到一九六〇年代實行去史達林化（de-Stalinization）和和平共處（peaceful coexistence）政策後，蘇聯政治和文化上的鬆綁現象。

6　娘子谷大屠殺（Babi Jar／Babi Yar）是德軍在第二次世界大戰進攻蘇聯期間，於烏克蘭首都基輔附近山溝進行的一系列大屠殺，受難者包括猶太人、蘇聯戰俘、共產主義者、吉普賽人、烏克蘭民族主義者與平民。

死者。

還有一件事——也許是最重要的。在基輔的許多墓園中，能夠下葬的地方都不多了，尤其在那些漂亮的主要大道上。那些古老、在革命之前埋葬著偉大公民的墳墓不是被破壞了，就是被遷移到邊陲地帶（這算是最好的下場）。好地段的墓地要讓給新的重要人士——也就是共產黨的大老，這些人大大方方地接收這些墓地，一點都不會良心不安。

在白科沃公墓的中心地帶，是整座墓園的心臟——它的創造者稱之為「牆」，那是一座壯觀的水泥浮雕，中間有金屬骨架。浮雕長兩百一十三公尺，高度則不等，從四公尺到十四公尺都有。整件作品居高臨下，俯視底下的人工湖。

浮雕所描繪的是人類對抗命運的掙扎，並且在克服墮落後獲得勝利，整件作品洋溢著人性的光輝。它的創造者抱著超人的毅力完成了它——總共花了十四年的時間，十四年的人生。

牆中有希臘神話的情景，比如普羅米修斯的犧牲、伊卡洛斯的飛行；還有普世的主題：母親養育兒女、人類的英雄事蹟、對藝術的愛好、大地用自己的禮物及自然的奇蹟滋養人類——於是，我們在浮雕上也會看到雨、彩虹、春天、果園。

浮雕的很大一部分必須和蘇聯的歷史有關，但是藝術家們嘗試用和以往不同的方式寫下這些歷史的篇章。他們不想要雕刻望著遠方沉思的列寧、集體農場和彷彿是半人半神、代表勝利、手持PPSh-41衝鋒鎗的士兵。浮雕上有革命，但也有反布爾什維克主義者的克隆斯塔起義[7]；有集體農場，但是也有烏克蘭大饑荒；有偉大的衛國戰爭，但是也有它的代價——幾百萬人犧牲，可怕的占領及猶太人大屠殺。然而，創作者的目的不是譴責，也不是進行歷史的清算，而是傳達一項親體制的訊息（即使呈現出那麼多負面事實）：當我們現在來到這裡，我們可以說：我們勝利了！我們是蘇聯的人民，我們的勝利不但沒有得到神明的幫助，而且還得克服命運的阻礙，在經歷過這麼多錯誤、付出這麼多龐大的代價後，我們依然得到了勝利，因此這勝利更加強大、寶貴。

阿妲和沃迪米爾和他們的浮雕一起鶴立雞群，超越了時代。一九八二年十二月二十五日早晨，卡車和軍隊一起開到了白科沃公墓，車上載著許多將軍。他們在墓園裡設下了帶著步槍的守衛隊。三天後，工人們帶著沉重的建築工具來到墓園。他們用木板圍住牆，一直工作到晚上。隔天，他們就用水泥把浮雕填起來、封死了。這就是人性勝利的終結。

7 克隆斯塔起義（Powstanie w Kronsztadzie／Kronstadt uprising）指的是一九二一年俄國一群克隆斯塔的水手、士兵、船工及平民發動的反對布爾什維克政府的運動，要求言論自由、組成工會、釋放政治犯、農民自主。起義遭到紅軍的血腥鎮壓，在十二天後失敗，造成幾千人死亡。

阿妲和沃迪米爾為了這座牆不斷奮鬥，直到阿妲過世。整整二十六年。在沃迪米爾的工作室裡有一排排的檔案夾，裡面的文件加起來有好幾公斤。這些文件有些是寫給烏克蘭的黨書記，有些則是寫給莫斯科的中央委員會，有些甚至是寫給戈巴契夫本人。而在另一堆檔案夾中，則是這些人公文式的、符合黨的理念的、體制式的回答，充滿了新語[8]……

當蘇聯在一九九一年解體，獨立烏克蘭的文化部長廢止了之前政府把牆拆除的命令。這代表著一線希望嗎？不！藝術家們對治理、管理、法令瞭解得太少，而這些東西都應該要仔細閱讀。廢止把牆拆除的命令，完全不等於同意重建。

於是，阿妲和沃迪米爾又開始寫信，向國內外請求協助，請知名藝術家聯署，還請到挪威政府背書，說如果重建浮雕的問題是因為經費，挪威政府可以出這筆錢。烏克蘭政府回答了，其中充滿了新語，新新語——已經不是蘇維埃的新語，而是獨立烏克蘭的新語。

錢不是問題。從一開始，問題就不是出在錢上頭。雖然這筆花費不小，但也不是天價。

在花了許多年的時間，做過私人調查（和那些有錢有勢的人進行非正式交談）後，沃迪米爾慢慢地拼湊出牆被毀滅的祕密。他明白了整件事的原因、動機、運作機制和目的。

第一個原因是愚蠢。某個烏克蘭藝術和建築圈的名人（他還是阿妲和沃迪米爾的好友和合作夥伴）告訴基輔的蘇聯共產黨，因為阿妲的猶太人身分以及她對猶太人的好感，她會在浮雕中加入錫安主義的主題——也就是偽裝成反坦克拒馬的大衛之星。在一九四一年的莫斯科戰役中，用電車軌道做成的反坦克拒馬是蘇聯抵抗納粹的象徵之一。事實上，阿妲和沃迪米爾的浮雕沒有單一的意義，它有點像是畢卡索的畫作「格爾尼卡」（Guernica），每個人都可以在那裡找到自己想找的東西，做出自己的解讀。

第二個原因是憎恨。我們發現，一個人人平等的墓園在蘇聯社會是不可能實現的。根據阿妲及沃迪米爾原本的理念，在白科沃公墓，每個人在死後都是平等的。每個人——不管他是黨內的大老還是普通的工人——的墓地就是一個小小的骨灰罈，上面有一塊十公分乘以十公分的大理石牌子。這些骨灰罈都整整齊齊地、在地面的綠色露臺上排成一排又一排，每個牌子看起來都和其他的一模一樣。

烏克蘭蘇聯共產黨的中央委員會成員抗議了，門面上的工會領袖抗議了，胸口別滿了蘇聯英雄勳章和社會主義勞動英雄勳章的蘇聯元帥和將軍也抗議了。

他們所有人在活著的時候，就在白科沃墓園老區的主要大道預訂了位置。早在五〇年

8 新語（Newspeak）是喬治・奧威爾在小說《一九八四》中創造的概念，指的是官方所使用的刻意用來簡化語言、削弱思想的語言。在現實中，亦可指極權政府用來操控人民思想的政治語言。

代，人們就開始在那裡建造真正的、共產主義運動者的雕像（而不只是一個墳墓）。這些雕像矗立在墳墓上方，至少有真人大小。於是，即便在死後，這些人依然能高高在上俯視路過的行人。到了七〇年代，墳墓的瘋狂已經襲捲了所有共黨同志。大家對誰的雕像比較高、誰的雕像比較大，是要用大理石、花崗石還是青銅來做……有著不可理喻的狂熱。

沒有人想要在死後得到一塊十公分乘以十公分的大理石牌子，也不想被淹沒在蘇聯社會死氣沉沉的群眾之中。

壓垮新墓園的最後一根稻草——是貪腐。設計者原本的想法是，在新的白科沃公墓，每個人在死後都會被火化，骨灰放在骨灰罈，收進納骨塔。在當時，根據烏克蘭蘇維埃社會主義共和國的法規，無論死因為何，在火化前一定要驗屍。人們也確實這麼做了——因為公墓早在完工前好幾個月就開始運作，而浮雕被破壞也是後來的事。白科沃公墓火化場——當時蘇聯最大的火化場——雇用了一群頂尖的科學家，他們本來要在那裡進行一連串研究計畫。然而沒有人會料到，他們的第一項發現卻是：在高達七〇％的案例中，白科沃公墓火化場的病理學家所做出的死因研判，竟然和醫生在死亡證明上寫的死因不同。

這項發現表示，在蘇聯統治下，烏克蘭醫護人員的出錯率高達三分之二。如果死因是錯誤的，那我們怎麼知道診斷和治療是正確的？這件事很嚴重，人們對此的討論愈來愈熱烈。

但是當大家發現，連民警都會搞錯，這件事就真的變得很大條了。全國性的醜聞隨時都可能爆發，情況危急有如千鈞一髮。[9]

就在這時，載著軍隊的車子開進了白科沃公墓。來自黨內各方的同志組織了強大的聯盟，其中包括堅定的史達林主義者（他們的目的是摧毀錫安主義的政治宣導），以及想要在死後依然在漂亮的大道上受人瞻仰的位高權重人士。所有的一切都由內政部和民警處理打點，他們巴不得這件事快點解決——這樣才能確保自己的利益不會受到損害。

白科沃公墓停止運作了幾乎兩年。墓園的工作人員——從一手創造公墓的理想主義者，到過度仔細地尋找死因的病理學家——都被趕走了。

即使在新的、獨立的烏克蘭，這些毀滅白科沃公墓、使它無法翻身的原因依然不動如山。反猶主義已經成為普遍的心態；以前的黨書記和部門主管現在成了億萬富翁，這些人的墳墓於是應該比以前更有排場、更富麗堂皇。在基輔那些擁擠的墓園中，人們汲汲營營爭奪死後的那一塊地。重要的死人搶走了不重要死人的位置，有錢人奪去了破產者的墳墓，有影響力的人驅逐那些被遺忘的人。

9　這邊指的是民警收賄，捏造死因，所以病理學家做出的死因研判才會和醫生和民警的死亡證明有出入。

沃迪米爾記得他和某個「新烏克蘭人」的對話，對方是基輔一家大建設公司的老闆，賺了不少錢，手下也有許多位於黃金地段的地皮。他說了類似這樣的話：「沃迪米爾，醒醒吧，你的主意根本一文不值。我為什麼要在死後被葬在一個骨灰罈裡，放進納骨塔，上面有一個十乘十公分的牌子，而我旁邊躺著的則是一個在我工地上工作的管理員？你想想，那看起來有多麼可笑？人們會怎麼想？」

新的白科沃公墓一直在運作。今天，它在眾人眼中是基輔最糟糕的墓園。它是流浪漢的墓地，甚至像是個隔離區。只有那些死無葬身之地的人，才會來到這裡。

為亞努科維奇工作的國安局特務，會來這邊燒毀他們手下犧牲者的屍體嗎？這有可能發生嗎？

沃迪米爾．梅臣科說：「在烏克蘭，一切都可能發生。我們希望，這『一切都可能發生』已經成為過去。而現在，在獨立廣場革命過後，我們已經不會回到原先的那個烏克蘭了。我希望人們開始會轉換心態和思考方式。這就是為什麼我再次拿起了鑿刀……我想，為他們這麼做是值得的。」

第六章　志願軍

「立正！宣誓！」一個個黑色面罩下的面孔異口同聲地重複：「烏克蘭，英雄們的母親，請妳來到我心中，讓我心裡充滿高加索山脈勁風的呼嘯，喀爾巴阡山脈溪水的流淌，國父赫梅利尼茨基的戰役，革命勝利的炮聲，聖索菲亞主教座堂（Sobór Sofijski／Saint Sophia's Cathedral）的鐘聲。讓我在妳體內重生，讓妳名譽的光芒在我身上閃耀，因為妳是我全部的生命，我最高的喜悅。」

基輔聖索菲亞主教座堂前的廣場。香爐中飄出乳香的氣味，現場還有聖水。以救世主之名的祝福。女人們哭成一團。照相機的閃光燈此起彼落。

烏克蘭志願軍亞速營（Batalion „Azow"／Azov Battalion）正在宣誓。他們馬上就要出發去東部了。他們的背包都收拾好了，車子正在等。

誓詞還剩下最後幾句話：「烏克蘭，讓我聽到妳吧，透過手銬的鏗鏘聲，陰鬱早晨絞架的呻吟，還有那些在地下室及監獄中被殺害的人們的尖叫。」

志願軍們感到很驕傲。這是他們祖父輩的誓詞，是烏克蘭國族運動者歐希普·馬什查克（Osyp Maszczak）在一九二九年寫下的。烏克蘭民族主義者組織的成員根據這個誓詞宣誓，後來的烏克蘭起義軍亦如是。

現在則輪到他們了。他們在烏克蘭國旗和亞速營的旗幟下宣誓——旗子的底色是黃色的，上面則有著黑色的狼之鉤（Wolfsangel），而在他們黑色的制服上則繡著黑布倫瑞克軍團（Czarny korpus／Black Brunswickers）的徽章。

所有人都戴著面罩，因為現場有許多攝影機和照相機，而有些人在被占領的東部有親戚。不過，我們還是可以看得出來，這都是一些年輕人，大部分人甚至不到三十歲。裡面看不到任何不良少年、足球流氓、小混混。他們手腕上戴著白色的念珠，而希臘十字架則捏在手心。

母親們說：「我兒子才剛上大學，讀經濟系。我的念完了古蹟修復。我的會說英文。我的還會說德文。我的在念工程、教育、媒體傳播。」

為什麼？是什麼讓這些男孩們拿起步槍？讓他們異口同聲地說：「理想！祖國！愛國主義！道德義務！如果我不站出來，誰會站出來？」他們訴說著偉大的話語，眼睛閃閃發光，充滿崇高的情感和狂熱。

榮耀歸於烏克蘭！榮耀歸其英雄！

陪伴馬克辛．魯西臣卡（Maksym Ruszczenka）一起來的只有女朋友尤莉亞（Julia）。馬克辛來自克里沃羅格，說一口俄語，攻讀冶金。他是一九九一年出生的，也就是烏克蘭獨立的那一年。他在獨立廣場的抗爭上待了三個月。他這次來參軍，父母激烈反對，甚至對他不理不睬。

馬克辛說：「我要去那裡復仇！我父親本來在哈爾科夫有一家自己的建築公司。在九〇年代公司的生意愈做愈大，父親買了新的機器，也得到愈來愈好的地段。五年前，他用賤價把所有的一切都賣給了競爭對手。對方對他說：『你最好今天就接受我們的價碼，要不然從明天起，負責建築安檢的人就會去查所有你以前、現在、未來蓋的房子。你會官司纏身十年，等著你的是滿坑滿谷的罰金和罰鍰，直到你曾孫那一輩都還不完。』他們不是在吹牛，父親瞭解他們，整個城市都知道他們幹得出什麼事。他們擊潰了他。從那時候開始，父母親就再也不想嘗試新事物、闖出一番事業了。他們對所遭遇到的災難逆來順受，父親用競爭對手給他的錢買了一個市集上的小攤子，開始賣一點小東西。在蘇聯瓦解後，他們原本是多麼有幹勁啊，對未來充滿信仰，對自由烏克蘭抱著狂熱——而現在，他們的人生座右銘就是：『靜靜地走，可以走得更遠。』」

「而我告訴他們：我們不必如此活著！門都沒有！我們可以打造一個公平正義又真正獨立的烏克蘭！」

志願軍齊聲說：「喔，烏克蘭，請妳用帶來生命的火焰把我心中所有的疑惑燒盡，讓我不會經歷到恐懼，不知道什麼是恐懼。請妳充滿我的內心，讓我的靈魂強壯，讓我有堅定的意志！在監牢裡，以及在起義生活困難的時刻中，就讓我準備好做出偉大的行動，在這偉大的行動中會有甜蜜的死亡。我將在痛苦中為妳犧牲，融入妳體內，在妳之中生生不息。永恆的烏克蘭啊，偉大的烏克蘭，統一的烏克蘭！」

指揮官說：「稍息！解散！」

尤莉亞來自馬里烏波爾（Mariupol／Mariupol）。母親已經在美國住了好幾年。父親把女兒送來基輔——因為這裡比較安全。在故鄉，戰爭正在進行。當這一切都結束，尤莉亞想去波蘭學攝影。

目前，尤莉亞靠著母親寄來的錢，住在火車站便宜的旅館裡，協助亞速營的男孩們。她幫忙他們募款，替他們找住宿，找聯絡人。在她的小房間內，她總是不停用Skype和人通話。母親們說：「自己小心，孩子們。男孩們，你們要好好地平安回家。」

男孩們說：「我們會給你們帶來勝利。妳會為我感到驕傲的，媽媽，我答應妳。」

尤莉亞說：「馬克辛，記得我在這裡等你。」

馬克辛說：「等我，我會帶著盾牌回來。我不會躺在盾牌上被人送回來，而是帶著盾牌，像個戰士般回來。」

理想

指揮官安德烈・貝列茨基（Andrij Bielecki）很年輕，沒有刮鬍子，穿著迷彩褲，黑色T恤，棒球帽上繡著烏克蘭的國徽。這樣的裝扮在今日烏克蘭的街頭很稀鬆平常，戰爭成了一種時尚。他本來不會引起任何人的注意，除了他那把像是牛仔一樣別在大腿側邊的黑色手槍……

亞速營的指揮官貝列茨基才剛從牢裡被放出來，部隊中其他的主要幹部也是。所有人都有前科，不然就是有案在身。「沒什麼好隱瞞的。」貝列茨基大方承認。

俄國的官方媒體幾乎每天都在大肆宣揚亞速營成員的前科。「由罪犯組成的軍隊。」莫斯科的新聞這麼說著。那個納粹德國親衛隊第二師（也就是「帝國師」）也曾經使用過的徽章狼之鉤，還有黑布倫瑞克軍團——親衛隊的報紙也曾經叫這個名字。[1]除此之外，部隊成員的來歷也令人不安——充滿了喜歡鬧事的新納粹分子，這些人來自全歐洲，他們開槍打人就和在非洲的狩獵旅行打羚羊沒兩樣。他們之中包括來自瑞典的狙擊手米凱・史齊德（Michael Skilt），來自義大利的法蘭西斯柯・方坦納（Francesco Fontana），還有一個曾經參加過IRA的愛爾蘭人。負責在全歐洲徵召戰士的則是法國人賈斯登・貝松（Gaston Besson），他是一名傘兵，曾經在南斯拉夫、寮國和緬甸作戰。

不只義大利、瑞典的電視臺會報導關於他們的事，他們甚至還上了半島電視臺的新聞。他們也會為自己做宣傳——史齊德定期會把前線的新聞放在推特，方坦納和貝松則放在臉書。他們說，他們是為了反抗暴君而戰，是為了烏克蘭的民主自由而戰，他們就像是西班牙內戰期間的國際縱隊（brygady międzynarodowe／International Brigades）[2]，只不過他們是反共主義者。

貝列茨基解釋：「我們部隊裡是有外國人，但他們只是協助我們，不會拿到武器，除了幾十個俄羅斯人——沒錯，我們的部隊中有接受了烏克蘭國籍的俄羅斯人。而新納粹主義？嗯，那只是政治宣傳而已。」

貝列茨基眼中的亞速營是「理想中的理想部隊」。大部分人都有高等學歷，或是正在念大學，他們都來自烏克蘭愛國者陣營（Patriota Ukraina），這是烏克蘭國家社會黨的軍事組織（烏克蘭國家社會黨同時也是全烏克蘭聯盟「自由」的青年團）——這兩個組織的領導人都是貝列茨基。

若要用簡單幾句話描述他們的政治方針，那會是：以國家團結為基礎的政體、威權主義、社會訓練和自治。禁止政黨活動，拆解資本主義以及經濟國有化。讓烏克蘭成為大國。成立以基輔為首的中歐聯邦。

關於亞速營成員的前科，貝列茨基這麼說：「這是值得驕傲、而非丟臉的事。我們是亞努科維奇的政治犯。民警用強迫的手段將我入罪，把我塑造成一個殺人凶手。我因此被囚禁了兩年半。我有十幾個同伴則因意圖推翻政府或持有武器的罪名被起訴，在一月，在那有名

1 親衛隊第二師「帝國師」（Das Reich）是第二次世界大戰期間納粹德國武裝親衛隊的一個裝甲師，其代表符號為狼之鉤。黑布倫瑞克軍團則是在拿破崙戰爭中由布倫瑞克公爵腓德烈・威廉（Frederick William I）率領的軍團，其徽章是一個銀製的骷髏頭。

2 國際縱隊為西班牙內戰時，由共產黨及共產主義聯合組織共產國際（Communist International）成立，以對抗西班牙民族主義者（法西斯主義勢力）的軍事力量，成員為來自英國、法國、美國、波蘭、義大利、俄羅斯等國家的志願兵。

的、所謂的『瓦西科恐怖分子』（walsylkowscy terroryści）審判中，他們被判坐四年的牢。」[3]

當判決下來的時候，獨立廣場上的抗爭已經開始了。新政府在三月把監獄的大門打開。而在三月九日，第一批的六十名志願軍就被派遣去保衛馬里烏波爾的機場。

那麼烏克蘭愛國者的政治方針又怎麼說？看來有點太過烏托邦，但又有希特勒的味道……

貝列茨基：「現在不是談政治的時候。首先我們必須取得勝利。但在勝利之後，就讓政府開始改革。因為如果它繼續維持現狀，我們就會攻入基輔。」

招聘

列寧已經不在了，現在這廣場的名字是「獨立廣場英雄」。在第聶伯羅彼得羅夫斯克的行政中心旁邊，就是烏克蘭地方防衛作戰營的參謀部，他們在這裡招聘第聶伯一營的志願軍。手續很方便，只要和招聘人員談話就好，過程簡單明瞭，彷彿不像是和公務人員說話，彷彿不像是在烏克蘭。所需文件：身分證和軍事委員會提供的體檢合格證明書。如果你已服過兵役，那只要提供軍人證即可。

你會在內政部服役。我們會給軍餉——四千二百烏克蘭幣，這是民警最高的薪水，別爾庫特部隊也是領這個數目。第聶伯一營的成員還可以得到地方政府提供的餘外補助，視職務而定，最多可以多領二千烏克蘭幣。

會被派到哪裡去？也許是在街道上維護治安，也許是去守衛哨站，或者到東部——到前線去。

可以放棄嗎？如果士兵改變主意了呢？你可以填申請表，當天就回復平民身分。什麼？就這樣而已？當然，就這樣而已，你是志願軍。不然我們該拿你怎麼辦？因為你逃避兵役就槍斃你嗎？

「那些心中有懷疑或懼怕的人，就讓他們走吧。我們不需要這樣的人。」參謀部的負責人，後備少校尤里・貝列茲（Jurij Berezy）說：「逃兵是我們最不關心的事。我們在第聶伯一營中就有六百個士兵，第聶伯二營也很快會成立。在我們的志願軍名單上有兩萬人，隨時都可以加入戰役。」

3　這邊貝列茨基指得應該是一群右派分子在瓦西科企圖炸毀列寧雕像，後來被判刑六年的事。但在他們被逮捕時，列寧像已被移除，另有評論指出，這些人在選舉期間有從事犯法行為（恐嚇、作票），因此他們被判重刑的真正原因並不明確。

第聶伯營（Dniepr）在眾人眼中有著特殊的性質，也因此吸引了來自全烏克蘭的志願軍。它是第一個志願軍部隊，早在三月十六日就成立了。人們說，讓人民可以自主成軍的國民軍隊法令，就是為了讓第聶伯營可以合法存在，才被通過的。第聶伯營的創始人和金主是烏克蘭最有錢的人之一，伊戈爾．柯羅莫伊斯基[4]，而在獨立廣場的抗爭勝利後，他當上了第聶伯羅彼得羅夫斯克州的州長。雖然第聶伯一營隸屬於內政部的管轄，但它有點像是柯羅莫伊斯基的私人軍隊。是他從自己的公司中拿出經費，支付士兵的軍餉和裝備（從襪子到防彈背心），政府提供的只有步槍。

志願軍會受到嚴厲的審查，審查標準不只包括體格和戰鬥技巧。貝列茲少校解釋：「我們在尋找理想的人選，也就是準備好要拿起武器為國家犧牲奉獻的愛國者。但是我們試圖避開極端主義者。志願軍是一種特殊的士兵，他並不總是會聽從指揮官的命令，而且經常會覺得他比指揮官聰明。要讓他們服從指令和紀律不是一件容易的事。有時候，你甚至必須解散軍隊，讓這些人回家。」

如果志願軍對什麼事不滿意，他會挑明了說。如果有必要，他會去電視臺告狀，去報紙接受訪問。革命軍隊是由志願軍所組成的——不是軍官，更不是任何一個有權有勢的寡頭。

弗拉基迪米爾．帕拉斯尤克[5]大概已經在所有的烏克蘭電視臺出現過。他知道怎麼痛批政府、軍隊、上司。人們喜歡聽他罵人。他們說：「是他擋下了亞努科維奇。」「是他扭轉了革命的命運。」

當獨立廣場的領導者——克利奇科、提亞尼波克和亞采尼克——在獨立廣場的抗議者與警察爆發血腥衝突後，宣布他們和亞努科維奇達成了協議，這時一個穿著迷彩裝的青年走上臺，搶過克利奇科手中的麥克風，說：「明天早上十點亞努科維奇就要下臺。不然的話，我發誓我和我的人將展開武裝攻擊。」

那人正是帕拉斯尤克。他當時是獨立廣場自衛隊利沃夫營的成員，現在則是第聶伯一營第四連的連長。他和他父親一起服役，他不拿任何軍餉，他們從獨立廣場抗爭開始的第一天就並肩作戰。

他已經在第聶伯一營戰鬥五個月了，而之前在獨立廣場也花了同樣的時間。他的眼神現

---

4 伊戈爾・柯羅莫伊斯基（Ihor Kolomojski／Ihor Kolomoyskyi；一九六三－），猶太裔烏克蘭商人，銀行大亨，二〇一四到二〇一五年擔任第聶伯羅彼得羅夫斯克州州長。

5 弗拉迪米爾・帕拉斯尤克（Włodymir Parasiuk／Volodymyr Parasyuk；一九八七－），烏克蘭社會運動者，曾參加獨立廣場抗爭，也加入過第聶伯營，參與頓巴斯戰爭。二〇一四年以無黨派候選人的身分在烏克蘭國會議員選舉中高票當選。

在沒有那麼亮了，聲音也比較平板。他原本在利沃夫大學讀經濟，有一間自己的小公司，這一切都是不到一年前的事……現在看起來卻恍如隔世。

「事情不該是這樣的。」帕拉斯尤克說：「我有一種感覺，政府一開始很害怕提供愛國的志願軍武器，這份恐懼甚至超過他們對分裂主義者的恐懼。在兩個月的反恐行動中，我那一連的五十四個人只有四件防彈衣。而只要一臺賓士車的錢，你就可以買一萬五千件一流的防彈衣。有時候，我們一連兩天都沒有吃東西，我的人挨家挨戶去和別人討食物。」

「而最糟糕的是——我們在東部的散兵坑[6]裡腐爛，沒有東西吃，沒辦法洗澡。而當我在休假期間來到基輔或甚至是第聶伯羅彼得羅夫斯克——那裡根本就像是度假勝地！戰爭？什麼戰爭？女孩們都香噴噴的，踩著高跟鞋走來走去，小夥子們開著閃亮的新車對女孩們微笑。海灘上陽光閃耀，餐廳裡供應牛排，你還可以在舞廳跳一整夜的舞。而在街上，穿著迷彩裝的騙子們則拿著桶子募捐——說是要給我們的。不該這個樣子。這不公平，很不公平。」

演習場

在切爾尼戈夫州（Obwód czernihowski／Chernihiv Oblast）的小鎮傑斯納（Desna），上士

歐列・索沃維（Oleh Sołowij）的工作正如他自己說的，是「把平民壓到爛泥巴裡，毀滅他的身心，使他整個人四分五裂，然後再把這些碎塊重新黏好，黏成一個士兵」。他已經這麼做了十五年，而他在軍隊裡服役也二十年了。現在，被送到他面前的人不是役男，而是充滿理想主義的志願軍。「自視很高，但什麼都不會，也沒有一點紀律。」索沃維如此描述。

三月的時候，他們給他送來了兩批右區的成員。第一批成員捲入了黑暗的保護費生意中——他們十幾個人，穿著迷彩裝，戴著右區的臂章，拿著棍棒和槍械，跑到了托爾斯泰街上一棟建築的行政辦公室中。在那裡，住戶為了店面和地下室和某個生意人起了衝突。他們對空鳴槍，還打了兩個人。民警和獨立廣場的自衛隊來了，他們把右區的年輕人包圍在中庭，但那些人不想投降。最後，總統的行政首長謝蓋爾・帕辛斯基（Siergiej Paszyński）到場了。他給了他們兩個選擇：要嘛就進監獄，要嘛就加入國民軍。他們選了後者。

第二批人是兩個星期之後來的，他們都是右區參謀部的幹部。

某個叫做歐瑞斯特（Orest）的人想把一箱伏特加帶到獨立廣場上。他被獨立廣場的自衛隊攔下了，他於是把自己關在「黑手黨」餐廳的廁所裡，開槍掃射。他傷了副市長波格旦・

6　散兵坑是一種防禦工事，用途類似壕溝。

杜巴斯（Bogdan Dubas）。右區有十幾個人拿著步槍來幫他，把他從廁所裡弄出來，然後逃到自己在第聶伯旅館的參謀部。民警包圍了旅館。在短暫的談判後，這些人都被塞進了車子，被送到索沃維這裡，準備被訓練成國民軍的士兵。

而你要叫這些傢伙遵守紀律可真是比登天還難。

「除了『開槍』之外，他們不爲任何其他的命令，比如說『把貨車上面的東西拿下來』。」索沃維說：「他們一直在鬼叫，說將軍們把軍隊都掏空了，說這些人只在乎擁有一個舒適的位置和肩章上的星星——也就是說，腦子裡只想到錢。他們說，當他們從前線回來，就要開始清算所有的人。因為他們會組成新的烏克蘭軍隊。」

「他們在部隊裡晃來晃去，指著那些老舊的、從老早以前就陷在土中的設備，然後憤怒地咆哮。我對他們發火，但是最糟的是，我知道他們是對的。我難道看不出來我們的軍隊根本形同虛設嗎？所有的一切都被浪費了，不然就被偷走了。這可是我的部隊啊！當我到這裡來的時候，我們有六個團和五個營，二百五十輛坦克，二百三十輛裝甲運輸車，六十個自行火炮，比較小的裝備我還沒算進去。現在大概只剩下十輛還能用。」

前線

志願軍的陣營持續增加：亞速營、艾達爾營（Ajdar／Aidar）、第聶伯營、基輔營、頓巴斯營、斯沃博達烏克蘭營（Słobożanszczyna／Sloboda Ukraine）。就和以前的軍隊缺錢、缺設備一樣，現在的志願軍也缺錢、缺設備。志願軍必須為自己籌措每一分錢。

志願軍營都在臉書上設了粉絲專頁。艾達爾營的粉絲最多——共有兩萬一千個讚。它的成員都來自獨立廣場上的自衛隊。艾達爾營幾乎每天都會在臉書上更新近況。

第一則貼文：「我們在此告訴你們，一個志願軍士兵的裝備要花多少錢。克維拉防彈頭盔[7]：二千五百烏克蘭幣。防彈背心：三千五到五千烏克蘭幣。軍用眼鏡：一千一百烏克蘭幣。護膝：二百到一千五百烏克蘭幣。鞋子：八百到一千烏克蘭幣。迷彩裝：五百烏克蘭幣。」

第二則貼文：「因為媒體不斷說謊，所以我們在此提供我們在盧干斯克小型戰役中的死

7　克維拉（Kevlar），是美國杜邦公司於一九六五年推出的一種合成纖維，強度很高又輕便，廣泛用於船體、飛機、自行車輪胎、軍用頭盔、防彈背心等。

傷人數。」

第三則貼文：「媒體上出現了一些訊息，說恐怖分子抓住了我們營的士兵，並因此獲得獎賞。照片上的士兵們戴著北約的克維拉防彈頭盔。我們在此聲明：照片上的不是我們的士兵。我們買不起這樣的頭盔。在整個營中，大概只有十頂克維拉防彈頭盔。」

第四則貼文：「在將軍們下令把艾達爾營送上戰場前，艾達爾營並沒有任何死傷。在五輛運輸車被毀或被搶走、十幾個正規軍被殺之後，往夏斯季耶（Szczastia/Shchastya）的道路就門戶大開，恐怖分子可以輕易將之拿下。艾達爾營不只阻擋了恐怖分子，不讓他們通過這條道路，而且還以反擊防止了前線陣線的斷裂。艾達爾營取回了被拿走的運輸車，消滅了為數可觀的敵人，並奪回了據點。」

「將軍和指揮官們在這場戰役的第一階段就嚇得屁滾尿流，當他們看到，我們並沒有失去一切，他們就把用過的尿布甩一甩，然後開始在媒體上說謊。」

「我們在此宣布，艾達爾營從這一刻開始必須在兩個前線和敵人戰鬥。第一個敵人是恐怖分子，第二個則是指揮部中那些說謊不打草稿、試圖汙衊艾達爾營尊嚴的騙子們。」

「指揮官們，把以下幾個不證自明的公理聽進去吧（如果你們知道什麼是公理），我們的艾達爾營就是以這些公理為最高指導原則：

1. 我們是志願軍。
2. 我們才不鳥你們的錢、軍階、勳章和升遷。
3. 我們不是為你們而效力，而是為烏克蘭。」

槍擊

尤莉亞收到了來自馬克辛的電子郵件。在此之前，他只給她發了幾封陳腔濫調的手機簡訊，因此這封信讓她十分高興。只是，他信上寫的是什麼呢……

尤莉亞，

我們終於開始戰鬥了。我不知道要寫什麼好。我看到我身邊的人被子彈擊中倒下。就好像是胸口被看不見的鐵鎚重重地打了一下。那子彈讓他飛出去，飛了兩三公尺。死人的身體躺在地上看起來很奇怪。他的姿勢很不自然，看起來就像是用一團破布做成的玩偶，沒有骨頭。所有在這裡發生的一切，都和我之前想像的有些不同。

尤莉亞深深地感動了。真是勇敢的青年。他是一名真正的志願軍士兵。她一定要回信告訴馬克辛，叫他把這封信放在志願軍營的臉書上。

火車通過一座奇怪的鏽紅色山丘，不是礫石，也不是礦渣。我凝視了它很久，看著夏天的風在山頂上吹拂，捲起紅色的灰塵，讓它隨著一縷縷的輕煙飄往天空。這是鐵礦的廢土場。它的含鐵量太少，要融化來煉鐵很不划算。但是要用來填挖空的礦坑、鋪泥土路、鞏固地基或做為其他建築用途，含鐵量又太高了。這座山丘在等待自己的時機到來。當有一天，煉鐵廠覺得值得從它之中提煉鐵礦，它就會翻身。

它等了很久。我在童年時就看到它矗立在那裡。那是三十年前的事了。它那時也在等待。

我沒有任何家族成員的電話。這些電話在我那重病母親的筆記本中消失了。但這似乎不成問題。烏克蘭沒有隱私法，如果你知道你要找的人的姓名，或者至少是姓氏，或是他住在哪個村、哪個地方、甚至哪個城市，全國性的尋人辦公室就會提供你那個人的住址，以及住在那裡的所有人的電話號碼。如果他們不住在那裡，尋人辦公室還會告訴你，他們可能住在哪裡。這些地址和電話加起來可能超過三百個。接電話的人會告訴你這些資訊，但一次只給你十個。

我只記得外婆的名字——克勞蒂亞·迪米崔芙娜·諾維科夫（Klaudia Dmitriewna Nowikow）——畢竟，諾維科夫是我母親的舊姓，在辦理各種行政事務的時候都會用到。除此之外，我和外婆很親，她看著我長大，也養育了我。

而阿姨們呢？嗯，阿姨們就是嘉拉和娜塔莉，我不記得她們的姓氏。小孩記得姓氏要幹嘛？所有我記得的一切，只是兩棟房子，兩間公寓。第 棟公寓屬於嘉拉阿姨，位在克里沃羅格，我不知道她的房子幾號，但是我覺得當我到了那座城市，我就會找到它。外婆在康士坦丁諾夫卡的地址我還記得：劇院街六號。我從尋人辦公室那裡得到了電話，但是打過去沒人接。兩個禮拜都沒人接。

嘉拉阿姨死了三年了。但是烏克蘭不是美國，人們遷移的機率不大。如果某人在某處住下來，那麼他就會在那裡住很久。之後他的孩子和孫子也會住在那裡。

嘉拉阿姨的家住著一群陌生人。

寫在留白之處

守護的山丘

「嘉拉？哪個嘉拉？她姓什麼？」這群人試圖幫助我。

「對啊，她姓什麼！」

帕威爾的悲劇起了作用。他們馬上就明白我要找的是誰。我發現，這棟房子依然屬於我的親戚，而住在這邊的人是房客。他們給了我電話，但是那號碼不是帕威爾也不是他太太娜塔莎的，而是某個叫做瓦丁的人——他好像是第聶伯羅彼得羅夫斯克的一個有名的大律師，他們就是和他租房子的。

我愣了一下，但是馬上就想起來了：那是帕威爾的兒子！上次我見到他的時候是在九〇年代，他那時候還不到八歲。而現在……有名的……大律師……那個小瓦丁。

這個地址，這棟樓。開闊的大道，大道兩邊都是十層樓、十二層樓的國宅。在一樓的地方是店面，有著七〇年代風格的櫥窗，巨大無比。因為是國產經營，不用擔心房租，所以商店的空間都很大，和空空的貨物架形成對比。

在嘉拉阿姨的那棟樓，曾有一家賣匈牙利燻腸、義式肉腸、鄉村肉醬和白乳酪的食品店，這些東西都放在櫃檯上，加起來有十幾公斤。而在那旁邊則是牛奶，裝在塑膠袋裡，每袋都有一公升，堆得像是金字塔。那裡還有賣果汁的攤子。葡萄汁、胡蘿蔔汁、樺樹汁在橢圓形的氣泡機裡冒泡。在商店前則停著一輛車，上面有一個黃色的大桶子，裡面裝滿了黑麥汁。

今天，這座大型的食品店變成自助超市。只有裝著黑麥汁的桶子和車子還在，一點也沒變。如果不是因為已經過了三十年，我甚至會以為那是同一臺車。

克里沃羅格是個醜陋的城市。它是共產主義的新產物，對基輔沒有好感，很親近東部。在巨大的工廠附近，有著一撮一撮彷彿合成物般扭曲的住宅區，充滿了在布里茲涅夫時代蓋成的廉價高樓。那些樓梯間都破破爛爛，電梯像是礦工用的柵欄電梯，電線不是滿地都是，就是掛在牆上。暖氣管也暴露在外面，沿著街道或在街道之上綿延，上面包覆著毛氈和鋁片之類的奇怪混合物。

所謂的快速電車行駛在住宅區之間，發出喀拉喀拉、嘎吱嘎吱的噪音。那些車廂都一副快散開的樣子，巨大的門總是重重地關上，彷彿要將人夾死。

很奇怪，當我還小的時候，所有的一切在我眼中都如此正常。我也去電影院、遊樂園，還去河邊游泳。喔，城市就是一座城市而已。只是城市旁邊有一座巨大的鐵礦山丘，夏天的風會吹過它的山頂，捲起紅色的灰塵，讓它隨著一縷縷的輕煙飄往天空。山丘守護著城市。完全就像今天一樣。

第七章　在斯拉維揚斯克可以確定的二三事

今天的清晨很寧靜。沒有人開槍，你甚至很難相信，整座城已經被包圍了。太陽從有如烏雲般的燒焦輪胎後方升起。昨天墜落的直升機冒出的黑煙，現在已經消散了。突如其來的槍響讓我和安德烈都驚醒過來。從安德烈的陽臺上觀望，我們會以為槍聲在很遠的地方，在地平線那端，但是它又如此大聲，彷彿斯拉維揚斯克（Słowiańsk／Sloviansk）的所有人都在同一時間開槍。

或許，斯拉維揚斯克能夠開槍的人，真的都在同一時間開槍了？曳光彈發出的多道光線劃破了依然昏暗的天空。

安德烈是學校的校長，也是當地業餘橄欖球隊的教練。他也在目前的行政體系內工作，負責教育部門。人們認得他的臉。自從我和他在一起，就沒有人問：你來這裡幹嘛？你的文件呢？通行證！你拿什麼護照？

雖然反叛者把當地政府趕下臺，他們還是和一些政府官員長期合作，安德烈就是其中之一。反叛政府為了顧及形象，依然必須讓公共運輸系統持續運作，該丟的垃圾必須被丟棄，孩子們也必須完成學業。安德烈的工作就是讓孩子們順利拿到畢業證書。

在分裂主義者剛開始治理城市時，他們還會定期舉辦記者會，發自己的採訪證和通行證，但是當圍城的情況逐漸危急，城市裡的氣氛也愈來愈有壓迫感。政府軍幾乎已經到了城市的邊界。斯拉維揚斯克成了分裂主義者最西邊的防線，就像他們說的：一個不可動搖的要塞。他們正準備死守這座城。

分裂主義者積極地在城市裡尋找間諜和挑撥離間的人士。他們變得猜忌，即使是昨天還和他們一起合作的人也會被懷疑。以防萬一，我現在已經不在身上帶任何證件，我到哪裡都和安德烈一起行動，假裝我是他的妹夫。

必須從這團混亂中脫身。安德烈也想要離開，不只想要，他還必須這麼做。他想要離開，因為他已經完成了自己該做的事，學校關閉了，學年也結束了。而他必須離開，是因為他有糖尿病，而在斯拉維揚斯克的藥局已經沒有胰島素了。

七點三十分　麵包

昨天「大便發射器」又可以收看了，這裡的人們就是這麼稱呼烏克蘭電視臺。過去兩個禮拜都只能看到俄羅斯電視臺。如果「大便發射器」可以再度收訊，這表示政府軍奪回了有電視塔的卡拉重山（Karaczun）。山屬於誰——電視就屬於誰。電視屬於誰——誰就是對的。

從斯拉維揚斯克出去的所有道路都被封鎖了。路上隨處可見路障、崗位、障礙物、沙包、輪胎、步槍、鐵絲網、防衛兵、偵查兵、守衛及站崗的衛兵。在裡面的是分裂主義者，在外面的則是政府軍。現在正展開基輔政府所謂的反恐行動。

到火車站必須用走的。街上一片空曠。即使分裂主義者努力要讓自己掌控的地區維持表面上的正常運作，但是無軌電車已經停駛，而車站的垃圾桶也湧出有如瀑布般的廢棄物。列寧大道上還有兩家店開著，前面排滿了人。

「你們在這裡等了多久？」

「半個小時。但是他們才剛開門，現在隊伍已經開始動了。」站在隊伍最後面的老太太開心地說，她前面還有二十九個人。

最重要的事：買點蕎麥、米、糖、一點油。唔，還有麵粉。因為城裡已經兩天沒有麵包了。全城的麵包都是由一家麵包工廠提供的，而現在從麵包工廠到市中心的路已經不通了，因為主要街道上也堆滿了路障、障礙物和鐵絲網。

在隊伍中（就像在所有的隊伍中一樣）人們自然而然地開始交談。

「最好盡快離開這裡。大屠殺馬上就會開始了。」安德烈建議。老女人只是揮揮手，說：「總得有人看家啊。我七十歲了，沒什麼好怕的。我的孩子和孫子已經去找他們在克里沃羅格的家人了。」

一個虎背熊腰的五十歲大漢自行插嘴說：「離開，離開。講什麼鬼話！如果所有人都離開，那誰來保護這座城市？你們想要丟下那些準備好為我們犧牲生命的小夥子們嗎？法西斯主義者才剛來到城下，你們就想開溜啦？如果我們的父親們也這樣想，希特勒當年不費吹灰之力就可以拿下史達林格勒了！」[1]

斯拉維揚斯克的街道名稱就像隊伍中的氣氛一樣，時間彷彿在此靜止了。我們走過列寧大道，經過馬克思街來到年輕的巴黎公社社員街附近，而在我們面前則是羅莎·盧森堡街、斯維爾德洛夫街和科馬洛夫街。火車站已經不遠了。[2]

八點三十分　難民

火車站看起來很超現實，就像在卡其布做的工人制服上別著一個華麗的胸針。這座車站覆滿了大理石和玻璃帷幕，金光閃閃——它兩年前才翻修過，花了五千萬烏克蘭幣。

人們睡在火車站前的長椅上，帶著他們的背包、包袱、行李箱和推車。他們睡在這裡，在廣場上？沒錯，他們就睡在這裡。火車的班次太少，車票太少，而每個人都想離開。

候車室裡也都是人。空氣中瀰漫著酸甜的氣味，混雜著放棄、疲倦、汗臭和貧窮的味道。兩個穿著制服的民警慵懶地巡邏。在這裡沒有穿迷彩裝的分裂主義者，只有普通的民警，他們是平凡的條子。

在警察的肩章上別著黑色和橘色相間的喬治絲帶。兩百年來，這絲帶象徵著俄羅斯在戰

1　這邊指的是史達林格勒戰役（Battle of Stalingrad），是二次大戰期間德國為了爭奪史達林格勒而與蘇聯進行的戰役。在將近七個月的戰爭後，德國最後沒有奪下史達林格勒，但這場戰役對雙方都造成慘重的死傷。

2　巴黎公社（la Commune de Pari）、羅莎．盧森堡（Rosa Luxemburg）、斯維爾德洛夫（Yakov Sverdlov）、科瑪洛夫（Vladimir Komarov）都是和共產主義或蘇聯有關的人事物，這些街名表現出此地依然保有蘇聯時代的氛圍。

場上的勝利——一開始是和聖喬治勳章一起佩戴，後來出現在水手志願軍的帽子上，之後又和布爾什維克的光榮勳章別在一起，然後是戰勝法西斯的獎牌。此時此刻，它則象徵著人們對頓巴斯人民共和國的好感——也就是分裂主義者所建立的國家。

在斯拉維揚斯克，幾乎所有的警察和國安局祕密警察都站到反抗軍那一邊。那些對基輔效忠的人如果沒有離開這裡，也從中央政府那裡得到命令：「因為反抗分子具有壓倒性的人數，目前請留在家裡，不要出門。」

車站廣播不斷通知，有哪些火車班次取消了。27M、77、9M這三班車不會抵達（也就是所有從莫斯科出發的火車），晚上八點五十九分和十一點三十分從盧干斯克開往基輔的火車也取消了。但是早上七點四十八分從頓內次克開往基輔的火車正常發車。

安德烈有學校同窗在火車站工作，是個公務員。也許他會知道些什麼。

這位名叫伊凡·費德羅維奇（Iwan Fiodorowicz）的同窗很懂得如何苦中作樂。「就像在九〇年代一樣！黃牛又出現了！這幾天他們一直拿著票在火車站旁邊晃來晃去，票價是售票窗口的兩倍呢。」

我們問，有沒有人買票。「為什麼不買？如果你懷中還有一個要吃奶的小娃，你會不買嗎？」

「我是沒有小娃啦，但是到基輔的票價是兩倍的話，我可以。你手底下有員工，幫個忙吧。」

但是伊凡說，即使你手上有票，也完全不代表你走得了。在城市裡——就像在所有被包圍的城市裡一樣——恐慌的氣氛和間諜恐懼症與日俱增。比如說，昨天城裡就流傳著謠言，說從利沃夫來的火車上有間諜和打算聲東擊西的傢伙。這些人是右區派來的，是在獨立廣場上的反抗者、班德拉主義者，簡言之：法西斯。人們說，他們會帶武器來，然後從角落暗中放槍。分裂主義者於是趕到火車站，在月臺上部屬人力，盤查所有下車的旅客。

還不是那麼久之前，人們在這場奇怪的戰爭中還可以正常地坐火車進城、出城，雖然路上堆滿了障礙物。

從利沃夫來的火車前所未有地空。分裂主義者的民警於是盯上了兩個年輕男孩，把他們帶到自己的基地，也就是警察局（警察局是分裂主義者在這次的混亂事件初期占領的）。男孩們手上沒有槍，但是他們的證件不太對勁。總歸來說他們運氣不太好，因為他們看起來不太順眼，又沒有更可疑的人出現。這兩個傢伙到底是誰？他們說他們來這裡出差，證件上也有蓋章，但是……大學生……環境學家要到盧干斯克檢查火爐造成的空氣汙染？賣起重機的商人要到工廠出差？你（這個狗娘養的班德拉主義者）為什麼好巧不巧、剛好現在想買起重機？不只如此，這兩個人的戶籍都在利沃夫。讓我們好好查一查。讓他們在地牢裡待個一兩天，對他們不會怎樣的，而當他們開始軟化，我們就可以從他們口中套出話來。

出於思慮不周，反叛分子不只盤查了利沃夫的火車，連從其他地方來的火車也一起都查了，一直查到黃昏，直到他們覺得無聊了為止。

「這只是偶發事件，而且沒有意義。」安德烈評論：「如果有人要聲東擊西，把士兵和武器帶到城裡，他們會把這些人和武器塞進汽車，甚至偽裝成貨運車，賄賂該賄賂的人，買通該買通的關節。不管是革命分子還是反革命分子，在烏克蘭沒有不能收買的人，如果不行，那問題只在於：沒有提出合適的提議，還有價錢談不攏。」

十點五十分　學生

我們再次遇上檢查崗位。站崗的人會檢查可疑的車子、查看司機和乘客的護照、命令他們打開後車廂。一場爭執爆發，人們提高音量，揮舞雙手。

安德烈三不五時會對這樣的場面咆哮，彷彿無法置信地搖著頭：「你看看發生了什麼事，他們把這個國家搞成了什麼樣子，這些搞玻璃的和下三濫。」

安德烈的政治觀和許多他那個世代的人（五十歲上下）一樣，很典型。這樣的政治觀是被多年來的承諾、謊言、失望所塑造出來的。年輕一點的人對改變還抱有狂熱和希望，而安德烈對政治的看法則是：

「搞玻璃的和下三濫！不管是右派的還是左派的，東邊的還是西邊的！那些西邊的傢伙不喜歡我們，也不尊重我們。他們說，整個頓巴斯的居民都是勞改營囚犯『澤克』的孩子，是小混混和罪犯的孩子！」

確實，在蘇聯時代從勞改營出來的人可以在西伯利亞的極地入籍，或者在這裡。工業正在發展，工廠需要人手。

安德烈的火氣上來了：「勞改營的囚犯都是些什麼人？他們為什麼坐牢？那些人難道不記得了嗎？烏克蘭起義軍的游擊隊員就沒有蹲過蘇聯的集中營？人們因為開史達林的玩笑而坐牢！我也是『澤克』（zek）的後代。在烏克蘭大饑荒時期，人們吃乾馬糞維生，我爺爺只是摘了幾根集體農場的麥穗，就被判坐五年的牢！」

這不是政治，而是文明的衝突，某種像是宗教戰爭的東西。你要嘛就和我站在同一邊，不然就是和我對立。

「區域化？」安德烈平靜了一點。「也許這是個好主意？錢可以留在地區政府。但是如果頓巴斯的自治政府是由東邊那些人來接手，這有什麼好處？那些人也都是搞玻璃的和下三濫。」安德烈突然沉默了，彷彿找不到頭緒，忘了他要說什麼。「啊，管他的！」他揮揮手，說：「如果區域化會讓像現在治理我們這裡的這種傢伙上臺，那我還寧願讓基輔的軍政府來獨裁統治。」安德烈繼續說下去：「我希望孩子們都能拿到畢業證書，這對我來說很重要。然而那些傢伙卻不准學校在畢業典禮上掛國旗、唱國歌。」

「畢竟，我們不是為了那些傢伙才把課上到最後的。我們可以在復活節過後就關閉學校，根據我們目前為止所教的課程給孩子們打成績。針對那些學業必須加強的孩子，我們在學校的網站上為他們準備了函授作業，讓他們可以在家裡或別的什麼地方完成。是父母提出要求，希望我們可以把課上到五月。他們覺得，孩子待在學校會比在街上亂晃來得安全。我們把畢業證書發給了那些決定逃離、有能力逃離這個城市、而且逃離後也有地方可以去的孩子。其他的孩子，我們則為他們在一樓準備了堅固的教室，把沙袋放在窗戶邊，或者把桌椅搬到地下室，讓他們在那裡上課。這可不能開玩笑，因為在靠近分裂主義者據點的第十三號學校，子彈真的飛過去了，把屋頂還有頂樓的部分地板打穿，所有的玻璃都破了。」

「在我的學校，原本有二十人的班級，現在只有五、六個人來上課，最多不會超過十個。我甚至不打算上正課。我們只是在安全的地方一起度過一段時間。有時候我們會複習以前學過的東西，有時候會有人帶吉他來，那時候我們就唱歌。」

「老師們擔負著重責大任，尤其是教低年級的老師。當槍聲響起，孩子們都嚇得發抖，所有人都試圖在同一時間打電話——給媽媽，爸爸，姊姊，或是別校的同學。一片混亂！你們還活著嗎？大家都平安嗎？沒有受傷吧？房子沒有倒嗎？車子沒有被燒嗎？」

「而老師呢？他也嚇得半死，但為了讓孩子能稍微平靜下來，他必須露出微笑，並且對孩子們說：『什麼事都沒發生，沒什麼好害怕的，這一切很快就會過去了。』如果大人們也開始緊張，小孩子們立刻會崩潰。」

「高年級的男孩們——九年級或十年級——這些十七、八歲的小夥子已經是壯漢了，一開始也試著逞英雄。他們會假裝自己是戰爭武器的專家，一個人說，昨天在克拉馬托爾斯克（Kramatorsk）的路上他們用『冰雹』[3]攻擊。另一個人會說，什麼『冰雹』啊，那是一百五十毫米的榴彈炮。但是當城裡傳出謠言，說分裂主義者會強迫把十年級的畢業生拉進頓內次克人民共和國的軍隊，這些孩子們對軍事的狂熱馬上就被澆熄了。你在他們眼中可以看到本能的恐懼。他們跑來找我，對我說：『安德烈．米亥羅維奇，你常去行政大樓那裡，

3　這裡指的是綽號「冰雹」的BM-21式火箭炮，是前蘇聯研發的一種一二二毫米多管火箭炮。

他們真的會把人拉進軍隊嗎？』在他們的眼中有一種乞求，希望我說：『不，不會。』那是一種動物性的、幼犬般的恐懼。」

「這就是我們城裡現在的政府。」

下午兩點十分　武裝人士

我們往城市邊界走去。那裡有保衛西南道路的路障。安德烈以前的學生馬克辛在那裡服役。他是他鄰居和好友的兒子。那孩子的父母都是老師，爸爸教歷史，媽媽則是工程師，在礦工職業學校教書。

「我們去和那些男孩們談談狀況如何，還有包圍的情形。」安德烈說：「指揮官是個退休的俄羅斯軍官。那裡有幾個男孩拿兩本護照，有頓河哥薩克人和庫班哥薩克人。我們去和他們聊聊、問些事情。但是不要問太多。如果他們把你當成間諜，之後會狠狠打我一頓。就像我們約好的：你是我妹夫，伊戈爾，頓巴斯的俄羅斯人，小時候住過康斯坦丁諾夫卡。但是你和家人在蘇聯解體後就為了生活移民國外，這就是為什麼你有一點口音。懂嗎？」

「我懂。」我笑著說：「這是個好故事，幾乎符合事實。」

「這樣的故事最好。」安德烈咧嘴一笑，說：「但是不要擔心，他們都是好孩子。」

儘管安德烈一再重複，在這次衝突中他沒有站在任何一邊，但是他卻親密地叫那些鎮守路障的男孩們「pacany」，這在俄語中是對年輕小夥子的友善稱呼，意思類似「小子」。這些男孩們很多都是安德烈以前的學生，他認出他們之中許多人的臉，或者知道他們的名字。

馬克辛的路障是一個堡壘。它保衛的是從斯拉維揚斯克出來的西南道路，有一點五公尺，由水泥板和沙袋組成。或者該說，那是兩個相隔十幾公尺的堡壘，在它們之間有一條讓車輛通行的彎曲道路。

幾個手持步槍的小夥子在堡壘之間晃來晃去。他們很緊張，猛抽便宜（一包三塊烏克蘭幣）、沒有濾嘴的劣等菸。他們拿菸、點火、說幾句話——他媽的這個，他媽的那個，又取出菸來抽，吐一口痰，然後走到路的另一邊去。

他們在路的那一邊做什麼？再次抽菸，說話。他媽個屄，操你媽的，操我媽的，操他媽的，操他奶奶的，從前面狠狠操一遍再從後面更狠地操第二遍！

你到底可以用「媽的」來表達多少東西？特別是情感？「媽的」幾乎是一種獨立的語言，在牢房、軍營、社會主義建築的工寮中誕生。它屬於有著尿騷味的大門、瀰漫著私釀伏特加氣味的三流酒館，以及破破爛爛的公園長椅。在這裡，在比伯爾索夫卡街（ul. Byłbusowka）

上，彷彿洪流般的髒話是再尋常不過的——它是前線的即興詩歌。

他們很緊張。政府軍的力量愈來愈強盛了。從昨天黃昏開始兩方就不斷交烽。

安德烈要找的學生馬克辛就在現場。他是個高瘦的男孩，嘴唇下方剛長出第一批鬍子。他站得筆挺，彷彿他是統領這個堡壘的公爵。

他一點都不在意他的槍只是一枝破爛的ＡＫ-47突擊步槍，而他的軍服則是老舊的俄羅斯工裝褲，以及一件有兜帽的運動衫，完全沒有漂亮的彈藥盒、頭盔和防彈背心。在他上衣的袖子上，有一個「Ｖ」字形的、黑色和橘色相間的喬治絲帶。

他的話匣子打開就停不下來：「我們的人在昨天交戰後就在城裡休息。我們有無線電，如果有需要，他們會在十分鐘內抵達。而參謀部發明了很酷的裝置，讓每個人都可以傳送簡訊給任何人，甚至在同一時間傳給所有人。這玩意兒甚至連『烏克依』（Ukry）都沒有！」

馬克辛已經開始使用反叛軍的新詞了。「烏克依」指的是烏克蘭軍。俄羅斯語熱愛縮寫。在反抗政府的頓巴斯區域，已經出現了「prawseki」，指的就是右區的人。

一輛車開過來了。停下！證件！從哪來、上哪去、為了什麼？行李箱？好了，可以走了，還在等什麼！

負責檢查車輛的男孩並不比馬克辛大幾歲。他的指甲都咬到出了血，但是他故作冷靜，大搖大擺地走著，像個老鳥士兵。

小夥子們的話很多，但是他們沒有參加昨晚的戰鬥。話說回來，他們之中也沒有一個人參加過任何一場戰鬥，也許除了統領這群青少年的瓦西亞（Wasia）。在這群小鬼擁有更多經驗之前，他們目前的工作就是檢查和站崗——典型的警察義務。如果發生比較嚴重的衝突，那麼其他人就會來接手，也就是專業人士。

那些「其他人」也在現場。他們既疲倦又百無聊賴，倚靠在堡壘內牆沾滿灰塵的沙袋上。最年輕的大約四十歲，最老的甚至可能有六十歲，留著細心修剪過的、長度到達胸口的銀鬍子。他們完全沒有看我們一眼。他們身邊堆滿了裝備：新的步槍、兩把火箭推進榴彈、SA–18肩射防空飛彈。[4]這些反抗軍八成就是用類似這樣的東西把我和安德烈從陽臺上看到的直升機打下來的。

「哥薩克人！」馬克辛開心地把我們拉到一邊。「比較年長的那個是阿列克謝．彼特洛維奇（Aleksiej Pietrowicz），他是我們的排長，而年輕的那個則是他兒子阿方納斯（Afanasij），退休的海軍陸戰隊軍官，他是我們這個連的連長。他們大老遠地從西伯利亞過來。不是為了

4　又稱9K38 Igla針式飛彈，是一種蘇聯製的攜帶型防空飛彈。

錢，因為他們在西伯利亞可以採石油，相信我，他們都超有錢的。」馬克辛眨了眨眼，搓著手指頭，表示這些西伯利亞人多有錢。「他們都是愛國者，正統的東正教。」馬克辛繼續說：「而且是經驗老道的獵人。你們看看，他們都拿著SVD狙擊步槍。阿方納斯去過車臣當志願軍！他在那裡擔任特種部隊的排長。」

第三個人是洛沙（Losza），來自鄰近的克拉馬托爾斯克。他是蘇聯時期最後被送到阿富汗服役的人。在蘇聯瓦解後他到羅斯托夫州（Rostów／Rostov）依靠家人，現在他則回到了這裡。

這裡沒有人隱瞞他們是從俄國來的。為什麼要隱瞞？他們是為了保護同胞不受法西斯主義者的侵犯啊！他們不是因為命令而來，而是出於一片真心。

他們抱著熱忱而來，就像屯駐地的指揮官伊戈爾．斯特列爾科夫（Igor Strielkow／Igor Strelkov）。他年約五十、身形高瘦、留著鬍子，是個土生土長的莫斯科人，而且還是俄羅斯的上校。

那些穿著迷彩裝、戴著喬治絲帶、在這裡駐守的小夥子們愛死了他。有什麼好說的呢？他是菁英中的菁英啊。他是個史料學家，歷史重演[5]社團的社員，他最喜歡扮演的角色是俄國內戰中的白軍軍官。他真正的職業是——喜歡打仗的「戰爭狗」。他擅長聲東擊西、打游擊戰。他什麼地方都去過。一九九二年他在聶斯特河沿岸摩爾達維亞共和國，待在黑海艦隊哥薩克第二排。一九九三年他在波士尼亞，隸屬於俄羅斯志願軍「黑狼」第二特別行動部隊（Dywersyjny 2. Rosyjski Oddział Ochotniczy „Czarne Wilki”）。一九九五年他則在車臣，服務於獨立國民軍第一六六支摩托化步兵隊（166. Samodzielna Gwardyjska Brygada Zmotoryzowana）。自一九九九年開始，他在「格魯烏」（〔GRU〕，俄羅斯聯邦軍隊總參謀部情報總局）及俄羅斯聯邦安全局工作。沒有戰爭可打的時候，他就以戰爭專家、記者和作家的身分維生。他寫……童話故事。

長久以來，這位指揮官的真實身分都被隱藏，但是當真相水落石出，我們只要搜尋一下網路、問問別人就可以知道關於他的事——這人可是相當出名的。

我拿出手機，給馬克辛看關於車臣戰士的資訊網「高加索中心」（Kawkaz Centr）：「伊戈爾．斯特列爾科夫，曾參加第一次車臣戰爭，隸屬於俄羅斯第四十五摩托化步兵隊（45. Pułk Piechoty Zmotoryzowanej），之後則在俄羅斯空降軍擔任參謀。這個部隊在哈圖尼

5 歷史重演（Historical reenactment）是一種娛樂活動，參與者會在其中扮演成歷史人物，重現某個歷史事件，最常見的是戰役。

（Chatuni）附近駐紮，並且在該區域進行鎮壓及警察勤務。」

「正是這渾球在二〇〇七年初，把車臣聖戰部隊指揮官、車臣總統阿卜杜勒—哈利姆·薩杜拉耶夫（他是個烈士，依阿拉的旨意）[6]的夫人從托夫贊尼（Towzeni）這個小村莊抓走。俄羅斯空降軍的強盜們刑求她，逼她說出丈夫的藏身地點。」

「當他們發現他們無法得到任何訊息，這些穿著俄羅斯軍服的劊子手就用傳統老套的方式殺了她——用左輪手槍往她後腦開了一槍。這是斯特列爾科夫親自下的命令。」

「這種東西你也信？你還算是個俄羅斯人嗎？」馬克辛不高興地說：「你竟然相信車臣人？」

「而你呢？他們也是你的同盟。在盧干斯克的反政府軍中有一個車臣人組成的部隊，叫做『東方』（Wostok）。」

「他們是卡德羅夫[7]的人，而你這邊的則是伊斯蘭的恐怖分子。」

「差別在哪？」

「差別在於，我們的人是站在我們這邊的，而那些人不是！不要再用愚蠢的問題來煩我了。」馬克辛失去了耐性。「瓦西亞！」他對路障的方向喊。「你和指揮官很熟，過來這裡，媽的，因為這些傢伙快把我他媽的搞瘋了。」瓦西亞曾和斯特列爾科夫在克里米亞一起作戰。

「斯特列爾科夫？」瓦西亞問。他的外表和馬克辛完全不同，是個又矮又壯的金髮小子，當他油滑地笑著的時候，會看到他上排的牙齒少了一顆犬齒和一顆臼齒。「斯特列爾科夫，媽的，他是個真正的俄羅斯軍官。」他開始說：「他就是個英雄人物。而他是多麼謙虛啊，有一次我問他：『指揮官，在波士尼亞是什麼樣的狀況？』他什麼都不說，雖然我知道真相如何。他只是微微一笑，然後對我說：『瓦西亞，我在那邊學到了，真正的戰爭總是和你原先所計劃的不一樣。記得這件事，瓦西亞。』你們感覺到了他有多謙虛嗎？」瓦西亞仔細打量我和安德烈，彷彿想確認他的故事讓我們印象有多深刻。瓦西亞二十六歲，來自克里米亞的阿盧普卡（Alupka／Alupka）。在那裡，「指揮官」和一群來自俄羅斯的人召集了當地的居民，組織自衛隊。瓦西亞講得很明白，他認為，反正也沒什麼好隱瞞的了。瓦西亞隸屬的自衛隊並不是赫赫有名的「小綠人」。光靠自衛隊，是無法奪下克里米亞的，門都沒有。只要烏克蘭派自己的軍隊來，就可以把他們打跑了。但他們不是孤軍奮戰。和他們並肩作戰

6 阿卜杜勒—哈利姆·薩杜拉耶夫（Abdul-Halim Sadulayev；一九六六—二〇〇六），伊奇克里亞車臣共和國第四任總統，在一次與俄羅斯聯邦安全局及車臣親俄勢力的槍戰中被殺。

7 拉姆贊·卡德羅夫（Ramzan Kadyrov，一九七六—），俄羅斯車臣共和國總統。

的是穿著嶄新軍服的士兵（全世界的電視上都可以看到他們），這些人都是黑海艦隊（Flota Czarnomorska／Black Sea Fleet）的步兵。「這應該很明顯吧。」瓦西亞說。

在克里米亞的勝利後瓦西亞直接就來到了斯拉維揚斯克。他想為「南俄羅斯」[8]的自由而戰。當然，他是在指揮官的命令下前來的。

「斯特列爾科夫在這裡也有和戰爭相關的家族史。」瓦西亞說：「他的祖父是紅軍的中尉，曾指揮機械化步兵部隊，他在一九四三年初曼施坦因反擊戰役[9]中，來到了混亂的頓巴斯。他和他的人花了一個星期的時間突圍，而最後他也帶領他們殺出重圍了！當他們和夥伴會合時，斯特列爾科夫的祖父在他的托卡列夫手槍中只剩下最後、唯一的一顆子彈。真是偉人！這就是斯拉夫人！我會知道這個故事，因為這是指揮官親口告訴我的。」瓦西亞自豪無比地挺起胸膛。

瓦西亞和馬克辛的朋友們也來到了他們身邊。於是我們耳朵邊又響起了一片「媽的」，「他媽個屄」，在斯拉維揚斯克作戰的都是一些愛國者。傭兵全都在對面，在「烏克依」那邊。

因為每個人都知道，「烏克依」無法靠自己的力量作戰。他們根本不想打仗。是基輔的中央政府逼他們來的。如果不是那樣，他們會在沒有開火的情況下，放棄五輛裝甲運輸車嗎？

而且不只裝甲運輸車！他們還放棄了2S9自走迫擊炮[10]，還有步槍、火箭推進榴彈、兩臺迫擊炮、ＳＡ-18防空飛彈。完完全全放棄！而且他們把這些東西留給了什麼人？不想讓他們進城的平民！

但是他們昨天放過了「烏克依」。那群人用了法西斯的手段——一開始他們讓被徵召的役男上陣，占好位置，就為了幫後方那群有經驗的、帶著重型武器的傭兵做掩護。指揮官命令大家不可以對役男開槍，因為這些都是被迫上戰場的斯拉夫兄弟。

這些男孩們看多了俄羅斯電視臺，變得愈來愈狂熱。「那些傭兵都是和ＣＩＡ拿錢。前幾天晚上他們開白色的越野車發動攻擊。而昨天則出現了一些穿黑色制服的人。指揮官說，這些人都來自有名的私人軍事公司『黑水國際』！」[11]

有人收到一封簡訊：「你們看！他們找了一萬一千人來，還有一百六十輛坦克、一百輛

8 南俄羅斯，又稱新俄羅斯（Novorossiya）是於二〇一四年五月二十二日由盧甘斯克人民共和國和頓涅茨克人民共和國所組成的邦聯，二〇一五年五月二十日停止存在。

9 這邊指的是第三次哈爾科夫戰役（Third Battle of Kharkov）中，曼施坦因（Eric von Manstein）率領的德軍對俄國紅軍進行的反攻。

10 2S9自走迫擊炮（Newest Ordnance of Ground Artillery）是一種蘇聯製的、可用於空降的自走迫擊砲。

11 Academi，原名黑水國際（Blackwater Worldwide），是美國一家私人軍事、安全顧問公司，以承包的方式提供美國政府軍事任務服務。

自走追擊炮和火箭推進榴彈！」

「你們自己也看到了，你們無法出城，最好現在就離開。我們馬上就要開始工作了，這不是你們這些平民該來的地方。」馬克辛說。

這不是你們這些平民該來的地方！說這句話的是誰？這些孩子們已經——像他們口中的指揮官所說的——中了炮灰的毒嗎？或是染上了戰爭的熱病？

我們慢慢踱步走回市中心。我想起昨晚在安德烈家睡不著覺時，我所讀到的斯特列爾科夫回憶錄。你可以在俄羅斯特種部隊的網站上讀到它。斯特列爾科夫寫的是關於聶斯特河沿岸摩爾達維亞共和國戰爭結束的事情（他那時還是學生，以志願軍身分到那裡參戰），他說：「所以一切都結束了。我們之中許多人在這裡聞到了炮灰的味道。我們在這裡失去了同袍，很多時候失去了好友。我們在這裡看到了最可怕的事。現在我們有一種奇怪的感覺，我將其稱之為『還沒打夠』。在第一個『我們還活著！』的狂喜過後，某種東西潛入了我們的靈魂，這在許多職業軍人身上都可以看到——我們渴望冒險，渴望擁有完整的生命，渴望在邊緣遊走，渴望享受每一個瞬間以及所有那一切只有戰爭才能給予人們的東西。這就叫做『炮灰中毒症候群』。」

「馬克辛是個好孩子，但是他很笨。」安德烈打破沉默：「我很驚訝，因為他不是個小混混，而是個很有天分的學生。他還在關於歷史知識的比賽中得過獎。而且他出身也很好，父母都是知識分子。他從來沒有喝酒鬧事。他以為他在為高貴的理想而戰。他們給這群孩子的軍餉根本少得可憐，甚至稱不上是錢。馬克辛說，第一個月他領三百烏克蘭幣，外加一盒香菸。這差不多是三十美金。那些哥薩克人或是斯特列爾科夫帶來的人，領的錢肯定比這多。」

「我們頓巴斯的小鬼只要有迷彩裝、喬治絲帶、步槍還有終於在參與某個偉大事件的崇高感就滿足了。到頭來，他自己也成了某個重要的、被人需要的人。像是馬克辛這樣來自好家庭、學業成績優異、前途也一片光明的孩子畢竟是特例。大部分會參戰的孩子都是當地的不良少年。之前就有個小混混，成天拿罐啤酒坐在公園，不停抽菸。管區都知道他的名字，而條子則把他從大道上趕開，這樣才不會有礙觀瞻。現在呢？」安德烈放棄地揮了揮手，說：「現在他是民警。全民動員。愛國者的前哨兵，媽的，東正教之華。老太太都拿香腸去孝敬他，還在胸口劃十字請求神保佑他。」

下午六點十五分　政府

既然我們出不去，那也許我們可以見見斯拉維揚斯克的新市長。他是這裡的另一個首領。斯特列爾科夫「指揮官」的任務是開槍打「法西斯主義者」，而新市長的工作則是打造屬於「人民正義」的體制。在城市裡甚至掛起了標語，上面宣布「人民的正義很快就要到來」。他也很樂意對人民演說，經常在廣場上開人民大會，也在當地的電臺發表呼籲。

他辦公的地方是被分裂主義者占領的市政廳。這就是他在反抗時期的形象：維切斯拉夫．瓦迪米羅維奇．波多米亞羅夫（Wiaczesław Władimirowicz Potomiarow），黑海艦隊的士官，父親是烏克蘭人，母親是俄羅斯人，在斯拉維揚斯克出生長大。他不只強調他的政治獨立，也強調他的經濟獨立。他有錢，所以他不是為了錢才來奪取政權的。他是肥皂工廠的老闆，是社會上的成功人士。他是個生意人，但他絕對不是寡頭，不像其他那些人民公敵。他和那些傢伙不一樣，他是刻苦耐勞才一步一步白手起家的，而不是像強盜一樣靠國家的資產崛起。

在《訊息》報（*Wiesti*／*Vesti*）的訪談中，他告訴觀眾，斯拉維揚斯克的政變是多麼地自然、草根、親民：

「一切都是從三月二十一日開始的。這裡的人們滿懷恐懼地看著基輔所發生的事。我們聚集在政府行政大樓的對面，在公園，在列寧的雕像下。來的人都是城裡的公民和愛國人士。我們一起商量對策，然後決定行動。我們模仿了軍團的組織。最前面的是指揮官，後面則是副指揮官、政治事務指揮官、參謀長、連長和排長。」記者說：「這是紅軍的組織。」波多米亞羅夫則說：「當然！難道我們要自己發明一個新的組織嗎？」

我們周圍是灰暗的住宅區。這些破破爛爛的建築被稱為「赫魯雪夫洞」。在蘇聯時期，人們把第一書記赫魯雪夫蓋的廉價住宅稱為赫魯雪夫樓，這邊的人把它和洞穴連在一起，於是創造出了這個新字。

在幾棟「赫魯雪夫洞」之間，幾個老人在玩骨牌。街道上只有泥土，沒有鋪柏油，到處都是大水窪。「下水道的管線破了。」安德烈解釋。

斯拉維揚斯克的合法市長，隸屬於「地區黨」的奈利．史達巴（Neli Sztepa）把城市丟下時，它就是這個樣子。史達巴一頭金髮，身材高大，胸圍壯觀，身上經常穿戴著金銀珠寶以及貂皮大衣。

兩年前，當基輔把「烏克蘭療養勝地」的頭銜頒發給斯拉維揚斯克，這位市長舉辦了一場會議，希望大家能集思廣益，一起想想要怎麼做才能吸引遊客：是要在這裡建造烏克蘭最高的建築呢？還是最大的東正教教堂？人們覺得這實在蠢斃了。該做的應該是先廓除垃圾掩埋場吧，因為都臭到無法開窗戶了。

人們攻擊政府的那一天，史達巴在當地的電臺中表示，反抗者是帶著和平而來。而後者則說，他們向市長要求藥品和繃帶，但是沒有要到，因為市長已經逃走了。

而波多米亞羅夫來到了路障前，來到人民面前。他戴著鴨舌帽，身穿牛仔褲和襯衫，拿起麥克風對人們說：「自由，公投，人民自決，獨立，自治，我們，公民。」人們彷彿著了魔似地聽他說話。

我們來到了有列寧像、所有的一切似乎都是如此自然而然發生的廣場。市政府被堡壘包圍。我們又看到了步槍和迷彩裝，只是這裡已經沒有任何孩子了。

在列寧像下聚集了一群等著向市長問問題的人。敵軍好像給飲用水下了毒？麵包什麼時候會送到？無軌電車要開始運作了嗎？現在還是五一勞動節，但是接下來人們就要上班了，他們要搭什麼車去上班？學校呢？孩子們要在槍林彈雨中自己走路上學嗎？我們領得到五月的薪水嗎？基輔的中央政府不是說他們會斷絕給反抗城市的經費嗎？

我們腳下堆滿了四散各處、破破爛爛的政府宣傳品。飛機從空中灑下這些紙張。上面寫著如何在「恐攻時期」應變：「不要靠近任何示威的群眾，這是恐怖分子的詭計，他們想要把你們當作人肉盾牌。」

除了這些傳單，風也把一張分裂主義者的海報吹起，上面寫著：「為什麼同性戀擁有的權利比我們多？」

午夜十二點　可以確定的事

我們在天黑前回到家裡。這很好，因為他們又開始開槍了。我們從安德烈的陽臺上看曳光彈發出的橘色光線，開槍的地點應該在郊區的某處。街上一個人也沒有。從午夜到清晨六點是宵禁的時間。

「你知道嗎？他們在政變後已經把五月的薪資付給公務員了。我不知道他們的錢從哪來的，也不知道他們的戶頭在哪家銀行。基輔的中央政府用來支持當地行政系統的錢現在被擋下來了，城市裡所有的銀行都關閉了。」

「給反抗分子的錢好像會匯到民警和當地烏克蘭國家安全局的戶頭。但是匯款是一回事，錢到底從哪裡來？我不知道。雖然我親眼看過一群反抗分子把從銀行牆上拆下來的提款機（數量有半個卡車這麼多）送進被他們占領的民警局。」

「他們把給公務員的錢裝在很大的塑膠袋裡，在地上拖著走。裡面的都是百元烏克蘭幣大鈔。他們也用同樣的袋子裝給士兵和民警的錢。」

「這就是我們城裡現在的秩序。」把菸熄滅，安德烈說。

在被包圍的斯拉維揚斯克所度過的另一個夜晚。現在，這裡所有的夜晚看起來都大同小異。再一次，為反抗分子服務的民警和帶著棍子、自稱是「人民軍」的小夥子們會走上街頭。他們是去維安的。自從民警的武器倉庫被人打破，很多武器都流入了城市。街道上一片黑暗。人人心中都有恐懼，而扣在板機上的手指會發癢，想要快點開槍。這些人是來維持秩序的保安還是製造混亂的強盜？他們是來挑撥離間的人嗎？還是間諜？法西斯主義者？自己人？愛國者或是土匪？他們是活生生的人還是只是影子？在維安過後的清晨，城市裡會有被劈成兩半或是被破壞的提款機。有些戴著兜帽的人會毆打來不及趕回家的人。我們知道，會有門被強力打開、玻璃被打破、鐵窗被拆下來。

只是，七點四十八從頓內次克開往基輔的火車是否會發車？我們不知道。

第八章　糖果噴泉

在工廠裡，有一個小房間是專門收請願書的。從那個房間看出去，可以看到噴泉，再遠一點則會看到河流與城市——請願書就是從那裡來的。

負責讀請願書的人是伊蓮娜（Irina）。她是廠長亞歷山大．畢維克（Aleksandr Bykyk）的第二位助理。讀這些信件是她額外的工作。

自從工廠的老闆成了國家元首，請願書就有如雪片般飛來。畢竟，有誰不想獲得總統的特別關照？人們聽說有一個彼得．波洛申科基金會，卻不知道在哪裡。但是每個烏克蘭人都知道：波洛申科是億萬富翁，而這筆鉅額財富都是他那位於文尼察的糖果工廠生產出來的。所以沒什麼好另外找門路的，請願書當然要寄到工廠，寄到文尼察。[1]

1　文尼察（Vinnytsia）是位於烏克蘭中部的城市，彼得．波洛申科的「如勝糖果集團」（Roshen Confectionery

「我想出了一個革命性的方法，我有一項發明，我得了血癌、癌症、肺結核，我需要器官移植，我們的房子垮了，我請求、尋找、等待，我需要捐款人、贊助者、金主、靠山……」

一封又一封的信從伊蓮娜的桌子上掉下來，掉到桌子底下，掉到她的高跟鞋旁邊，掉進垃圾桶。其實彼得・阿列克謝耶維奇[2]的基金會並不會協助個人。能不能在網路上找到相關訊息？可以！除此之外，這裡是工廠，不是基金會。「是這樣子沒錯……」伊蓮娜嘆了一口氣，說：「但是有什麼辦法呢？每個人都想離總統近一點。」

緊張的氣氛

文尼察的糖果工廠。每年的產量是十一萬五千噸，包括一百二十種產品，三千名員工。在四百九十條生產線上，每天輪三次班。

工作似乎正常進行，但是工廠裡瀰漫著一種緊張的氣氛，所有階層的員工都對未來感到不安。人們問：接下來我們會怎麼樣？

貧窮！烏克蘭的巧克力大王彼得・阿列克謝耶維奇（員工為了強調和他的親密，會用這個名字稱呼他）曾公開表示，身為總統，他會把自己的商業帝國脫手。而文尼察的糖果工廠則是這個帝國的心臟，是如勝糖果集團的旗艦。人們於是在走廊和餐桌上進行討論、打探訊息：他會遵守他的承諾嗎？「脫手」是什麼意思？賣掉嗎？或者只要轉移到他兒子名下就好？這裡的每個人都認識他兒子，他是市政府的議員。人們說：他和他父親像是一個模子刻出來的，誠實、可靠、理智。

廠長畢維克竭盡所能安撫員工。早在兩年前，就有人說彼得・阿列克謝耶維奇要把工廠交給當時的總統亞努科維奇的女婿。這根本是空穴來風！然而這一次情況比上次糟糕。上次是媒體說波洛申科要走，而這次則是他本人。

工廠的價值超過十五億美金，它生產的糖果外銷到各地，包括日本和美國。它一年平均會繳十二萬五千美金的稅，而它也不斷主動為城市建造瓦斯管線、水管、下水道和馬路。

「彼得・阿列克謝耶維奇讓我們過上好生活。」畢維克總結：「如果他把工廠脫手，所有

Corporation）在此設有工廠。「如勝糖果集團」是歐洲最大的糖果生產製造企業之一，所製造的糖果外銷到許多東歐國家以及德國、美國等地。

2 阿列克謝耶維奇（Petro Aleksiejewicz／Petro Oleksiyovych）也是父名。彼得・波洛申科的全名是：彼得・阿列克謝耶維奇・波洛申科（Piotr Aleksiejewicz Poroszenko／Petro Oleksiyovych Poroshenko）。

人都會陷入貧困。」

眼睛發亮的孩子

茱莉亞帶領孩子們參觀工廠的巧克力博物館。這是總統彼得．阿列克謝耶維奇給烏克蘭兒童的禮物。孩子們一團一團地來，每天都有超過兩百名兒童到這裡參觀。

美國製的機器人會在門口歡迎訪客。這是科技的奇蹟，在全世界好像只有四個這樣的機器人。它會動，而且還會說話。孩子們的眼睛閃閃發亮。茱莉亞對老師耳語：「要價兩百萬歐元。」

在博物館更裡面的房間有玩具、遊戲、比賽，所有的一切都是全新的，有多媒體互動功能。最後還有電影院，播放4D動畫——3D影像，加上特殊效果：座位會震動，地板會搖晃，還有噴霧和香氣。這真是酷斃了！孩子們樂得尖叫！

「具有世界級的水準，不是嗎？」茱莉亞在道別時說。女老師沒有去過世界的其他地方，但是既然在波洛申科工廠工作的女孩這麼說，那就一定是世界級的。

老闆的遠見

廠長畢維克在總統這兒已經工作了十二年。他對老闆的生平事蹟幾乎瞭若指掌。他說：「這是個天生的成功者。他沒靠任何關係，就進了基輔大學的國際關係系。在蘇聯時期，那是非常菁英的部門，是給黨內大老的小孩讀的學校。而在八〇年代，在他二十六歲的時候，他就賺進了人生中的第一桶金，一百萬美金！」

就像有些媒體所提到的，波洛申科的錢是靠軍火貿易、野蠻的私有化和賄賂得來的。除此之外，為了這第一筆一百萬，波洛申科的父親被判刑，在勞改營關了五年。

畢維克對此嗤之以鼻：「那是莫斯科的政治宣傳！野蠻的時代已經過去了。」

對畢維克來說，波洛申科是個有遠見的人。舉例？蘇聯最後的那幾年，國家不再買工廠的產品。信奉共產主義的老闆們一個個陷入恐慌。波洛申科安排了複雜的、一連串以物易物的機制：他把金屬板拿去和車廠換車，而提供他金屬板的工廠，他則給他們煉鋼廠的鎳。煉鋼廠得到煤炭做為報酬，而煤礦則得到車——他們必須用車來支付購物券。最後，波洛申科手上還剩下一半的車子，可以用市價賣掉。

帝國就是如此成長的——先是開了一家公司，然後第二家，第三家，最後是集團。

畢維克指向窗外：「這就是他的遠見！」巨大的噴泉正往天空噴水，畢維克繼續說下去：「這是歐洲最大的噴泉，有著令人驚嘆的水舞、燈光和音效。這是工廠給市民的禮物，花了六百萬美金。」

廠長很確定：「在彼得．阿列克謝耶維奇的帶領下，烏克蘭會進入黃金時代。」他的自信從何而來？只要看看工廠不就知道了嗎！

餅乾屑的命運

糖果工廠的工程師嘉琳娜．皮耶楚夫娜（Galina Pietrowna）在工廠服務了四十年。她常說，不是波洛申科給工廠帶來了繁榮，而是工廠給波洛申科帶來了成功。「在蘇聯時代這是國內最好的工廠之一。它在戰爭期間被毀，之後人們以義務勞動的方式將它重建。這是集體的夢想！我們有很棒的產品，以及來自國外的機器。我們還得了『高工作文化獎』，以及『品質領袖獎』。」

在勞動節，最優秀員工的照片會被掛在牆上。一九五八年五月一日——在三十張照片中，也有著嘉琳娜．皮耶楚夫娜，一個普通年輕女工的照片。

正是在那間工廠中，皮耶楚夫娜從一個包裝糖果的女工搖身一變成了工程師。正是那間工廠（那時候還沒有噴泉）讓她去上大學夜間部。

工程師嘉琳娜・皮耶楚夫娜在私有化的年代退休。

那是一九九六年。蘇聯已經不在了，但是烏克蘭也還不穩定。工廠的運作陷入谷底。生產線的損耗已達七成，倉庫堆滿了東西，一片混亂。到處都堆放著原料（油菜油和最便宜的可可亞代替品）和產品（水果硬糖、還有用薑餅、小餅乾以及各種糕餅碎屑泡了油後、和可可亞代替品混合做成的巧克力）。工廠的財務部門發不出薪水。兩千名員工，有半數的人失業。

「在私有化期間，員工獲得了工廠的股票。人們為了換取一頓等值的、在餐廳的午餐或是幾瓶伏特加，都很樂意把股票賣掉。」皮耶楚夫娜回憶。八三%的股份來到了一萬人的手中，他們每個人手上所持的股份都很少。而國家持有一七%的股份，它需要一個有錢的買主。這時候波洛申科出現了，他早已讓自己的一百萬翻了不知多少倍。他的烏克蘭工業投資集團很順利地贏得了競標，獲得國家擁有的一七%股份。

嘉琳娜・皮耶楚夫娜記得，波洛申科帶來的團隊是怎麼開始工作的：「牆上黏滿了以前流下來的褐色油脂，走在地上你的鞋子都會被黏住，玻璃如此骯髒，陽光都照不進來。他們命人開始打掃、刷地板，之後帶來了十個車廂真正的可可亞。」

無意義細節的迷人之處

工廠工會的負責人塔提娜．瓦迪米柔娜．馬克辛莫娃（Tatiana Władimirowna Maksimowa）的辦公室小小的，位於巨大的職業安全中心的後方。

她建議我留意那些看似無意義的細節：庭院裡的花圃、廠房周圍的樹籬、走廊上的盆栽、漆成淺色的牆壁。「這是大型企業的文化及整體規劃。」她解釋：「如果某個人被美麗的事物環繞，他自己也會往美麗的事物邁進。這是我們老闆的理念！」

「每個寡頭的行事風格都不一樣。」她繼續說：「在阿克梅托夫[3]那裡，有幾十萬個員工。人們說，他的工廠支撐了整個地區的經濟。但真相又是如何呢？薪水低得可憐，合約缺乏保障，保險更是連想都不用想。」

而在彼得．阿列克謝耶維奇這裡，員工享有所有你可以想像到的特權。馬克辛莫娃一個個數著：「平均薪資是七千烏克蘭幣，光是它的一半，就會讓頓巴斯的礦工樂得飛上天了。經理的最高薪資甚至可以達到七萬烏克蘭幣。合約上該有的保障都有，還有退休金和保險。除此之外，每個人都可以享用免費的午餐，我們還會送特別優秀的員工去度假或去療養中心休養。」

在職業安全中心，在馬克辛莫娃的辦公室前，排著等待辦事的人，隊伍變得愈來愈長。馬克辛莫娃雙手一攤——沒辦法，還有工作等著她去做呢。她只有一個人，工會也只有一個，而她必須處理三千員工之中九九%的人的事情。

只有一個工會？

馬克辛莫娃很驚訝我會問這個問題。「要那麼多工會做什麼？我們烏克蘭的法律就是如此。在煉鋼廠有煉鋼工人工會，船工廠有船工工會，礦脈中有礦工工會，我們是食品廠，所以我們有食品工人工會。」

在職業安全中心排隊的人們向馬克辛莫娃要求，希望得到給孩子的禮物，希望能夠借錢，預支一些薪水……有些人拿來了請願書、申請書、文件。

馬克辛莫娃說：「曾經有個德國工廠的老闆來參觀。當他看到這個房間，他說像這樣的地方在他們那裡絕對不可以存在，因為這會讓人們開始聚集、做出協定，然後就會開始罷工。」

「那您怎麼回答他？」

3　里納特·阿克梅托夫（Rinat Akhmetov；一九六六—），烏克蘭商人及寡頭。

「我說，我們這裡沒有罷工。」

不用付門票

塔拉斯．費德羅維奇（Taras Fiodorowicz）幾乎每天都會到卡梅露卡街（ul. Karmeluka）來。這是一條奇怪的街。在街的這一邊，是嶄新的大道、讓人休憩的長椅、還有遮蔽了整個地平線的噴泉。而在另一邊，則是又老舊又破爛、小得根本不能稱得上是房子的建築。它們的長度只有三步的距離，寬則是四步，窗戶是歪的，玻璃也東破一塊西破一塊，而牆壁是用生鏽、不知道從哪裡來的鐵皮做成的。這些房子般的東西全都擠在一起，被頹傾的圍欄和有如迷宮般的泥巴路所包圍。

工廠旁邊的貧民窟從很久以前就一直在這裡了。這裡的居民一開始是鄉下人，後來則是為了一小塊麵包而來這裡工作的、烏克蘭大饑荒的犧牲者。最後來的則是從勞改營回來的囚犯。多年來，文尼察的居民遠離卡梅露卡街附近的區域，因為怕會被人捅一刀，或是被人用木棍打一棒。

自從有了噴泉，每天晚上都會有大批群眾湧入這裡。兩年前，當噴泉啟用時，來了五萬名觀眾——也就是說，每六個市民中就有一人前來。

塔拉斯．費德羅維奇在噴泉旁回憶工廠。去年冬天，工廠裁了三百個員工，塔拉斯也在其中之一。這是因為俄國禁止如勝的糖果進口，塔拉斯明白這一點：政治因素。「但是說實在的，這間工廠根本不是什麼天堂。」他喃喃低語。薪資可能很高，但是對普通工人來說並非如此。塔拉斯是個普通工人，而且是在老舊的、沒有自動化系統的生產線上的工人。

塔拉斯很悲憤。當他們辭退他時，對他說：「您在我們這裡工作了二十七年，而且一直在同一個位置上。您沒有發展、進步，您一點都不積極。」而當他來到走廊上，他又聽到他們說：「這是典型蘇聯員工的行為，而我們要在這裡引進世界級的標準。」

塔拉斯想起這件事，渾身甚至會激動得發抖。「當我在這裡開始工作時，還沒有人聽過這些人，也沒有人聽過他們的標準。以前，當你在同一個職位上工作多年，你會得到獎勵。私有化後，新的主管們命人撕掉牆上的蘇聯標語『我們用自己的工作打造共產主義』及『共同競爭是紅色集體的力量』，換上『成功取決於個人』和『守時、責任、品質』。他們對付人的手法也是一樣。大約有一千個老員工被解雇或被迫退休——年輕人接手了他們的位置。」

「他們想要比全世界都更有世界性。而我呢？我今年五十歲，離退休年齡還有好一段時間，我現在只能在市場上賣水餃。有時候我會來這裡看噴泉，畢竟不用付門票。但是最近我來的時候，噴泉都沒有在噴水。」

確實，昨天噴泉還五光十色。而今天已經是黃昏了，卻一點聲音都沒有，也沒有雷射，只看得到巨大工廠平滑的藍色牆壁，以及白色的字樣「如勝」。河岸邊的人們看著工廠及噴泉，好像在看一個有點奇幻的玩意兒，遙遠，又和他們隔離開來。

再過半個小時，人們就會喝完酒，開始散去。這可能嗎？在離工廠愈遠的地方，就愈黑暗？

祕書通知：「瓦丁先生，那個波蘭人來了。」雙開門大大地敞開，裡面站著一個年輕的男人。他沉默地看著我。也許他也覺得這很難以置信——對面站著的就是他的表舅（我的母親是他外婆的妹妹）。雖然是遠親，但依然有血緣關係。

他看著我，一語不發。

突然他打破了沉默：「進來，進來。」他搖著頭，彷彿無法相信眼前所看到的一切。

律師事務所位在一棟十九世紀的有錢人家公寓裡，有五個房間。瓦丁把自己的辦公室設在客廳，那裡有著好幾扇面南的大窗戶，還有大理石火爐，天花板上也布滿了花卉形狀的灰泥浮雕。

他請我喝喬治亞的白蘭地，抽牙買加的雪茄，並且取消了所有的公事會議。

我們從家庭談起。他告訴我那些令人沉痛的新聞：嘉拉姨媽死了五年，她丈夫尤里則死了三年，腦溢血加上心肌梗塞。這我知道，我們有收到電報。帕威爾也不在人世了……

然後我們開始談人生、談戰爭、談俄羅斯、烏克蘭和波蘭、談我們是誰。我，他，我們。

瓦丁說：「你說起俄語就像個俄國人。你有俄羅斯名字、俄羅斯母親。你有沒有想過搬到莫斯科？拿俄羅斯護照？」

「你瘋了嗎？我是波蘭人啊！」

「你看，這就像我是烏克蘭人。我的外婆嘉拉——也就是你的姨媽——是俄羅斯人。我爸爸一直認為他是俄羅斯人，我媽媽娜塔莎也是，而我是個烏克蘭人。不管怎樣，我是這個國家的公民。」

「你會說烏克蘭語？」

「只有在必要的時候。我是個律師，我必須用烏克蘭文給政府寫公文，用烏克蘭語上法庭打官司。但是在我們這裡，誰用什麼語言說話並不重要。隨便打開電視的任何一個頻道，你會看到主持人用烏克蘭語發問，來賓用俄語回答，或者

寫在留白之處

認同

兩個政治人物用兩種語言討論事情。我不知道世界上有沒有第二個國家像我們這樣……」

「我的認同是有意識的決定。我選擇了烏克蘭。俄羅斯和烏克蘭像是銅板的兩面，這銅板就是基輔羅斯。只是，烏克蘭那一面對我來說比較有吸引力。在基輔那一面，我們有著開放的氣氛、嚮往自由的渴望以及對他人的包容。而在莫斯科那一面，則是獨裁主義、軍事主義、暴力、監禁、以及那一長串歷史：沙皇、布爾什維克主義者、恐怖的伊凡、凱薩琳女皇、彼得大帝、列寧、史達林……你難道不會害怕嗎？」

「當然會。」

「那你幹嘛問我這個蠢問題？俄羅斯不斷發動攻擊，我們看到一個又一個的案例：車臣、阿布哈茲（Abchazja／Abkhazia）、克里米亞。而他們所使用的爭論手段則是步槍、坦克、炸彈。讓我告訴你一件事吧：我現在三十五歲，而你知道，小時候住在克里沃羅格的時候，我們會在院子裡玩什麼遊戲嗎？」

「戰爭遊戲，扮演法西斯、紅軍和開坦克的士兵。」

「那是當然。但是我們還有另一個遊戲。我們玩『澤克』！你明白嗎？『澤克』！也就是俄羅斯勞改營裡面的奴隸、囚犯！這不是半世紀以前發生的事，而是在八〇和九〇年代的交界點。這也不是在科雷馬（Kolyma／Kolyma）的勞改營附近的住宅區發生的，而是在城市的中心，在住著工程師、老師、軍官的國宅裡。」

「我們會使用監獄裡的黑話。父親是『pachan』，而母親則是『machana』。有一次我在學校裡考了壞成績，母親就對我說：『如果你不好好念書，長大你就會去看守『澤克』。也就是說，你會到勞改營當守衛。』她沒有說，你長大後會去當清道夫，而是說你長大後會去看守『澤克』。我們現在談的是八〇年代，也就是開放改革的那個年代。」

「這就是俄羅斯。在我們這裡，像我這樣的人還有很多。有許多種族上來說是俄羅斯人的人，加入了支持烏克蘭的愛國行動。在我們的城市裡有一支名叫第聶伯一營的志願軍，成員都是說俄語的。在東部所發生的事——如果我們不把愈來愈頻繁地在頓巴斯出現的俄羅斯傭兵和軍隊算進去——並不是一場種族衝突，而是文明上的衝突。在那裡，兩種生活方式、兩種世界觀和價值觀彼此對抗。」

「我們有三個民族：白俄羅斯人、小俄羅斯人和大俄羅斯人，但可惜的是，最後一種人被國家主義的瘋狂所蠱惑。即使是那些你認為認清現實的人也是如此。索忍尼辛[4]在

4 亞歷山大・伊薩耶維奇・索忍尼辛（Aleksandr Isayevich Solzhenitsyn；一九一八—二〇〇八），俄國作家，一九七〇年諾貝爾文學獎得主。

一九九一年蘇聯解體的時候寫下了著名的論述〈我們怎樣建設俄羅斯〉（*Jak odbudować Rosję*／*Rebuilding Russia*），建議俄羅斯與白俄羅斯、烏克蘭及哥薩克北部一起建立一個後蘇聯時代的俄羅斯，而前帝國的其他部分，『我們就只能放棄，因為我們的力量不夠。』你聽到了沒！我們只能放棄，因為我們的力量不夠……他甚至沒有提到聯邦或聯盟，只有俄羅斯。他沒有想到要問白俄羅斯或烏克蘭，他們對他的天才主意有什麼看法。不，他寫道：剩下的我們就只能放棄，因為我們沒有力量。什麼叫沒有力量？沒有什麼力量？在我看來，是掐著別人的脖子，進行恐怖箝制的力量。」

「這真是一片知識的蠻荒！而這在每個階層都一樣。你聽聽，他們在喝了一點伏特加後會聊些什麼：誰的坦克比較好，是俄國的還是美國的？還有飛機呢？還有火箭？然後所有人會舉杯敬酒：『祝我們的坦克開到華盛頓！』還有那些關於『俄羅斯世界』的鬼話，關於與眾不同的俄羅斯。確實啦，它是一個和整個世界都不同的文明，因為它不知道什麼是理智。你留意一下：當烏克蘭人想要描述這種心理或精神狀態，他們不會說『俄國人怎樣怎樣』，而是說『莫斯科鬼子怎樣怎樣』，因為俄國人是鄰居、兄弟、朋友。那時候一切都清楚明瞭了。」

「即使有許多內心的糾結，烏克蘭依然是一個有世界觀、開放，而且基本上來說具有包容性的國家。俄羅斯是一個多民族的國家，但是它沒有世界觀，也沒有包容心。在第聶伯羅彼得羅夫斯克有許多猶太人，在這次的衝突中，他們全都選擇站在烏克蘭這邊，而且立場堅定不移。班德拉似乎沒有把他們嚇跑。」

「如果頓巴斯的人們背離了烏克蘭，他們不是因為政治的理由而這麼做，而是因為經濟因素。他們一直在那裡叫囂，說要保衛東部不受西部的法西斯主義者和班德拉主義者侵襲，這根本是鬼話，是政治宣傳。如果某個人有房子有花園、有一份薪水不錯的工作、銀行裡有閒錢、孩子上好學校——他是不會拿起步槍的。如果說，在頓巴斯人們沒有挨餓，在基輔的人可以宣布班德拉是聖人，而在頓巴斯人們根本不會烏這件事。然而，過去二十五年來——也就是從烏克蘭建國算起——頓巴斯的人們一直處在貧困邊緣。當一個人沒有任何東西可以失去，他就會拿起武器。」

第九章　那個自稱為烏克蘭的人

道路被隔了開來。我們看到沙袋和沉重的步槍。不妙。有一個戴著黑色面罩的人走到我們面前。不妙。但是在沙袋和步槍的後方，在平常用來貼廣告的大型看板上，現在掛著一張巨幅海報。背景是藍黃相間的，這表示這些路障屬於政府軍。而且上面還寫著：「反恐行動造成您的不便，我們由衷抱歉。」奇怪……

戴著面罩的男人在我們的車窗前彎下腰，說：「你們好，我們是烏克蘭國民軍（Gwardia Narodowa Ukraina），麻煩兩位出示證件。」

你們好，抱歉，兩位……現在是什麼狀況？平常這些人都會用吼的：「停車！證件！行李箱打開！你們從哪裡來？要到哪裡去？去那裡幹什麼？」他們都很熱中扮演自己的角色。

瓦丁從駕駛座回過頭來，眼中明顯地流露出得意的神色。「我就跟你說過了吧，這是我們的人，我們的部隊。很有品，不是嗎？」

在從東部通往第聶伯羅彼得羅夫斯克的M04公路上，這是最後一個崗位，「郊外村」。我們已經可以看到「紀念小區」和「工業小區」的住宅。

這很難以置信，但是不久之前，從這裡開始一百五十公里的地方，都是分裂主義者的崗位。這裡離頓內次克有二百四十公里（開車三小時），離反抗分子的堡壘斯拉維揚斯克有兩百五十公里。

這個崗位是由志願軍第聶伯一營鎮守的，這是第聶伯羅彼得羅夫斯克的居民為了保護自己的城市所成立的志願軍。

這個志願軍的召集人是所有老闆的老闆——最近人們就這樣半開玩笑地稱呼他——伊戈爾．柯羅莫伊斯基，他是億萬富翁，在他的企業帝國下有兩百家公司，而且他也是新的州長。人們還這樣說他：那個擋下普亭的人。

投資

瓦丁說：「我是柯羅莫伊斯基的人。」

我們的車子經過PrivatBank商業銀行的廣告看板，上面寫著：「一萬美金懸賞莫斯科鬼子！」而在市中心的大型液晶螢幕上，電視則不斷播放著另一支廣告。一個狂熱的聲音從螢幕上傳出：「把分裂主義者抓起來！」一個小女孩說：「我爸爸抓了兩個分裂主義者，現在我可以有一個新平板了。」在她之後一個女人接話：「我和女兒合力抓了四個，現在我們要去海邊度假。」一個男性配音：「把握這個絕佳的機會：活捉分裂主義者，就可以開利息一二%的戶頭。分裂主義者坐牢，而你的錢為你工作。」最後則是銀行老闆的漫畫肖像：有著猶太人臉孔特徵的柯羅莫伊斯基拿著猶太教燭臺，以及一卷《妥拉經》。

「你老闆挺有幽默感的。」我說。

「是啊。」瓦丁點頭說：「但是和他一起工作可不是開玩笑的。」

秩序

獨立廣場勝利後，東部反抗運動的頭幾天。身穿沒有任何標記軍服的俄羅斯人占領了克里米亞。在頓巴斯的許多城市，政府機關接二連三地被分裂主義者接管。

在第聶伯羅彼得羅夫斯克，情況一開始看來也很危急。城市裡，人們舉行了許多支持俄羅斯的集會，參加人數從幾十人到幾百人不等。他們做出奪取政府機關大樓的計畫及嘗試。

在街上到處都是成群結隊、有攻擊性的不良少年和小混混（在這邊，人們叫他們提特須克）。這些人身上戴著聖喬治帶，專門尋找親烏克蘭的運動人士，並且毆打他們。

但是情況並非沒有挽回的餘地。

三月二號，柯羅莫伊斯基當上州長，快速又精準地下了幾步棋。他任命兩個他信任的多年好友波里斯・費拉托夫（Borys Filatow／Borys Filatow）和傑內第・科邦（Hennadij Korban／Hennadiy Korban）當副州長——這兩個人在第聶伯羅彼得羅夫斯克是受人敬重的人，都是商人，也都是百萬富翁。

柯羅莫伊斯基的人——他們都是他銀行的保全，訓練有素，熟悉武器，大部分人都當過軍人或民警，還有為數不少的人當過軍官——就這麼開著有銀行商標的車子，來到城市，鎮壓了當地墮落的民警。他們逮捕了十幾個人，沒收非法武器，包括AK-47突擊步槍、榴彈發射器和彈藥，所有的東西都很新，裝在沒有任何標記的箱子裡。在民警的支援下，銀行保全們占領了市中心的幾個關鍵地點，低調地保護當地的行政機構。在一個月內，烏克蘭地方防衛作戰營第聶伯一營（Dniepr-1）誕生了——這是接受烏克蘭內政部指揮的第一個軍事分隊。他們的首要任務是：維持地方的秩序。同樣的，這個作戰營的成員也都是柯羅莫伊斯基的人。

同時，州長也在當地政府的大樓中，分配了一個辦公室給親俄運動人士。他們可以查看部分的政府文件，調查新成立的第聶伯一營志願軍，這樣他們就能確認，在志願軍中並沒有新納粹主義者，也沒有其他極端右翼分子。

不管是在第聶伯羅彼得羅夫斯克，還是這個地區的其他城市，都沒有人開槍，也沒有任何一棟建築物被摧毀。八月，有人在社群網路上召集第聶伯羅彼得羅夫斯克的居民，要他們來參加親俄的集會遊行。只有兩個人出席。

優等生

柯羅莫伊斯基在一九六六年出生於一個烏克蘭猶太家庭。他在第聶伯羅彼得羅夫斯克的一個「寢室」長大——人們就是如此稱呼那些蘇聯在六〇年代興建的住宅區。[1]他本來應該成為一個工程師，就像他父母一樣。他大學時期學的是冶金。

1　這種住宅區被稱為「寢室」，意思指的是人們只拿它們來睡覺，在裡面沒什麼居家生活，附近也沒什麼太多娛樂。

他從小到大都是優等生。他都是在最後一刻才做功課，通常是利用下課時間。他總是第一個回答問題，然後帶著滿分回到座位。

在所有的烏克蘭寡頭之中，他似乎也是唯一在八〇年代就賺進百萬美金的人，不靠蘇聯共青團的關係，不靠黨，也不靠政府部會、集團、中央商會或大工廠的領導人，也沒有去分國家財產的大餅。

柯羅莫伊斯基在二十歲就當上了父親。要用每個月四十盧布的獎學金來養活一家子是不可能的事。他於是找了一群同學組成合作社。他們經常跑到附近的農村，拍攝破破爛爛的家庭、婚禮小照片，甚至護照照片。然後在第聶伯羅彼得羅夫斯克的攝影行把這些照片放大，裱框，塗上顏色，做成複製品。

如此這般，柯羅莫伊斯基合作社的成員就在一天內賺進了等同於兩個月獎學金的薪水。

柯羅莫伊斯基學生時代的好友，直到今天也依然是柯羅莫伊斯基的合夥人奇里．拉尼多夫（Kirył Łanidow）如此回憶：「我們所有人都因為這些照片而不太舒服，我們對它有強烈的反感，甚至是良心不安——這麼匠氣的工作！只是為了賺錢而賺錢，這和我們及我們的父母被灌輸的、蘇聯知識分子的理想有衝突。現在這聽起來很可笑，但是當時我們很嚴肅地在看待這個問題，花了很多夜晚談論它。」

「成為一個為了祖國和共產主義（而不是為自己）犧牲奉獻的作家、機器設計師、老師或工程師，是很高尚尊貴的事。而成為一個口袋滿滿的生意人，則會被認為是沒有尊嚴，甚至是墮落的。」

「所有人都這麼認為，除了伊戈爾。」

日常

在瓦丁的律師事務所，會議即將結束。他們在討論如何獲得果戈里街（ulica Gogola）上的兩塊建築用地。與會者的衣著都和時尚雜誌上的照片如出一轍：義大利西裝、袖扣、閃閃發亮的錶。

「在第聶伯羅彼得羅夫斯克，果戈里街的價值就像是莫斯科的魯比利溫卡（Rublowka／Rublyovka）。」瓦丁解釋。「最黃金的地段。最有錢的人們。我們會在這塊地上蓋辦公大樓，而在那塊地上我們蓋lux。」

「什麼lux？」

「最高級的公寓。」

房地產是瓦丁的專長。在他的辦公室牆上掛著一幅長寬各兩公尺的城市地圖，看起來就和前線的戰略地圖沒兩樣，上面用綠色、黃色、紅色的小旗子做出標示。「這分別代表著我們的地、我們正在取得的地、我們即將取得的地。」他解釋。這些旗子是如此眾多，你根本看不見下面的地圖。所有的一切都屬於Privat。這只是合約上的名字，因為它既不是財團，也不是控股公司，更不是信託。「我會說：它是一個由和彼此有關聯的公司組成的家族，由老闆和老闆的生意夥伴掌控——總共超過兩百家公司。」

對整個集團的營運來說，那些被旗子標示出來的房地產只是微不足道的小細節。「就像浮游生物。」瓦丁說。

Privat集團從很久以前就是全球性商業活動的投資者。它的主業是冶金（礦場和鋼鐵廠占了全球合金製造業市場的三〇％），汽油產業（十一個油井，一百四十個加油站），航空運輸業（五家航空公司）和媒體業（四家電視臺，好幾家雜誌和網站）。

它的旗艦則是一九九五年成立的PrivatBank商業銀行，它是烏克蘭最大的金融機構，壟斷了個人的銀行服務，而對公司行號來說，它也是龍頭。它投資、借貸、提供保險和再保險、擔任仲介。每一天，在烏克蘭的每十筆匯款交易，就有七筆是由PrivatBank經手的。它服務的客戶有二千二百萬人（包括商業及個人），散布在十二個國家，這讓它在世界上的重要性排名第三百一十五。

根據在瓦丁的律師事務所開會的人的說法，取得這兩塊地的手段，聽起來幾乎和搶銀行沒兩樣。首先要買通股東，擁有「我們的」公證人，祕密地在公司老闆不知情的情況下獲得股份，最後和對方談判，提出無法拒絕的要求。

「烏克蘭。」瓦丁微笑著說：「在我們這裡做生意可不是小孩子在沙坑裡玩耍。有時候我們出手攻擊他們，有時候他們攻擊我們，這是強者的競爭。」

瓦丁告訴我一九九六年的事：「帕夫洛・拉扎連科，當時聶伯州議會的議長，總統庫奇馬的親信，後來還當上了總理。他在那一年強迫柯羅莫伊斯基放棄他部分的生意。柯羅莫伊斯基必須把Privat集團主要公司一六％的股份轉讓給拉扎連科的人頭，也就是他的司機列昂尼德・加達茨基（Leonid Gadacki）。那大概是好幾千萬，甚至是好幾億美金。」[2]

二〇〇三年，Privat的老闆和里納特・阿克梅托夫及頓巴斯產業工會的一群寡頭陷入了

2　帕夫洛・拉扎連科（Pawło Łazarenko／Pavlo Lazarenko；一九五三－），一九九六至一九九七年任烏克蘭總理，後來因為洗錢、勒索、欺詐、盜竊財產等罪名被起訴，逃亡美國，試圖尋求政治庇護失敗，被美國法院判處九年監禁。列昂尼德・庫奇馬（Leonid Kuczma／Leonid Kuchma；一九三八－），烏克蘭政治人物，第二任烏克蘭總統。

戰爭。後者利用自己的影響力，把柯羅莫伊斯基告上法院，起訴他教唆殺人，攻擊為競爭對手工作的律師謝爾蓋·卡爾皮卡（Siergiej Karpienka）。卡爾皮卡被一個不知名殺手刺了好幾刀，能活下來算是奇蹟。

審判持續了好幾年，但是最後柯羅莫伊斯基被判無罪。

瓦丁的偶像是傑內第·科邦，柯羅莫伊斯基的生意夥伴，並且也是他任命的副州長。科邦對自己的描述是：「財團戰爭的專家。」瓦丁則說：「他把在烏克蘭商場上稀鬆平常的惡意收購加以創意發展，然後讓它達到完美的境界。」

競爭對手如此談論科邦的方法：「偷竊，銷毀股東名冊，偽造帳目，因為一個股東（手上還只有一個股份）的要求而阻礙或召集股東大會，改變管理委員會的成員，因為有一個人投票就罷免總裁。最重要的是，幾乎所有的交易都是經由白手套，而第聶伯羅彼得羅夫斯克的法庭總是批准所有的交易結果。」

如果Privat集團輸了，它會在身後留下一片焦土，湮滅所有文件。幾年前，阿克梅托夫打敗了科邦，贏得了一家巨型的煉鐵工廠。但是當他的人要來接管工廠時，他們沒有找到任何和財務有關的文件、帳號，連一張發票也沒有。

工廠的經理被告上法庭。他們臉不紅氣不喘地說，所有的文件都被黴菌吃掉了。

旅行

柯羅莫伊斯基把在學生時代攝影合作社中賺來的錢拿去投資，用它來進行了第一趟到莫斯科的商業之旅。

那是一九八九年。因為戈巴契夫的經濟改革，一堆國營企業從昏睡中驚醒，被迫獨立運作，但是它們完全不知道怎麼適應新的現實。一個不知道怎麼賣，另一個不知道上哪裡買。而那些知道怎麼做也有辦法的人，已經開始經營自己的公司。

同時，這個充滿赤字的經濟體系開始向世界開放。蘇聯大量地湧進了小貨車、貨車、貨運火車以及裝滿了各種日常生活用品的貨櫃。巧克力取代了可可亞製品，洗衣粉取代了清潔肥皂，牙膏取代了牙粉，保險套取代了抗生素，收音機取代了只有一個電臺的、固定在牆上的擴音器，牛仔褲取代了卡其褲。全世界都來了。

幾百個公司紛紛興起——私人的、半私人的、合作社形式的。所有的公司都需要電話、傳真機、計算機、電子打字機、電腦。

柯羅莫伊斯基把這些東西帶進了第聶伯羅彼得羅夫斯克。他用普通的載客火車裝載貨物。他買下車廂裡所有的四個座位，所以本來該坐著乘客的地方，現在擺的是裝滿傳真機的箱子，而另一邊的座位上則擺著裝滿現金的袋子。

半年後，柯羅莫伊斯基把旅行的目的地從莫斯科改成新加坡。他已經不用載客車廂裝貨物，而是用貨櫃。他和學生時代的朋友一起工作。他不信任其他人，直到今天，他也不會像信任這些人一樣信任其他人。

他的老搭檔之一，今天是烏克蘭第三富有的人，傑內第・波格洛夫（Giennadij Bogolubow／Gennadiy Bogolyubov）在烏克蘭「富比士」雜誌的訪談中說：「我們甚至沒注意到，我們是什麼時候變成百萬富翁的，而且還有錢到可以自己開銀行。」他們的第一個辦公室是在第聶伯羅彼得羅夫斯克的旅館「馬戲團」租來的房間。

「十二平方公尺的房間，四張辦公桌，還有一團團香菸的煙霧。」波格洛夫如此回憶。擁有自己的銀行讓柯羅莫伊斯基能夠加入烏克蘭私有化券的計畫。人民得到了禮券，可以用它買下各公司的股權。大部分烏克蘭人都不知道要拿禮券來幹嘛。一個烏克蘭公民手上擁有的私有化券可以讓他買幾條牛仔褲、一箱伏特加或在高級餐廳吃上一餐。於是，許多普通的烏克蘭人就以這種方式「投資」自己的禮券。

兌幣所、銀行和在街頭上炒股票的人用五塊美金或十塊美金的價格買下這些禮券。柯羅莫伊斯基獲得了一百二十萬張私有化券，等於是所有禮券的二・三%。

他正是用這種方式開始打造自己的商業帝國。

財產

瓦丁的手指從一個旗子移到下一個旗子。「這是我們的城市在過去二十年來的發展史。」第聶伯羅彼得羅夫斯克是屬於Privat集團和它的朋友們的。瓦丁也在這些人的羽翼下崛起。感謝他為集團的工作，他在三十六歲之年就已經是個有錢人。根據瓦丁的說法，是波里斯・費拉托夫把他拉進這個「家族」的。當瓦丁在念法律系的時候，費拉托夫是那裡的老師。這個反應快、有商業頭腦又有自信的學生引起了老師的注意，於是得到了千載難逢的機會。

現在瓦丁在談Privat和自己的精神導師時，用的是「我們」這個字眼。你可以感覺得出來，他很為「我們」感到驕傲。

第一個綠色旗子——烏克蘭飯店。它是一棟有百年歷史的建築，是烏克蘭現代主義的獨特例子。興建他的人是波格但・赫里尼科夫（Bohdan Chrenikow），他是個熱情的愛國者和很有生意頭腦的商人，也喜歡標新立異。在第聶伯羅彼得羅夫斯克，他是第一個有車的人。

「我想老闆會想要買下這間飯店，也是因為這一段歷史。而且它又是這個城市的地標，怎麼能不擁有它呢？」

「喔，這個旗子很重要，它標示出有歷史性的猶太會堂『金色玫瑰』（Złota Róża）和『猶太教燈臺』（Menora），後者是流亡在此的猶太人聚會的場所。『猶太教燈臺』是一個壯觀的複合式商業文化中心，它的塔樓呼應著猶太教燈臺的七個燭臺。裡面什麼都有：旅館、辦公室、會議廳、表演廳、演講廳、電影院、劇院、兒童遊戲空間、猶太人大屠殺博物館。它們的節目五花八門、接二連三，你會覺得彷彿沒有戰爭，或是他們這麼做是為了對戰爭挑釁。這些節目包括：『以色列盡收眼底』文化節、希伯來語課程、展出以色列新科技的『小國大成就』展覽，名為『從全球性災難看烏克蘭革命』的演講，讓觀眾看到過往葉卡捷琳諾斯拉夫（第聶伯羅彼得羅夫斯克在俄國革命之前的名字）的虛擬旅程，還有給中小企業的免費會議及在職進修。」

「『猶太教燈臺』是老闆在二〇〇九年興建的。」瓦丁下了結論：「在所有烏克蘭猶太人的社群中，它也具備著領導者的地位。」

下一個旗子：聖約瑟夫天主教教堂（kościoł katolicki pod wezwaniem św. Józefa），在不久之前還是一座廢墟，蘇聯時期它是樂透中心。瓦丁說：「在私有化的一片混亂中，這棟建築落到了副總理帕夫洛．拉扎連科的手中。當他被送進監獄，我們就接手了這段建築，然後把它還給波蘭人。」

接下來是五星級飯店Axelhof。就像「猶太教燈臺」中心，它也是柯羅莫伊斯基的好朋友，傑內第．阿克賽若德（Giennadij Axelrod）設計的。除此之外還有大型賣場「歐洲」和「走廊」，以及一棟由有歷史性的市立圖書館改裝的華麗公寓。

「那圖書館呢？」

「我們把圖書館遷到別處，在那邊給它建了一個新建築。」

「而這是湖泊廣場，」我插話：「前蘇聯最大的市集。你們似乎是用蠻力取得它的。有人被殺了。報紙有寫，你們買凶殺害了一個競爭對手，他是一個來自俄羅斯的商人，在當時州長的支持下接手了廣場。他死在狙擊手的子彈下，然後廣場就是你們的了。」

「馬克辛．庫羅曲金（Maksym Kuroczkin）不是個商人，只是個強盜。我對這整件事不是很清楚。我只知道，對第聶伯羅彼得羅夫斯克的當地人，對這個城市的愛國者來說，這樣的傢伙竟然要進駐這裡，這就像是狠狠被人打了一巴掌。這是違反原則，甚至有損尊嚴的事。」

湖泊廣場和這個城市格格不入。

「你過來看看。」瓦丁打開窗戶。我們眼前是漂亮的卡爾．馬克思大道，寬廣的車道之間是種植著栗子樹和懸鈴木的安全島。俄國革命前的老房子雖然擠在所謂的「史達林房」（也就是四〇、五〇年代興建的建築）之間，但這裡不是莫斯科。這裡的建築師沒有陷在「大就是美」的迷思中，也沒有建出和現實比例完全脫節的房子。在街道的遮陽棚底下，藏著餐廳和咖啡廳。

在有著一百萬人口的第聶伯羅彼得羅夫斯克，每一萬人中，就有一百四十五家中小企業。這些企業全部加起來，總共會雇用二十二萬個員工。這是烏克蘭平均就業率的三倍。當烏克蘭獨立，第聶伯羅彼得羅夫斯克完全成了一個重工業城，主要製造武器。在蘇聯時期這是個不對外開放的區域。沒有特殊的許可證，不能進入這個城市。

「財產。拯救我們的是陳腔濫調的私人財產。」瓦丁說：「當在一百公里之外，房子和人們的命運在炮火下崩解，第聶伯羅彼得羅夫斯克的人們瞭解到，他們賺到了多少，又逃過了什麼。這裡為什麼可以維持穩定？沒有分裂主義者作亂？最大的保障並不是浪漫、一頭熱的的愛國主義，而是想要維護自己的計程車、販售亭、商店、餐廳、加油站、旅館……這些東西的願望。」

「Privat集團的人都是土生土長的第聶伯羅彼得羅夫斯克人。他們深愛這個城市，也在這裡投資。他們改善城市的面貌，創造對商業有利的氣氛和環境。」

瓦丁沉默了一陣子，然後用這句話下了結論：「當然，是在烏克蘭這個國家的可能範圍之內。」

和諧

柯羅莫伊斯基會親自打理大部分的生意。波里斯・費拉托夫，柯羅莫伊斯基的副州長，同時也是他多年信賴的合夥人，這麼描述自己的老闆：「他已經對賺進下一個一百萬美金不感興趣了。他把現在所做的事當成一種娛樂，像是下西洋棋。他喜歡多層次的陰謀，捲入完全錯綜複雜的狀況，就為了一步一步地將線團解開——這是他幹勁的來源。」

「有一次，他買下一家新的航空公司，正在開關於汽油的會議。這時候有人把飛機的設計圖拿來了，於是他就一邊聽油井的報告，一邊看飛機設計圖。我問他，為什麼要這麼麻煩，親自打理這些繁瑣的細節，為什麼不放手。他回答：『那我要做什麼？難道是打高爾夫球嗎？』」

「幾年前放暑假時，我們一群人在旅館大廳玩足球檯，伊戈爾輸得一敗塗地。『在這等著。』他咆哮。過了一會兒他帶著一袋代幣回來。每輸一次，他就會在大廳中走來走去，高舉雙手，大叫：『喔不，喔不，我不會讓它就此結束！』人們覺得他瘋了。我們直到凌晨三點才離開足球檯的桌前。」

爭奪第聶伯羅彼得羅夫斯克的遊戲已經花了柯羅莫伊斯基好幾億。普亭氣得半死。他在電視上說柯羅莫伊斯基是個「小偷和渾球中的渾球」。俄羅斯沒收了他在其領土上的所有東西，而莫斯科的檢察官則控告他金援戰爭罪行，給他發出了國際通緝令。

但是烏克蘭的分析家們毫不懷疑，如果柯羅莫伊斯基在第聶伯羅彼得羅夫斯克能繼續保持自己的地位，他不會有任何損失。這個城市已經成了國家的關鍵要塞，基輔之後的第二行政中心，並且是東部的軍事行動首都。

柯羅莫伊斯基在這裡建立了和諧，雖然那和諧是脆弱的，但到目前為止它運作得很成功。第一，他沒有像許多新的州長一樣，一上任就進行清算和人事更換，即使他底下的人曾經為亞努科維奇的地區黨服務。他給予他們信任做為借貸，而他們則用忠心和盡可能安撫親俄派來償還他。

第二，感謝他自己的軍事力量第聶伯一營，他能夠防止城市分崩離析，並且強迫當地的民警做好自己的工作。第三，他有技巧地讓極右派如右區或新納粹的白鐵鎚（那裡面大部分的人都公開宣布仇視猶太人）有事可做。他祕密但大方地收買這些人的支持，贊助他們的志願軍行動，把握住每一個機會宣揚他對烏克蘭愛國主義的好感，並且公開表示他對克里姆林宮政策的厭惡。

他甚至打理好了第聶伯羅彼得羅夫斯克的黑社會，讓他們在戰爭期間不要蠢蠢欲動。

在城裡，人們傳言柯羅莫伊斯基把自己的人送去見某個叫「納里克」(„Narik”)的老大。大家只知道，「納里克」在一間旅館的餐廳召開了一場聚會，把四十個城裡最重要的黑道分子找來，訂下了百日和平的協定。

在第聶伯羅彼得羅夫斯克流傳著這樣的故事。在聚會的最後，「納里克」站了起來，說：「先生們，從今天開始我們要說烏克蘭話，唱烏克蘭歌，喝烏克蘭伏特加。」

「為什麼？」一個黑道分子問。

「我國家的生死存亡操縱在一個男人的手中，這麼弱的爛國家我才不鳥。但是如果有一個男人知道怎麼拯救或毀滅這個國家，我寧願站在他那一邊。」

第十章　女囚

女人才剛停止絕食。她的牢房是空的。看守所所長的任務是讓全世界看到她的牢房，這樣全世界就可以知道，牢房的環境既優質又文明。世界應該要知道，雖然女人絕食了八天，她的健康情況依然良好，她的心情也不錯，她沒有被刑求，也沒有遭受到任何暴力。

牢房是空的，因為女人現在剛好去散步了。至少，看守所所長是這麼說的。

這就是傳給世界的畫面：一張寬約八十公分的床，完美地鋪上了褐色的毛毯。旁邊有一張灰色的、長約一公尺半的桌子，還有兩張沒有靠背的長椅。房間裡有兩個長寬各一公尺的窗戶，而在隔牆後方——則是洗手臺和馬桶。

整間牢房的面積是十六平方公尺。一般來說這裡會關四個犯人。根據規定，一個犯人應該擁有四平方公尺的空間。即使如此，牢房經常會關進六個人，因此變得太過擁擠。

現在這間牢房只有一個犯人——也就是看守所所長口中「正在散步」的女人。在可以容納一百六十個犯人的沃羅涅日第三看守所（Areszt Śledczy nr 3 w Woroneż）中，這是唯一的一個單人牢房，它是特別為女人準備的。

女人的身分特殊。在沃羅涅日第三看守所中，她現在是最重要的、也是受到最嚴密監控的囚犯。說老實話，她不是收容人，也不是囚犯，只是戰俘。但是他們卻用普通的刑法訴控她謀殺。那些把她關起來的人，正打算用這種方式對待她——把她當成一個普通的罪犯——並且也打算用這種方式審判她。

三年前，烏克蘭的電視臺錄製了一段二十分鐘的影片，報導這個被關在單人牢房中的女人。那影片應該成為烏克蘭版的《魔鬼女大兵》（*G.I. Jane*），也就是雷利．史考特（Sir Ridley Scott）拍的、關於女特種軍官裘頓．歐尼爾（黛咪．摩兒〔Demi Moore〕飾）的電影。不，不只如此！她是烏克蘭第一個、也是唯一一個開轟炸機的女人。

影片的序章是這樣介紹她的：

娜迪亞．維克多羅芙娜．薩芙申科（Nadija Wiktorowna Sawczenko／Nadiya Viktorivna Savchenko）。

烏克蘭軍隊中尉，Mi-24直升機的飛行員。

一九八一年五月十一日生於基輔。

高中畢業後，進入大學攻讀室內設計和新聞。

放棄大學學業，以志願者身分從軍。

在基輔鐵路部隊擔任通信兵，在日托米爾空降部隊擔任特種士兵，在烏克蘭駐伊拉克部隊中擔任裝甲運輸車的射擊手。

從哈爾科夫的伊凡．柯熱杜布空軍大學（Charkowski Uniwersytet Sił Powietrznych im. Iwana Kożeduba）畢業。主修：駕駛Su－24轟炸機和Mi－24直升機。

在布羅德第三空軍團（3. Pułk Lotniczy w Brodach）服役。

她在空中飛行的總時數是一百四十個小時，曾有過二十次跳傘紀錄。

最喜歡的電影：《刺激1995》。

最喜歡的書：理查．巴哈[1]的《夢幻飛行》。

興趣：做手工藝品。

---

1 理查·巴哈（Richard Bach，一九三六—），美國作家、飛行員，最著名的作品是《天地一沙鷗》，《夢幻飛行》則是關於兩個飛行員相遇、探索自我及人生真諦的故事。

人生座右銘：「當我有了目標，就不會注意到損失。」

我最親愛的女兒，我知道，那些把妳抓走並關起來的人永遠不可能把我寫給妳的信交給妳。我想像著，如果我可以給妳寫祕密信件，如果我可以在一張小卡片、小紙片、一小張餐巾紙或者從妳學校筆記本上撕下來的紙上給妳寫幾個字，我會寫什麼？

妳還記得嗎？我曾經在妳睡前給妳唸烏克蘭萊絲雅（Łesia Ukraina／Lesya Ukrainka）的詩？妳很喜歡〈森林之歌〉（Pieśń lasu），妳還為這首詩畫了畫。那些妳晚上聽到的故事，妳在白天就將它們化為筆記本上的美人魚、水鬼、小矮人、馬芙卡（mafka）以及所有居住在我們的森林、田野、灌木叢、沼澤和河川中的童話生物。妳記得嗎？我常常對妳說：「娜迪亞，妳知道妳在畫什麼嗎？這是妳心中的風景。這是我們的祖國，我們的烏克蘭。魔幻、神奇、世界上最美麗的國家。」

當妳堅持要以志願者身分參軍，到東部和分裂主義者戰鬥，我乞求妳：「不要去！」我試圖說服妳：「畢竟就連妳的部隊，也不會允許妳去的。」我說：「妳沒有必要這麼做，這是男人的事。」

妳這麼回答我：「媽媽，我十二年來都在做男人做的事。我當了十二年的烏克蘭士兵，我是一個有執照的軍官。妳把我教育成了一個烏克蘭的愛國者。當我們的國家需要保衛，我難道不應該挺身而出嗎？」

那是我們的道別。女兒啊，我知道妳不會為自己選擇的人生後悔。妳不會為妳做出的選擇後悔。我也不會為我教育妳的方式後悔。我為妳今天的樣子感到驕傲。我知道妳撐得下去，也知道妳會平安地回到家。如果我可以寄一張小卡片、一張小紙片給妳，上面只寫幾行字，我會寫下烏克蘭萊絲雅的詩句：「我要把巨石扛上陡峭巍峨的山崗，而我將用自由又歡樂的歌聲將它擡起。」

媽媽

前線。小鎮梅塔利斯特（Mietalist）附近。剃著平頭、穿著迷彩裝（沒有任何軍隊標記）的女人有著乾裂的嘴唇，以及疲倦、慵懶、彷彿身不在此處的眼神。

她被銬在一個健身器材上。從她身後的窗戶照進來一點點光。那是個地下室。他們用攝影機拍她，業餘攝影器材打出的閃光燈照映在她臉上。女人是個戰俘。審判正在進行。

在她前方，也有一些男人被銬在健身器材上。他們的眼神和她不同。他們的眼神是主動、游移的——那是恐懼的眼神。女人的眼睛內沒有恐懼。她的舉手投足中有一種奇怪的遲緩，她也沒有太多的表情。這所有的一切都表現出輕蔑。輕蔑與驕傲。

女人回答問題的方式也和男人們完全不同。男人們會為自己辯護。他們說，他們是為了軍餉才去參戰，因為他們很窮，或者他們是被迫參戰，其實他們一點都不想戰鬥。

女人說：「我宣誓要保護烏克蘭的獨立和完整。我在這裡，是因為要保護我的祖國不受俄羅斯的侵略。」

負責審判的人問她關於政府軍的軍力：有多少輛坦克、多少運輸車、多少自走炮和其他設備。簡單來說，他們所面臨的敵人是誰。女人回答：「我沒有仔細算過，但我想，你們的敵人是整個烏克蘭。」

最後一個問題：「如果妳得到自由，妳會做什麼？妳會回到這裡，回到前線嗎？」

女人平靜地說：「我想，我已經不會得到自由了。俄羅斯人會槍斃我。」

這部影片和影片中女人的言行讓她成了烏克蘭的國家英雄。在不到一個月的時間，人們發現，她已經跨越邊境，來到了俄羅斯，來到沃羅涅日第三看守所那個特別為她準備的單人牢房。

要怎麼用一個事件精確地形容娜迪亞？她妹妹薇拉（Wiera／Vira）毫不猶豫地說：「有

一年生日，她從橋上跳下去。」她繼續說：「那是二〇〇三年五月十一日。那天中午我們一起去那座橫越聶伯河的『公園橋』上。我們在差不多是橋中央的位置停下，在那裡水應該是最深的，而橋也是最高的——離水面大概有二十六公尺。娜迪亞脫下鞋子，把袋子交給我，然後就縱身一躍。頭部朝下！幸好，她成功地在空中翻轉了身體，以雙腳進入水中。附近沙灘上的幾個男人看到這一幕，立刻衝入水中去救她。他們一定以為這是自殺。看起來確實如此——一個女孩穿著連衣裙，頭部朝下從橋上跳下去。而且她沒有浮起來！對我來說這一刻彷彿是永恆。但是我突然定睛一看——我看到她了！她對我大叫，哈哈大笑，揮舞雙手。」

「之後，當她進入特種部隊，她好幾次都對我說，跳傘根本輕而易舉。你完全知道接下來會發生什麼事。從橋上跳下來就不一樣了，你需要真正的腎上腺素。你不知道水底下有什麼，不知道水有多深，那裡有沒有石頭，鐵絲或其他危險的玩意兒——畢竟，我們是在城市裡啊。」

薇拉說，她們姊妹的個性很像。她們都獨立、熱愛自由、堅強而且堅定。而她們的差別則是：「我比娜迪亞脆弱一點，我比較混亂，沒那麼有條理。我無法像她一樣堅定地往目標前進，或者該說，我無法像她那樣明確地訂下目標。」

姊妹兩人都到了梅塔利斯特的前線。還沒有加入軍隊時，她們就到各個被分裂主義者占領的城市去探訪。烏克蘭才剛剛失去了克里米亞。姊妹倆想要用自己的眼睛去看，到底發生了什麼事。她們兩人都參加了基輔獨立廣場上的抗爭。而在母親家裡，她們讓來自外地的抗爭分子留宿，之後這地方則成了被別爾庫特部隊打傷的人療傷的所在。打從抗爭初期，薇拉的汽車就在城市裡，在獨立廣場自治會的據點間巡迴，有時候開車的是娜迪亞，有時候是薇拉。

六月中，姊妹倆穿著迷彩裝，開車來到了梅塔利斯特附近的戰場。志願軍艾爾達營（Ajdar／Aidar）正聚集在那裡。革命的狂熱分子、愛國者、右派運動者、基輔獨立廣場自衛隊的成員（像是娜迪亞）、還有許多職業軍人（他們要不是退出了軍隊，就是申請休假，因為他們在東部的正規部隊無力對抗反叛分子），都很快地加入了這場戰鬥。國防部給了志願軍步槍和幾輛裝甲運輸車，而其他的裝備——從內衣、鞋子、制服、頭盔、防彈背心到彈藥——都是志願軍自己出錢買的，或是各種社會機構為他們募捐得來的。

幾天後，艾爾達營幾乎就不存在了。他們中了敵軍的埋伏——他們的敵手是掌控斯拉維揚斯克的分裂主義者，對方有精良的武器設備，還接受了俄羅斯職業軍官的指揮。娜迪亞和薇拉用她們在獨立廣場上開的自用車，把在包圍中受傷的士兵們載出去。她們多載了一趟，而且多跑了幾百公尺。薇拉幸運地逃過一劫，但娜迪亞被困住了，來不及逃走。

那個在單人牢房裡絕食的女人、那個俄羅斯想要把她變成罪犯的軍官——正在想些什麼？也許他們真的會槍斃她？她和外界沒有任何連結。沒有探訪、信件、電話。半小時的俄羅斯審判，就讓她被逮捕的時間延長到了秋天。而且這是透過攝影機和監視器進行的審判，無法看到審判者的眼睛。這就是為什麼她絕食抗議。她要求要有辯護律師！要有領事探視！不管是誰都好！在單人牢房中人只有自己，只能和自己說話，只能從自己身上尋求協助。

整個烏克蘭都在談論女人，包括媒體、政府、總統。但是她對此一無所知。過了十天，俄羅斯人才同意讓知名的律師馬克·費金（Mark Fejgin／Mark Feygin，他也是暴動小貓〔Pussy Riot〕的律師）為她辯護。又過了好幾天，他們才對她的絕食抗議屈服，同意讓烏克蘭領事進入她在沃羅涅日第三看守所的單人牢房。

目前，女人只能倚靠她身上僅有的東西。倚靠信仰——相信她所做出的選擇是正確的。倚靠回憶和母親對她說過的話。母親總是說，她和她的兄弟，她們家的所有人，都必須很堅強，而他們也確實很堅強。她常常重複：「女兒們，妳們也必須堅強才行，因為妳們的人生之路不會走得很順遂。」母親——瑪麗亞·費德羅芙娜·薩芙申科（Maria Fiodorowna Sawczenko／Maria Feodorovna Savchenko）——她是怎麼預見到事情會如此的？

母親有三個兄弟，在戰爭中失去了兩個。一個死在列寧格勒，另一個則在紅軍從德軍手中奪回西部戰場時，在自己的村莊被動員。被徵召入伍的時候，他還不到十六歲。他們讓他進入了「烏鴉」——那是一個臨時組成的部隊，士兵甚至沒有制服，只有一把步槍和一盒彈藥。紅軍叫這些人烏鴉，因為他們身上穿的是平民穿的灰暗破衣裳。為了奪下第聶伯河，需要有幾千個「烏鴉」。

而饑荒呢？第一次是一九三三年的烏克蘭大饑荒。母親是怎麼活下來的？她那時還是個嬰兒。布爾什維克主義者在一九二九年才剛殘忍地沒收了祖父母的財產。他們拿走了一切。雖然母親不可能記得這件事，但是她到今天都可以準確無誤地說出她們被沒收的東西：兩頭牛、兩匹馬、八頭豬、十五隻羊和四公頃多的地。房子是被鄰居（一個懶鬼加酒鬼）拿走了，這就是為什麼他如此殷勤地協助政府沒收他人的財產。外婆曾經絕望到想跳河。十二年來，整個家庭在陌生人的農舍之間流離轉徙、寄人籬下。母親從六歲起就在田裡工作，這樣才能賺到一匙混了麵粉的熱水果腹——這就是集體農場發給工人們的食物。

第二次饑荒在一九四七年到來。外公就像幾千個來自東部的烏克蘭人，為了餬口來到西烏克蘭。火車裡擠滿了人，坐不上車的人就抓住車廂的階梯，或是緊緊趴在火車的屋頂上，這樣搭了好幾天的火車。最後外公掉到了車輪底下，被火車輾成三塊。

幸運之神在很晚才對母親微笑。她在三十好幾的時候才嫁人，但是她嫁了一個好人，一個工程師。娜迪亞和薇拉的父親老來得子（他比她們的母親年長十歲），也很早就離開了她們。他是在十多年前過世的——在二〇〇三年三月三號。才剛把女兒們養大，他就撒手人寰了。

這就是她們家族的故事——充滿了死亡及不幸。但是在這一切的悲劇中有兩件事、兩個價值觀能讓父母及女兒們撐下去。第一個就是實事求是的學習態度及工作。瑪麗亞・費德羅芙娜雖然身為財產被沒收的富農的女兒，但她完成了學業，成了農業專家，還嫁了一個工程師。第二個則是夢想——或者該說是崇高的夢想——也就是祖國，烏克蘭萊絲雅筆下那美好的烏克蘭。它是娜迪亞在作業簿上畫的所有神妙生物。它是她來到這個莫斯科鬼子給她安排的單人牢房的原因。它讓孤獨和絕食抗議變得不那麼可怕。在陌生的國家，它讓她不向任何人低頭，讓她能繼續當她自己。

我們看到不同階段的娜迪亞。她以飛行員學校學生的身分上電視的脫口秀。她以特種部隊女兵的身分在報導影片中現身。有人請她上談話節目，聊聊她開轟炸機的心得。有一小段新聞報導她參加伊拉克戰爭。在所有的影片中，娜迪亞都在攝影機前閃閃發光。她落落大方、滿臉微笑，心滿意足地讚揚戰爭這門手工藝，她說，想要的慾望就是一種力量，女人如果想要，也可以上戰場打仗。她整個人都代表著夢想的實現。

這些都是在娜迪亞在小鎮梅塔利斯特、被銬在一個健身器材上接受審判的影片流入網路之後，在YouTube上出現的老舊電視影片紀錄。

有一段影片是在娜迪亞被抓的兩週前拍的，那部影片看起來和其他的影片完全不同。

娜迪亞站在一堆用沙袋堆起來的障礙物之前，臉上沒有微笑。她既失望又憤怒。她說：「直到秋天為止，我都還是烏克蘭軍隊的軍官。現在我在休假。我在東部度過我的假期時光。二十三年來，我們所有的總統及所有的國防部長接二連三、不斷地把軍隊搞砸，現在我們國家的人民必須自己保護自己，為自己而戰。今天的軍隊不只缺乏力量、裝備、能力，而且還完全沒有愛國心。指揮官們刻意拉長反恐行動的時間，領導無方，只顧自己的特權和位階。這真是一件醜聞——當國家裡的男孩與女孩一毛錢都沒有拿，帶著武器上戰場保衛國家，履行自己的愛國義務，而正規軍隊卻只待在自己的軍營裡，什麼都不做。這就是為什麼我提出申請，要求從軍隊除役。我不想再當一個烏克蘭軍隊的士兵。只要軍隊的體系不改變、不從根本上進行改革、不清算前任政府留下的人員——對於像我們這樣的志願軍來說，軍隊是一點用處都沒有的。在我們的志願軍中，人們想的是祖國、愛國主義、國家、整體、義務。而在軍隊中有價值的則是：金錢、方便、舒適、升遷。這就是為什麼志願軍不會服從任何一個軍隊的指揮官。我再說一次：我們不需要那樣的指揮官。」

多麼苦澀的語言。而這竟然是從一個職業軍官口中說出來的。一個中尉，一個把一生奉獻給烏克蘭軍隊的女孩，她從兒時就夢想從軍，而她也必須靠自己的爪子，從那些大腹便便、戴著大帽子（像是平底鍋一樣大）的後蘇聯軍官手上把軍隊搶過來。娜迪亞在軍中的好朋友，斯韋特蘭娜・克拉維秋克（Swietłana Krawczuk，也在布羅德第三空軍團駕駛直升機）少校如此評論這件事：

「他們在她二十二歲的時候第一次拒絕她進入空軍學校，那是在她從橋上跳下去不久後。他們說：『女孩，去和軍隊簽約，像個男人一樣服役個一兩年吧，到時候我們再來看看。』他們把她分派到鐵路部隊讓她擔任通信兵。半年後她發現這不是真正的軍隊，只有空降部隊才能讓她接近空軍。她於是跑去參加他們的練習。部隊指揮官伊凡・楚馬蘭科（Iwan Czumarenko）開出了這樣的條件：『如果妳可以背著空降部隊那重達十五公斤的裝備，和其他男孩一起跑十五公里，那我就收妳。』有些男人走到最後腳都在抖了，而娜迪亞則擡頭挺胸、漂亮地完成了任務。」

二〇〇四年，當烏克蘭在號召士兵，組織要去伊拉克的部隊時，娜迪亞立刻就提出申請。她這麼解釋自己的決定：「為了開飛機，我得先成為軍官。軍官必須在前線受訓，而不是在軍營。」

她在沙漠服役了半年。她如此回憶伊拉克：「我愛上了某種感覺。我在可以在坦克上煎蛋的熱浪中乘坐裝甲運輸車，坐在那個可能隨時會被地雷炸成碎片的甲殼裡。我渾身髒兮兮，牙齒上有沙子，手上的步槍也熱到會讓手燙傷。所有的一切都在搖晃，我整個人也晃個不停。突然我有一種感覺：我四下環顧，這裡到處都是這樣的裝甲運輸車，排成列隊，裡面都坐著和我一樣髒、一樣累的男孩們。我突然意識到：我們都有同樣的感覺，都同樣因為不舒服的環境而受苦。那時候我明白，我有多麼愛他們。我不是很清楚為什麼，但我就是感受到了對他們所有人無條件的愛。也許那是在那個獨特的情境中所產生的愛意，或者是對那個氣氛，或是對那個工作，或者——那就是很簡單的、對軍隊的愛意，對我的歸屬，而我也找到了我的歸屬。」

在任務的最後，她部隊中的七個士兵在拆除一架老舊的伊拉克大炮時被炸死。沒有任何人命令她，娜迪亞就自願去協助，也就是說，她幫忙辨認屍塊、把屍塊裝到袋子裡去。她尋找屍體上的特徵、散落的紀念品和文件，然後說：「這是伊凡，這一塊一定是費爾多……」她的長官們認為她不正常。她彷彿沒有感情，就像是鋼鐵做的。

當她回到烏克蘭，她再次向空軍學校遞出申請。現在他們說，她太老了。她已經二十五歲，空軍學校的招生年齡只到二十四歲，而且只收男生。娜迪亞向國防部請求裁定，最後她獲得了批准。

她如此描述她第一次用學校的雅克－52[2]練習飛行的經驗：「那就好像是上了天堂。我開心得不得了，彷彿像是我身體的每一個細胞都能感受到這喜悅。我明白到，我可以在任何時候出任務，在夜晚、清晨、傍晚。」

她學習駕駛Su－24轟炸機。但是沒有成功。參謀部阻止了她。因為規定說不行。或者只是某人的惡意，或者是成見，因為規定隨時可以改變。規定是這樣說的：烏克蘭的女人現在不能開轟炸機，未來也不能開。不管怎樣，她就是不能開。她從空軍學校畢業，證書上寫的是：Mi－24直升機飛行員。

當她帶著等待多年拿到的證書，來到布羅德第三空軍團，她馬上就經歷到失望的衝擊。這裡的直升機（所以也包括直升機的飛行員和駕駛員）不能經常飛行。因為沒有汽油，沒有可更換的零件，什麼都沒有——頂多只能一個月飛一次。

她申請去非洲出任務。那裡每天都可以飛。畢竟，她是在白天晚上、任何時刻都可以飛行的啊。

2　雅克－52（Yak-52）是蘇聯的一款初級教練機。

她讓部隊中的同袍感到不爽。對他們來說，她太熱血，太有野心。這女人還想要什麼？她老是在批評，目中無人。他們給她取了個綽號「普利亞」(„Pulia”)，也就是子彈的意思。當她被分裂主義者俘虜，在一個士兵的網路社群上，有一個自稱是她在布羅德第三空軍團的同袍說：「我和她很熟，那是『普利亞』。她是個好女人，但是腦筋不太正常。」

薇拉．薩芙申科有時候會覺得，她可以穿透沃羅涅日第三看守所的牆壁。雖然那裡有一道道的防護和守衛塔（不能靠近五十公尺以內，不然有人會射擊），但是有時她彷彿可以感覺到姊姊在那裡想什麼、在和什麼樣的東西戰鬥。也許這是因為她們的個性很相像。

當女孩成為女人，她們之中九〇％的人會想要嫁人，而且想嫁個好人，生兒育女。這是純粹的生物本能——它幫女人選好人生目標，沒什麼好反抗的。但是有些女人不想生小孩。她們會自己選擇人生目標，而不是讓自然去幫她們選擇。娜迪亞總是重複（甚至有一次在電視上這麼說）：「我不想成為那個給予生命的人，我想要成為那個決定生命的人。」薇拉也是這樣想。雖然她說，有時候她會希望她是那九〇％中的一員，被生物本能所主宰。這樣也許會活得容易一點。

因為當娜迪亞無法飛行，有時候要掌控自己的生命是很困難的一件事。直升機不能飛，因為沒有汽油和零件。剩下可以做的只有殺時間：做手工藝、做模型、打毛線、縫衣服、做木工、彩繪玻璃——隨便什麼都好，並且在這些活動中等待飛行的時刻到來。音樂，工作，等待。這就是娜迪亞所做的事。

薇拉的生活比較容易，因為她是建築師。圖板不需要汽油或零件，所以她一直在工作。她愛她的圖板，但是或許沒有到像娜迪亞熱愛飛行和軍服的程度。

娜迪亞有一次說過：「我想，對人類來說最大的喜悅，是在做你喜歡的事情的時候死去，是達到那無法到達的巔峰。就讓衝浪者在大浪中被淹沒，傘兵在從平流層跳下時跌個粉身碎骨，讓太空人死在群星之間，賽車手在高速轉彎中撞死，讓空中飛人在翻跟斗的時候跌死。我準備好了。如果有人告訴我，我要開始一段一生只有一次的飛行，但不保證可以降落，我會想也不想，就立刻出發。我準備好面對不會降落的事實。」

餐車沒有開放。好奇怪……往馬里烏波爾的火車幾乎要開兩天。要吃什麼？包廂裡有四個人：一個緊張的、帶著小孩的母親，一個年過四十的男人（他的手和臉看起來如此疲累，像是剛從勞改營回來），一個肩膀很寬的年輕小夥子，還有一個外地人——也就是我。

沒有人拿出東西來吃，但是他們袋子中應該是有乾糧的。在烏克蘭每個人都會自己帶食物上路。每個人都是「瓶罐」。因為貧窮，大部分的人會離家出去工作，並且帶上家裡能夠拿得出來的最好的東西，這樣才能在旅途中填飽肚子。

最常看到的食物是薩洛（salo）。波蘭也有類似的東西，但是烏克蘭薩洛的美味更勝一籌。它是把豬的肥肉（生的，不是熟肉）用鹽、大蒜、胡椒醃製，然後長時間放置在木桶中或是像釀酒的大玻璃瓶裡面。當你切下薄薄一片薩洛，放入口中，它真的是會入口即化的。

但是也有些人會在城裡吃飯。基輔的有錢人滿街都是，在戰爭爆發之前，頓內次克也是蠻有錢的城市，而在第聶伯羅彼得羅夫斯克和國際化的敖得薩，人們也經常到餐廳裡用餐。利沃夫人熱愛餐酒館。在這些城市裡，不只充滿了給有錢人和觀光客的高級餐廳，也有許多平民食堂。你可以在那裡吃到便宜又美味的食物，而且都是烏克蘭當地的美食。

烏克蘭的傳統食物由麵粉製品、蕎麥、馬鈴薯組成，一點點蔬菜和野蘑菇，加上薩洛和一些豬絞肉。

最基本的是甜菜湯。烏克蘭人可以拿甜菜湯當早餐、中餐、晚餐。

作家揚·巴蘭朵斯基（Jan Parandowski）一定也會寫出這樣的句子：「誰能夠精確地說出，

寫在留白之處

給兩個人的黃油豬肉罐頭

什麼是甜菜湯？」有人會在甜菜湯中看到神聖的本質，但是不知道它明確的樣貌。另一些人——這些人占多數——則說，那是一個巨大的深淵，充滿了創造的力量和神性的種子，彷彿地水風火的混合。

一百年來，俄羅斯人和烏克蘭人為了甜菜湯進行著冗長的辯論。俄羅斯人覺得那是他們的湯。他們十分嚴肅地說，俄羅斯甜菜湯和烏克蘭甜菜湯的不同之處，在於俄羅斯甜菜湯的湯底是肉做的，而烏克蘭甜菜湯沒有肉，連肉骨頭都沒有。但事實則完全相反。

甜菜湯是很簡單的湯：湯料是甜菜、包心菜和豆類，而湯底則是用燻肉或蔬菜煮成的上好高湯。最重要的是，在端上桌前一定要舀一大匙酸奶油放在湯裡。

我外婆談起甜菜湯的時候，只會說俄羅斯甜菜湯。而我阿姨嘉拉談起它時，已經會說它是烏克蘭甜菜湯了。我記得她們煮出的食物。早餐是布利尼煎餅，在桌上堆成一座小山，而在旁邊則擺著一罐油脂豐富的酸奶油，砂糖和果醬，每個人都可以隨自己的喜好塗抹。午餐的第一道是甜菜湯，之後的主餐則通常是煎肉餅、馬鈴薯泥配新鮮的番茄或小黃瓜。或者是塞了馬鈴薯和薩洛的餃子。點心我們會吃塗了油和蒜泥的黑麵包，或是麵包夾切成薄片的薩洛，有時候甚至會有喀爾巴阡的乾辣味香腸，或是進口的匈牙利臘腸。晚餐則吃煎馬鈴薯，或像是大啤酒杯下面的墊子一樣大的油炸餅。吃這種餅，你可以像吃普通的薄餅一樣塗酸奶油或果醬，也可以高檔一點，加魚子醬。

可惜，餐車依然是關閉的，所以甜菜湯我只能用想像的。我必須等火車開到下一站，才能吃到熱食。那裡當然不會有甜菜湯——搬運太困難了——但是會有烏克蘭的家庭美食。在火車偶爾才經過的小站上不會有餐廳或販售亭，但是那裡經常會有戴著頭巾、帶著大包小包的老奶奶。在她們巨大的袋子裡，裝著用毛巾或毯子包著保溫的鍋碗瓢盆，而在那裡面則裝著熱騰騰的美食，還有伏特加，而且經常是私釀的。

窗外閃過烏克蘭的風景。好幾公頃、好幾公里、綿延不絕的荒野，過幾年後，它們就會回歸成原野的樣貌。這是集體農場的遺產——這塊土地依然沒有歸還給人民，現在不知道到底屬於誰。要重整這些土地，必須具備強大有力的機器。還好，在車站、住家、村莊或有人居住的地方，總是可以看到棋盤狀的、小小的彩色田野，上面種滿了馬鈴薯、甜菜、包心菜、胡蘿蔔、香芹、櫻桃蘿蔔。這些方形、長條狀、三角形的小田地甚至不是用犁去耕作的，而是用鋤頭。烏克蘭的美味就在這樣的田地上誕生：包心菜和小黃瓜，還有番茄、彩椒、碟瓜、甜菜、櫻桃蘿蔔、胡蘿蔔和大蒜。

也許我們包廂中的某個人馬上就會拿出這樣的食物？應該不會是年輕小夥子，像他這樣的人帶的應該是烤雞或煎肉餅。也許會是那個被擊垮的男人？或是帶著小孩的緊張女人？

在烏克蘭，我們沒有越南菜、中國菜、泰國菜、韓國菜，沒有土耳其烤肉、春捲、義大利麵。有時候只會在某處看到披薩，而在基輔——壽司。沒有人在這裡販賣遠東或近東的食物，因為烏克蘭沒有移民。人們只會從烏克蘭逃出去。在這裡國際化的東西，都是很早以前就存在了的，它們已經融入烏克蘭的味道。我們有喬治亞的卡里餃、韃靼人的炸餃子、俄羅斯的西伯利亞餃子。但是對烏克蘭人來說，這些都不過是種類不同的餃子罷了。烏克蘭人有自己的餃子。但另一方面，他們很喜歡亞美尼亞來的烤肉串，只是他們通常會用羊肉或牛肉來代替豬肉。

烤肉在烏克蘭是節慶的食物：可以在星期天和海灘假期上吃到。

大型的工廠——比如兵工廠、煉鋼廠、軋製廠、礦場——如果運作得還可以，那就有義務經營所謂的「圖巴札」(turbaza)。這不是遙遠的、在黑海（Morze Czarne／Black Sea）或亞速海（Morze Azowskie／Sea of Azov）旁的療養勝地，而是在最靠近工廠的河川、湖泊、人工湖、被淹沒的礦坑或泥漿地旁所興建的度假區。在那裡會有小木屋、放在浮標上的小陸橋、幾個給孩子的鞦韆、可以玩桌遊（骨牌、西洋棋）的涼亭。除此之外還一定要有烤肉架。沒有烤肉，就沒有「圖巴札」。用來烤肉的鐵串都像用來擊劍的劍那麼長，而上面的肉塊則大得像拳頭。

烏克蘭人吃烤肉的時候，會配上來自喀爾巴阡或克里米亞的、高檔或便宜的紅酒。但是美食最好的夥伴還是伏特加。最好喝的、也是最具烏克蘭特色的伏特加（烏克蘭特產，在別的地方沒有），就是蜂蜜伏特加。它的顏色是很深的茶色，有蜂蜜的味道，而在最後則會留下辣椒的辛香。這種伏特加是用糖化的蕎麥做成的。

車站到了！我們會在這裡停留五分鐘。

月臺上，有好幾個帶著包袱和鍋子的老奶奶。鍋子裡有熱騰騰的餃子！有包肉的以及包野蘑菇和包心菜的，而最受歡迎的是包馬鈴薯、炒洋蔥和薩洛的。餡裡面沒有白乳酪！在波蘭那種包白乳酪和馬鈴薯的「俄羅斯餃子」，對東部來說是完全陌生的。我買了十五個餃子，老奶奶和我收了十塊烏克蘭幣（大約三塊波蘭幣）。

啊，如果還有油炸餃子就好了……那是最常見的街頭小吃，在像甜甜圈一樣蓬鬆的麵糰裡，包的不是果醬，而是鹹的絞肉。人間美味！

餐車好像開張了。確實沒錯。那裡有甜菜湯、雞湯、煎肉餅、雞腿。就像在每一個烏克蘭的三流食堂。但是，但是！那裡也有包心菜捲——這又是另一道典型的烏克蘭菜。包心菜捲和餃子、油炸餃子及甜菜湯一樣，是在任何地方都可以吃，而且不必擔心踩到地雷的食物。就像每個波蘭人都知道如何炸豬排，每個烏克蘭人也知道怎麼做包心菜捲。

我依然在等待我的旅伴從他們的袋子中拿出食物。這完全不是因為我想和他們一起吃——我有我的三明治。但是當你嘗試別人的食物，你可以知道許多關於他們的事。關於緊張的、帶著小孩的女人、被擊垮的男人以及年輕的運動員——我從他們的食物中知道了許多令人難過的事。

女人給了小孩一根巧克力棒。從遠處看，那像是有花生的巧克力，但裡面沒有任何巧克力，只有奶粉、可可粉和奶油。那些看起來像花生的東西，其實是餅乾屑。女人拿這個給小孩吃，因為她買不起商店裡真正的巧克力。以前在波蘭，我們會把這樣的東西稱之為「類巧克力」。

被擊垮的男人是個建築工人。他現在要回家，到老母親的田裡種馬鈴薯，田裡的收成必須足夠全家人吃一整年。他會在火車裡吃兩個水煮蛋、黑麵包、洋蔥、醃大蒜和薩洛。

年輕小夥子什麼都不吃，他只帶了一瓶私釀的伏特加上車。他是亞速營的志願軍，正要到前線去。之後，我們會一起喝他的伏特加，吃我在月臺上買的餃子和我帶的三明治。他會告訴我，他們在頓巴斯的散兵坑裡吃什麼。他們每天的糧食是穀類飲品、茶、馬鈴薯湯，晚上有拌了油的蕎麥。而在星期天，他們會吃同樣的蕎麥，但是會有黃油罐頭裡面的豬肉（在鍋子裡用水煮過）拿來加菜，兩個人分享一個罐頭。

小夥子說，他們吃得一點也不糟。最近上級還承諾要發給他們美國的乾糧。不用生火就能加熱。你只要把滾水澆在塑膠袋上面，就可以吃了。而在塑膠袋裡面有肉排、煎肉餅、燉肉、馬鈴薯泥和沙拉。他們說，那裡面還有蛋糕、巧克力和優格——很不可思議，對吧？只是這些軍官說的話真的能信嗎？

第十一章　在炸彈下輪班

一小時……他們承諾，在一小時之內會讓我們上去。這裡已經沒有電力，到處一片漆黑，空調、抽水幫浦和電梯也都停止運作了。四周如此寂靜，你幾乎可以聽到水滴在礦坑的牆上緩緩流動的聲音。

那裡，在上面，高壓電塔已經倒了，變電所也被炸飛了。採礦早在兩個星期前就已停止——這裡離前線太近，風險太大。如果炮彈在人都在下面的時候擊中礦坑，所有人都會死在地下，就像在潛水艇中一樣。

兩個星期以來——會下去礦坑的只有我們這負責處理緊急事故的七人小組。我們的工作是負責維修空調設備、抽水幫浦和電路管線，以防淹水或瓦斯氣爆。礦工們想要回來這裡工作。不然他們要去哪裡？這裡可是頓巴斯。

一小時……

輪班

同事們叫伊凡．諾維科（Iwan Nowotko）「老爺爺」，因為他是這個團隊裡最老的礦工，也是突擊工人[1]煤礦最老的礦工之一。人們尊敬、信任他，雖然他還不滿四十歲。他不斷對那些年輕人說：「這不是我們的戰爭，我們再等等。」

伊凡．諾維科在伊爾米諾中央礦場（Centralnaja-Irmino）開始第一份工作。

他喜歡說關於這個礦場的故事：「阿列克謝．斯達漢諾夫（Aleksiej Stachanow／Alexey Stakhanov）就是在這個礦場，打破了全世界採礦的紀錄。緊接著，其他的礦工也打破了他的紀錄，開始所謂的斯達漢諾夫運動。政府把斯達漢諾夫當成英雄和新聖人，帶他到全國工廠去巡迴——我是說，當他還有利用價值的時候。」

史達林在莫斯科的「灰房子」（那是專門給布爾什維克菁英住的）裡給了斯達漢諾夫一間公寓，在那裡，你買的東西會直接透過電梯送到你的廚房。他還給了他一輛黑色的歐普Kapitan，讓他去大學上工程師的課程。他甚至原諒他在喝醉酒時弄丟了列寧勳章。換作是別人，弄丟勳章就要坐十年牢，而斯達漢諾夫則得到了一個新的勳章。

但是史達林死了之後，就再也沒有人對斯達漢諾夫感興趣。赫魯雪夫把他送到頓巴斯，然後斯達漢諾夫就開始酗酒。他在一個瘋人院死去，被葬在離此地不遠的多列士（Torez）。

賠錢的伊爾米諾中央礦場在一九九六年關閉。那些可變賣的東西——一開始是礦井的井架，再來是機器，最後是建築的金屬零件——都被拆掉拿去賣給收廢五金的了。然後一個私人公司在這裡成立，從原本在礦脈上非法經營的私人礦坑業者手中購買煤炭。

「沒錯，孩子們。」諾維科說：「我們這裡的所有人，還有整個頓巴斯，都像是這個不幸的斯達漢諾夫，是個傀儡，是當權者手中的玩具。」

「長久以來，沒有人需要頓巴斯的礦工——而現在他們算出來，我們這裡還有三十五萬人。然後呢？基輔的政府和分裂主義者都從半年前開始跑來獻殷勤，一個說要讓這個地區重生，另一個說要打造人民的經濟，雖然鬼才知道那是什麼。他們覺得很驚訝，礦坑竟然不想買他們的帳，不想聽他們開空頭支票。」

還可以工作的時候，礦坑照常運作。現在頓巴斯停滯了。幾乎所有的礦坑都停止採礦，只把負責處裡緊急事故的小隊（像是伊凡帶領的這種）送下去。有十個礦坑都沒救了——底下淹成一片。而最大的礦坑「頓巴斯蘇聯共青團員煤礦」（Komsomolcowi Donbasa）則有氣爆

1　突擊工人（udarnik）是一個蘇聯及其他前共產國家的名詞，用來指生產力特別高的工人。

的危險。

分裂主義者現在愈來愈緊張了。許多礦坑的礦工都去參加分裂主義者的「人民共和國」軍隊，沒去上班，也就沒有薪水。分裂主義者於是抓住了阿特姆煤礦（Kopalnia Artemugol）和賽利德煤礦（Kopalnia Selidowugol）這兩個礦坑的老闆，刑求他們，強迫他們給這些員工的出席表打勾，付他們薪水。

在史克羅青斯基煤礦（Kopalnia im. Skoczyńskiego）的辦公室，分裂主義者把牆上的提款機拆下來，還強行取走了八百公斤礦工用來爆破的器材和雷管。

他們經常把大炮停在礦坑附近（底下還有正在工作中的礦工），彷彿在拜託政府軍把炮彈打到礦坑上。在彼得巴甫洛夫斯克礦坑（Kopalnia Pietropawłowska）的辦公大樓，有一整個月，不只是大炮，甚至連伊戈爾．斯特列爾科夫的軍隊都在那裡駐守。在多占斯克煤礦（Kopalnia Dołżańska-Kapitalna），分裂主義者把變電所炸了，因為他們想要保衛礦坑，而礦坑的老闆拒絕贊助他們的部隊。

而在突擊工人煤礦，分裂主義者和莫斯科的士兵們把一臺BM-27「颶風」多管火箭炮弄來這裡，就放在礦井的井架旁邊。

在頓巴斯，人們的生活就和人質沒兩樣。他們被貧窮緊緊綁在此地，就像狗被鎖鏈綁在狗屋。每筆薪資都只夠支付一個月的生活費。他們的薪水少到讓人活不下去，但是又多到讓人死不了。而現在，頭頂上又冒出一堆火箭……

鄰近地區

在這裡，沒鋪柏油的泥土路都被煤炭染黑了。夏天的時候，風會把刺人的煤灰吹起，一直吹到房子的屋頂。秋天，漫延好幾公里的腥臭洪水則會讓道路變得軟趴趴。

在斯尼日內（Śnieżne／Snizhne），從古賀斯基森林（Głuchowski Las）到舍維尼（osiedle Siewierny）小區的道路上，路面有半公尺的轍跡，那是被載滿了十五噸貨物的「卡馬茲」貨車和「烏萊」貨車壓出來的。這些貨車就是走這條路，把煤炭從森林裡的非法私人礦坑運到城市。在頓巴斯，人們把這些礦坑叫做「巢穴」或是「洞穴」。

在斯尼日內附近，非法的私人礦坑到處都是。在古賀斯基森林，在十個關閉的礦坑留下的礦脈上——在路旁、農莊和花園裡，在人們的房子前面。

合法礦坑裡沒有工作，人們就自己動手挖。波浪板底下藏著礦井，而隧道則沿著煤層的分布延伸。

這裡的地層甚至會下陷到一公尺。房子陸續倒塌，整條街道都消失了。克棉洛夫斯卡街（ul. Kiemierowska）上的房屋幾乎看不到了。蘇辛斯卡街（ul. Suszyńska）上的所有房子都倒了。而在拉考巴街（ul.Łakoba/ul. Lakoba）上，只有一棟房子還沒倒。二月的時候，學校也倒了。

有時候人們會找到在私人礦坑裡意外死亡的人。通常這些人會被埋在地下，但如果技術上做得到，心腸比較好的礦坑老闆就會把屍體拉到表面，放在所有人都看得到的地方，這樣死者的家屬就能將他好好安葬。

他們最常把屍體放在古賀斯基森林旁邊公車站的椅子上。因為很方便，鄰居會最快在那裡找到死者。

去年有一個法國電影團隊來這裡拍片。他們想拍一部紀錄片，關於以偉大的法國共產黨員莫里斯・多列士（Maurice Thorez）的姓氏命名的城市。多列士逃離法國，為的是擁抱蘇聯的自由。

多列士就在斯尼日內附近，在那裡的郊區都有礦工居住。

斯尼日內高中的老師會說法文，於是市政府就派他帶領客人們四處走走、看看。「請看，」他說：「這裡本來是通往礦坑的人行道，但是人們早就把人行道上的水泥板敲下來，把它們鋪在自己的農莊了。漂亮的路燈留下來的殘骸，可以在收廢五金或鑄鐵裝飾品的地方賣個好價錢。那邊那些沒有窗戶的空房子是六〇年代留下來的礦工住宅區，已經十年沒有住人了。那個骷髏般的骨架以前是文化中心，那邊那個是中學，而那些磚頭則是市立劇院遺留下的。」

有十萬人口的多列士（Torez）[2]在蘇聯解體後，減少了大約兩萬五千人口。

這附近所有的城市都不是城市，而是幻影。斯尼日內在二十五年前有七萬人居住，今天只有四萬人。葉納基耶沃（Jenakijewe／Yenakiieve）原本有九萬人，現在則有七萬五千人。哈爾齊斯克（Charcyżk／Khartsyzk）本來有七萬人，現在剩下五萬五千人。沙赫喬爾斯克（Szachtarsk／Shakhtarsk）曾經是蘇聯最富有的工業城市之一，有二十五個礦坑。現在只有五個礦坑在運作，原本七萬人口只剩下五萬人。

在參觀了一個小時後，導演說，他在這裡看到的景象以前只在電影院中看過。老師問，是哪部電影。法國導演說：「《瘋狂麥斯》（*Mad Max*）。」

---

2 由於烏克蘭除共（Decommunization in Ukraine），多列士於二〇一六年改名為切斯提亞科夫（Czystiakowe/Chistyakove）。

社群

伊戈爾答應父親，會放下武器。他早該這麼做了，但現在畢竟是戰爭時期，鬼才知道會發生什麼事。

人在逃亡時會把什麼東西帶在身邊，這真的是一件很奇怪的事。有人選擇帶那些他們認為會派上用場的東西，有人選擇帶那些留下會覺得浪費的東西。在前線附近，沒有主人的房子立刻會遇上不幸。爆炸、火災、打家劫舍、喝醉酒又缺乏紀律的士兵。塔拉斯的巴士裡塞滿了東西，老婆和女兒在哭。要和他們一起走的鄰居，則緊張地在一旁踱步。

伊戈爾這傢伙跑到哪裡去了？這臭小子在五月加入了分裂主義者。他去年冬天才剛滿十八歲。

而他為此感到多麼驕傲啊。

「他把宣誓的影片帶回家裡。」塔拉斯回憶：「他們自稱是『俄羅斯東正教軍隊』（Russkaja Prawosławnaja Armia）。電影裡面可以看到東正教教堂和有耶穌像的旗幟，東正教神父給他們的步槍賜福，還教他們怎麼在裝子彈的時候禱告，這樣子彈才能準確無誤地命中目標。你把子彈裝進彈匣，然後說：『神啊，請保佑我。』接下來是：『聖母啊，請為我祈禱。』以此類推，只是換上不同的聖人名字。」

「最後他們會唱歌。我不敢相信自己的耳朵：『我們穿越遼闊的戰場去打仗，在東方的黎明中。為了親愛的祖國，我們要去和班德拉主義者戰鬥。』

『你知道這是啥玩意兒嗎？』我問。

『我們的聖詩！』

『這是俄羅斯解放軍的軍歌，白癡！』[3]

『只改了一段，因為以前是和布爾什維克主義者戰鬥，現在則是和班德拉主義者戰鬥！』」

「如果有一天政府會為頓巴斯的礦工做些什麼、掏出什麼，那只是因為基輔怕我們。」塔拉斯對兒子說：「你這個笨蛋，你以為你會從克里姆林宮掏出什麼東西嗎？你以為莫斯科有一天會在頓巴斯的礦工面前低頭？」

塔拉斯領的是礦工的工殤補償金（二百美金，肺塵病）。他在過去二十五年間參加了所有大型的礦工抗爭行動。他在十七歲就開始工作，在一九八九年。

3　俄羅斯解放軍（Russian Liberation Army）是一支在二戰期間，聽從德國指揮的俄國軍隊。指揮官是弗拉索夫（Andrey Vlasov），成員則是蘇聯戰俘與白俄流亡者（其中有些人是俄國內戰時的反共白軍軍人）。

礦坑還沒有關閉，但是塔拉斯記得很清楚，早在那時候，人們（尤其是老礦工）就在預言頓巴斯的衰敗。東烏克蘭的大型投資在七〇年代就停止了。煤炭的時代已經過去，新興的產業是西伯利亞的石油和天然氣，而大型的國營工廠則在遙遠的烏拉山脈（Ural）開始興建。

在蘇聯最後的日子，頓巴斯礦工的平均壽命是三十八歲。意外、爆炸、心肌梗塞、肺塵病層出不窮。礦工家庭甚至還會得只有窮人才會得的病——肺結核。很少人可以活到法定退休年齡，開始領從五十歲就可以領的退休金。而那退休金也只有一百六十到二百盧布，全國的平均退休金金額則為四百盧布。

人們的憤怒在蔓延。在一九八九年為期兩個月的礦工罷工行動中，共有二十二萬人參與。也是感謝那場抗爭，烏克蘭在蘇聯的管控下得到了經濟獨立。兩年後，烏克蘭東部半數的礦坑都罷工了。在礦工提出的眾多訴求之中，也有強硬的政治訴求，比如要求戈巴契夫辭職，以及在憲法上承認烏克蘭的主權。

然後在一九九三年發生了烏克蘭歷史上最大的礦工罷工事件。事件的導火線是物價即將大幅提高的通知，漲價的物品也包括煙燻香腸——這是礦工日常的基本食物之一。在調漲後，礦工一個月的薪水只夠買五公斤的香腸。

整個頓巴斯都停擺了——二百五十個礦坑中，有兩百三十個參與罷工。除此之外，還有四百間其他的工廠——冶金廠、化工廠、輕工廠，總共一百五十萬人！

幾千個礦工步行到基輔，表示抗議。這是在橘色革命前最大的抗爭行動。塔拉斯一口氣背出當時抗爭的訴求：「提前進行國會選舉，公投是否對總統投下信任投票，強制政治人物公開他們財產的來源、『由下往上』的國家經費政策（這樣地方賺到的錢就可以留在地方）、地區自主權及地方自治。」。

「這件事的結果是，我們的抗議訴求讓小偷庫奇馬（Leonid Kuczma／Leonid Kuchma）上了臺。煙燻香腸的價錢還是上漲了。兩年後，庫奇馬開始殘忍地關閉頓巴斯的礦坑。在他之後，其他那些人也幹了同樣的事，彷彿大家一起約好似地。尤申科（Wiktor Juszczenko／Viktor Yushchenko）、提莫申科（Julia Tymoszenko／Yulia Tymoshenko）、亞努科維奇，所有的人。他們總共關閉了一百三十四個礦坑。而那些還在挖掘的礦坑，已經好幾年沒付薪水給員工了。在一九九〇年，頓巴斯一年的煤礦產量是一億六千五百萬噸，而到了二〇一三年，已經下降到八千三百萬噸。」

「沒錯……」塔拉斯做出結論：「之後還是有抗爭行動，我們也好幾次湧進基輔，用頭盔敲擊人行道。在一九九八年，烏克蘭的民警第一次對我們使用武力。而在盧干斯克，一個礦工在政府行政大樓前自焚了，他兩年半都沒有從礦坑領到薪水。但是這些抗爭已經無法和之前相比。」

政治人物們折斷了頓巴斯的脊椎。希望不再，取而代之的是絕望。無路可出的感覺讓人失去了奮鬥的力量。

每戶人家外兩公尺高的圍欄，讓團結的礦工潰散成一個又一個的孤島。他們不知道怎麼活，但是也死不了。只求再撐過一天、一個月、一年。希望今天可以平安下工，希望他們用破布把瓦斯偵測器包起來時，它不要發出警訊，這樣就還可以工作下去，多賺一點錢。

「不，這裡的礦工已經不會再去參加抗爭了。除了那些小夥子和白癡，像我兒子伊戈爾一樣。但是他不在礦坑工作。」

秩序

安德烈的私人礦坑停擺了。一般來說在暑假期間，礦坑應該會運作得如火如荼。在假期，孩子們想要多幹點活。他們是礦坑的好幫手，礦層很少會超過半公尺，隧道只有一公尺。人們把這裡稱為「老鼠的陷阱」。這裡人們躺著採礦，或者跪著採。

但是在這個暑假有戰爭。安德烈必須決定，現在要為了礦坑買通誰的關節。之前他一直把錢交給民警頭子和附近國營礦坑的老闆。現在分裂主義者占領了地區，他們的指揮官來向安德烈要錢。他們說：「現在有新的人民共和國，舊的老大已經不管用了。」現在他們開始了人民的經濟，他們需要錢去進行解放的戰鬥。

老大就是老大。安德烈已經習慣交保護費，但是他不會把錢丟到水裡。最重要的是，要搞清楚這個指揮官上頭是誰。

安德烈很年輕，還不到三十歲，關於他的礦坑，他有很遠大的計畫。他對它感到很驕傲，這不是某個十九世紀的過時洞穴。這裡有個狄塞爾發動機（diesel），是從老舊的賓士車上拆下來的。還有兩個手提式電鑽，電鑽上還接了水管，它們會把空氣打到地下。有哪個私人礦坑的礦工有這樣的設備？這所有的裝備花了安德烈二千五百美金。

私人礦坑是很好的生意，很穩的生意。在頓巴斯，私人礦坑也是很大的生意。它和其他相關的工業像癌症一樣啃食檯面上的經濟活動。

還在十年前，私人礦坑生產的煤礦是裝在袋子裡，挨家挨戶地兜售，或是在市集上和別人交換食物。現在貨車則把這些煤礦一車一車地載去火力發電廠，或是合法的礦坑，那些礦坑會把私人礦坑的煤礦當成自己生產的來賣。

在一個普通的、機械化的礦坑，如果輪三次班，一天就可以生產二十噸到六十噸的煤礦

（產量取決於礦脈是否豐富）。在合法市場，一噸煤礦的市價是五百到一千烏克蘭幣，而私人礦坑生產的只要一兩百烏克蘭幣。我們就算收入是五千烏克蘭幣好了，九到十個人分，每個人可以分到大約五百烏克蘭幣。一個月如果工作二十天，至少可以賺到一萬烏克蘭幣，也就是差不多一千美金。甚至，賺到三、四千美金也算是稀鬆平常。

礦工雖然不會賺到比五千、七千更多的薪水，但是他所賺的錢比在合法礦坑多太多了。真正的利潤——就像在所有的生意中——是進到「老闆」和他的老大的口袋。

不管產量多少，安德烈都必須交五千美金的保護費。這讓他可以完全自由地採礦，不會有人來打擾或干涉，不會有任何流氓、民警、守衛、收稅的、職業安全局的人跑來，不會有罷工、工會、鄰居的抗議。可以擁有完全的清淨。

民警頭子會維持和諧，而這裡最後的合法礦坑的老闆——則讓他可以把煤礦賣掉。國營礦坑會把從他這裡買來的煤礦算成是自己的，然後從基輔獲得補助金。

「這是全世界最簡單、最有效的納稅方式。」安德烈諷刺地笑著說。

這是常見的手段。在戰前，不只國營礦坑會大量從私人礦坑手上購買煤礦，火力發電廠和各種各樣的私人煤炭工廠也會。比較有名的客戶之一，就是屬於亞努科維奇兒子的「頓巴斯石油」（Donbas Oil）。在他們家族還沒有逃亡之前——那是很理想的老大。這和安德烈的老大（民警頭子、國營礦坑老闆、分裂主義者的部隊指揮官）完全不同。不過，最後那一個好像是為奧列格・察廖夫（Oleg Cariow）工作的。如果真是如此，那麼安德烈就可以高枕無憂了。在戰爭開始之前，察廖夫是代表頓巴斯的烏克蘭國會議員。他是民警和國營礦坑老闆的老大。獨立廣場事件過後，他投靠了分裂主義者的陣營。他們在五月選他為「人民」共和國議會的議長，這個共和國包括盧干斯克和頓內次克，所以他的角色和以前一樣——他是這裡最有影響力的人，也是這裡的老大。

「這就表示，」安德烈說：「雖然有戰爭，但幸運的是，老大還是同一個。還好，頓巴斯還算是有一點秩序的。」

家

一小時……礦工的妻子在等他。一直等又一直等。等他，等他的薪水，等節慶到來，至少那時候大家都會比較開心。等待時局變好，有一天也許會，如果神保佑我們……在家面對四面牆，一扇又一扇的窗戶，等了又等。

今天炮火的聲音比較近了。

還好，在農莊裡總是有事可做。給羊擠奶，摘草給兔子吃。娜塔莉打理整個家，好讓家裡什麼都不缺，好讓他們好歹可以過著某種正常生活。她刷洗、熨燙、給衣物上漿。這個家有三個房間，一個閣樓，總共七十平方公尺。家裡面有天線、電視、自動洗衣機、電動縫紉機、甚至還有微波爐（因為夏天的時候燒火爐不划算）。

女兒已經長大，從她離家到莫斯科也已經兩年了。

家裡的牲口包括一隻小豬、兩頭羊、幾隻兔子，花園裡有種蔬菜，家後頭還有一小塊地，種馬鈴薯。他們有自己的梨子樹、蘋果樹、桑葚樹。

今天的午餐很普通——馬鈴薯泥水餃。但是去年冬天在她和丈夫結婚二十週年的紀念日，他們邀請了鄰居和尤卡（Jurka）在礦場的同事來一起慶祝。納塔莉準備了一場盛宴。她煮了甜菜湯，做了油炸餃子——那是用馬鈴薯麵粉擀的皮，包入兔肉做成的小餃子。兔子生得又快又多，而且牠們只要吃草就足夠。乳酪是用羊奶做的。羊也是不用花太多錢就可以養活的牲口，牠們甚至連報紙都吃。她也做了醃野蘑菇。野蘑菇是從古賀斯基森林裡的樹幹上長出來的，那些樹都被砍下來當煤井的井架。那裡只有一種蘑菇，其他的野蘑菇在泥炭土上無法生存。除了蘑菇還有醃小黃瓜、醃番茄和醃彩椒。甜點是醋醃梨子和用自家長的水果做成的果醬。當然還有私釀的酒，那是她丈夫自己做的，第一流的焦糖伏特加，顏色看起來像是干邑白蘭地。除了香檳和麵包是店裡買的，其他所有的一切都是家裡手工製作的。

女主人很能幹，男主人在礦坑裡賺的就能夠存起來，一個月一次把存起來的錢換成美金。美金都會被裝進一個鋼製盒子裡，好好地藏在地基下面的軌道裡，而在地基裡有一個凹槽，藏在活動磚塊後方。

國家，城市，民警，煤礦……在烏克蘭沒有人可以信任。娜塔莉從沒想過，可以把美金存在銀行。自己藏的錢就是自己的。

在煤礦裡，不幸事故隨時都可能發生。就算沒有不幸事故，人們也說，這煤礦只能再採三年，三年後就沒有了。丈夫快五十歲了。從煤礦退休後，人們是不會再雇用他做這樣的好工作了。那時候錢就會派上用場了！目前靠著勤儉持家，還不必動用到儲蓄，只有在給丈夫買菸的時候會用到，但那也不多——一包便宜的香菸只要一塊半烏克蘭幣，其餘要買的還有麵粉和麵包，除此無他。

到商店去買東西其實很麻煩。最近的商店要往市中心五公里才會到。騎腳踏車騎過這些泥土路……最多只能一個禮拜兩次。這樣也就夠了。而且，現在也沒什麼出門的必要。喝茶去鄰居家喝就好。這樣已經足夠。城市裡有電影院，但是早就不放電影了。

每個星期一次，電影院會讓一個流浪的奇蹟預言家上臺和觀眾見面。他把手掌放到人們的額頭，然後告訴人們他們的未來，還給他們治病。但是娜塔莉不去那裡，因為她不信這一套。

在星期天的時候可以上東正教教堂，她的女鄰居們會去，但是娜塔莉也不是很喜歡上教堂，只有復活節的時候會去。

於是他們就這樣慢慢地過著自己的日子。丈夫輪班回來後，就打開電視。電視上有這麼多節目，有老片和新片，關於戰爭和愛情，還有唱歌節目、比賽節目等等。看電視的時候可以哭，也可以笑。

一年前，娜塔莉還會去市中心，去市政府。她和當地的女人們一起成立了一個抗議私人礦坑的公民委員會。女人們不顧一切地加入了這場運動，因為害怕自己的家會被埋到地底下——雖然在這些礦坑裡工作的也都是當地的居民。

她們於是寫信給政府，關於這些從古賀斯基森林一直綿延到斯尼日內的私人礦坑。那些礦坑通過花園、街道、房子。愈來愈多，也愈來愈近。人們可以感受到，鐵鎚在地板下敲打。整個地方的基礎都在搖晃。

女人們寫信、打電話去頓巴斯，給一個又一個的記者，直到娜塔莉的鄰居，一個住在拉考巴街的獨居寡婦瑪麗亞（Maria）的房子在晚上給人燒了。那女人目瞪口呆地站在房子外面，手中只拿著羽毛被和聖像畫——這是她在驚嚇之餘唯一拿出來的東西。第二天有人打了電話給娜塔莉，說：「娜塔莉・安德烈葉芙娜（Natalia Andriejewna），我們也要給您送上一瓶汽油彈嗎？您接下來就會安靜了，對吧？」

所以娜塔莉現在安靜了。她的房子離私人礦坑很遠。也許撐得住，不會倒。而在農莊裡總是有許多事要做。餵牛，給羊擠奶，拔草給兔子吃。不然只有等待，從一扇窗戶看到另一扇窗戶……

又聽到炮火的聲音，比之前響亮了。

一小時……

公園的雕像消失了——那是一輛約瑟夫・史達林重型坦克（IS），是這裡的解放者。我對它印象很深刻，在我童年時期它就一直在這裡，在這一平方公尺大小的花崗岩底座上。底座還在，坦克卻沒了。

「坦克呢？」我問坐在公園長椅上猛灌啤酒的男孩們。

「分裂主義者拿走了。」

「怎麼拿的？那是二次大戰的坦克，是一尊雕像耶！」

寫在留白之處

老家

「什麼怎麼拿的？就這樣拿啊。他們找了技工來，把坦克的蓋子打開，在裡面又鑽又敲，加了汽油，然後就他媽的開走了。Hasta la vista，分裂主義者！」男孩們哈哈大笑。[4]

占領

康斯坦丁諾夫卡。分裂主義者才剛離去。戰火沒有波及這個城市。房子沒有垮，也沒有瓦礫。在我外婆的房子前面有涼亭，而在涼亭中坐著一群玩西洋棋和骨牌的老人。他們頭上戴著網帽，身穿polo衫和穿到爛的灰色西裝。也許時間真的在此停滯了？不，畢竟坦克被人他媽的帶走了。

分裂主義者占領康斯坦丁諾夫卡的時間不到兩個月。他們來到這裡的時間很晚，而他們也逃得很快。在彼得・波洛申科當上總統後，烏克蘭的志願軍就開始進攻了。那些被送來此地的俄羅斯士兵沒有保衛它，而是很快就撤退。分裂主義者也和莫斯科鬼子們一起跑了。

城市已經毀滅了，但不是因為戰爭。這是頓巴斯的鬼城之一，被貧窮和失業擊潰，看不到未來。這是骷髏的城市。大道、路口、小巷上充滿了骷髏。喔，比如說巨大的列寧電影院，它的柱子和圓拱般的門楣會讓你覺得這是一座希臘神殿，以前孩子們會花五分錢來這裡玩電視遊樂器。現在它只是一個空殼子，窗戶用三夾板封死了二十年，裡面則成了讓人隨處便溺的所在。文化中心、模型中心、芭蕾舞廳和游泳池呢？它們的下場很快也會一樣，因為窗戶已經沒了。那摩天輪呢？人們說，那是蘇聯時期最大的摩天輪之一。也許還剩下一半，現在它只是個扭曲、生鏽的廢鐵。

在有著衛國戰爭退休老兵雕像的「勝利公園」裡，所有的長椅都被拆下來，所有的燈都被打破了。黃昏後很少有人有勇氣走進這裡。到處都是奇怪的傢伙，比如蹲在那裡打針的毒癮者，或是拿著酒瓶搖搖晃晃的醉漢。可怕的笑聲、尖叫、呻吟在公園四處迴盪。白天的時候人們也不來這裡散步，而是把羊群趕來吃草。

我什麼都認不出來。時間沒有停滯，也沒有倒流。

在我外婆以前住的房子和我表姊瑪莎住的房子對面，是地方報紙《省報》（*Prowincja*）的編輯部。二十五年前，嘉琳娜（Galina）和她丈夫在這裡成立了這份報紙。他們在西伯利亞認識，她是俄羅斯人，他是烏克蘭人。在戈巴契夫執政期間，他們決定離開西伯利亞，來頓

4 Hasta la vista是西班牙文，意思大概是「再見」，這句話因為在電影《魔鬼終結者2》（*Terminator 2: Judgment Day*）中出現而紅極一時。

巴斯定居。一開始兩個人都在當地的人造化肥工廠當工程師，但是當允許私人辦報和出版社的法規出現，嘉琳娜就決定：我們要來辦週報。丈夫、鄰居和朋友們都覺得她瘋了——她明明在一家好工廠有一份好工作，她幹嘛要辦什麼報紙？

嘉琳娜堅持己見，她還說服了丈夫。今天，當年的化肥工廠只剩下幾面光禿禿的牆。《省報》有紙本也有網路版。嘉琳娜六十八歲了，辦報紙有點吃力，但是她兒子繼承了她的事業。二十五年來，這份報紙公然反抗政府，進行調查，譴責貪汙和濫權。所有的一切都靠只有四個人的編輯部，還有一些熱心人士的義務幫忙。在康斯坦丁諾夫卡落入分裂主義者手中時，《省報》依然堅定地支持基輔政府。

「我們這邊的分裂主義運動是怎麼開始的？」嘉琳娜沉思著，然後說：「一開始是遊行。人們透過網路和手機互相聯絡、召集。當地的電臺有報導這件事。遊行在列寧公園的列寧雕像下舉行，就在列寧電影院的正對面。已經有好幾天，一些戴著天藍貝雷帽、虎背熊腰的人——他們都是從阿富汗戰爭退下來的老兵——日夜聚集在那裡。他們把他們的行動稱為全民動員、自衛或是公民防衛。他們說他們聚集在那裡，是為了保護列寧不被敵人侵犯。」

「誰會來侵犯？」

「他們的說法是，敵人是那些班德拉主義者還有獨立廣場上的納粹。報紙上寫道，納粹分子已經在八十座烏克蘭城市毀滅了列寧像。不只在西部，也在我們東部。有投票表決一些議題，但是不知道是誰投的，也不知道是誰舉辦投票。在頭幾天，沒有人占領任何建築，也沒有任何暴力行為。大部分的人都搞不清楚狀況，不知道在基輔到底發生了什麼事，接下來會怎麼樣，還有他們該怎麼辦。直到亞努柯維奇逃亡後一個星期，而基輔的新政府也成立後，『阿富汗老兵』才掌控了當地的電臺。電臺發出的消息透過固定在廚房牆上、搖搖欲墜的塑膠擴音器，傳送到每個人的家中。電臺中的聲音向民眾號召：『國家的政府機構被一群納粹武裝分子掌控了。他們的目的是毀滅我們國家的歷史及價值觀，毀滅俄羅斯語，並且把我們的國家交給歐洲和美國，做他們的奴隸。康斯坦丁諾夫卡不承認新的中央政府，並且要求地方政府抗拒這些強盜奪權者的命令，最基本的是，透過拒絕繳稅斷絕他們的經濟來源。』

之後，這聲音又接著說，康斯坦丁諾夫卡表示和克里米亞的居民站在同一陣線，並且要求地方政府向俄羅斯的兄弟們尋求協助，一同抵抗武裝的民族主義者，回復憲法的秩序。最後，它要求舉行一場決定頓內次克自治的公投。

「人們怎麼看待這件事？」我問。

「毫無反應。有工作的人就繼續上班，或者帶小孩上學，在地上種馬鈴薯，這樣才能有過冬的存糧。但是有一天兩三輛重型貨車開過來了，上面載滿了蒙面的武裝分子。所有人的制服都是嶄新的，槍也擦得很亮。他們很年輕，和我們這邊五十多歲的『阿富汗老兵』不一樣。做為媒體，我們拍了那些人的照片，叫記者和志工去採訪，去探那些人的口風。我們毫不懷疑，這些人是俄羅斯的士兵。他們占領了地方的行政中心，在許多地方擺了沙袋，設置崗位。」

「民警如何反應？」

「丟下制服，逃回家裡了。」

「市政府呢？」

「多多少少還在運作，至少讓城市裡的生活還能持續，讓人行道可以通過、水龍頭裡有自來水、垃圾車收垃圾。但是領導人已經換成了所謂的『革命市長』，她之前是亞努科維奇的『地區黨』裡面的議員，而她的副市長則是前市長的司機。其他的官員則都是一些可疑人物。一團混亂。我們在第一時間報導所有的一切，直到他們找上我們。在我們發行了兩期週報後，他們叫自己的金剛們帶著步槍來，沒收了所有的報紙，查封了我們的編輯部。」

「那你們怎麼做？」

「我們在自己的公寓編輯線上報紙，關於整個占領事件，整整編了兩個月。」

「這事件最後是怎麼結束的？」

「感謝上帝，在我們這裡沒有太嚴重的戰鬥。我們不像斯拉維揚斯克那樣是交通樞紐，也不像馬里烏波爾是通往克里米亞的走廊，更不像頓內次克機場具有反抗象徵的意義。在整個康斯坦丁諾夫卡大概只有四棟房子被毀。當政府軍開始行動，那些傭兵都跑走了，分裂主義者——我們的新菁英，就是那個自稱是市長的女人還有司機——也跟著他們一起逃走了。她現在好像是在盧干斯克共和國的政府做事。她的丈夫留在城裡看家，因為他們有一個很漂亮的家，花園裡還開著美麗的玫瑰。」

「他不怕嗎？」

「怕什麼？逃走之前，他們所有人都恐嚇大家，說法西斯主義者要來了，帶著懲罰的軍隊，說這裡會有一場血腥的復仇，能逃的人就趕快逃吧。除了市長和司機，還有十五個人跟著傭兵們跑了，因為他們害怕他們會因為支持分裂主義而被判十五年的刑。他們的家人都留下來了。不只如此，現在遊覽車會載著一車一車的老人和退休人士從前線那一端過來，他們都是分裂主義者送來的。」

「來幹嘛？」

「這樣他們才能在我們的城市裡登記，然後在邊界線的另一端領烏克蘭政府發的退休金。畢竟不管是頓內次克共和國，還是盧干斯克共和國，都不會付退休金給他們啊。因為要拿什麼來付？普亭會給嗎？」

「退休老人會坐遊覽車通過邊界，到你們這邊登記？」

「每天都有，成群結隊。」

「政府官員對此有何看法？」

「法律規定可以這麼做，而政府認為，被俄羅斯占領的區域依然是烏克蘭，所以他們也支付這些人的退休金。政府盡自己的義務，該付的就會付。」

我翻閱《省報》的過期報紙：「我們城市的居民在昨天宣布支持戰爭。」這以斗大字母印出的標題幾乎占了頁面的四分之一，而且旁邊還有一個女人拿著麥克風的照片。

灰塵

我坐在有裂痕的門檻上，大大的、深藍色的桑葚把我的鞋子和手掌都弄髒了。我不知道自己為什麼拉長這一瞬間，為什麼不直接走過去按門鈴，然後問瑪莎在不在。也許這是因為我已經來到終點。畢竟重點不是旅程的目的，而是旅程本身。重點不是路通往什麼方向，而是道路本身。我坐在這裡，直接從人行道上撿桑葚吃。我想著我自己，想著時間停止了，假裝時光可以倒流。

我開始走。劇院街六號。二樓。門。門鈴，一次，兩次，三次。沒有人應門。媽媽的鑰匙。我可以嗎？我應該嗎？管他的！一把長的鑰匙，一個門閂，一把短的鑰匙。合適。門開了。玄關沒有鞋子、大衣和外套。我上一次來這裡已經是二十年前的事了。

我站在客廳的門檻上。客廳，真是個浮誇的字眼。我本來以為這個房間很大，但它只是個長四公尺、寬二公尺半的小房間，後面就是臥室。臥室則是個狹長的房間，寬度大概只有兩步。那裡有一張金屬彈簧床，還有一個床頭櫃。這就是「赫魯雪夫洞」，舊帝國的制式建築。

好奇怪，什麼都沒有改變。牆上掛著一幅東方風情的土庫曼地毯，客廳中有沙發床、扶手椅、牆櫃、立在木頭腳上的老電視。勝家縫紉機——戰前的、使用腳踏和飛輪的縫紉機——外婆就用這臺機器給全家人縫衣服。在牆櫃上有書，杜斯妥也夫斯基的短篇小說，還有布爾加科夫（Michail Bułhakow／Mikhail Bulgakov）的《大師與瑪格麗特》（*Mistrz i Małgorzata*／*The Master and Margarita*）。我就用這些書學習閱讀俄文。

好奇怪，沙發床和扶手椅用白色的床單蓋著，彷彿像在主人離開了很久的房子裡面那樣。在廚房裡有一張白色的方桌，三張椅子，六〇年代的老爐子。四處一片空空蕩蕩，沒有儲藏的食物，也沒有瓶瓶罐罐。我跑去空無一人的浴室，那裡有著蘇聯的發明——一個長長的水龍頭，可以在水槽和浴缸同時使用。往右開，就可以在水槽裡洗手，往左開，就可以往浴缸內放水。

灰塵。總電源開關關掉了。這裡已沒有人居住。

家人

那座農舍看起來就像馬上要被自己的重量壓垮似的。一個男人獨自坐在露臺上，他的頭髮很長，滿嘴銀色的鬍子，很久沒有刮了。

「尤拉？」

「神把誰帶來了？」他冷冷地看著我說。尤里・羅迪諾維奇・施沃（Jurij Rodionowicz Szyło），我表姊瑪莎的丈夫，五十九歲，曾經是個異議人士、社會運動者、工程師……現在他是一個被打敗的男人。他之前在汽車玻璃工廠工作，他無法和這工廠分開，他對這工廠感到自豪。雖然他說，他在那裡工作到最後一刻，為的是讓他們把欠了四年的工資還給他，如果他辭職，就拿不到錢。但最後他依然什麼都沒拿到。

他們在那裡製造聯盟號宇宙飛船（Sojusz／Soyuz）和禮炮太空站（Salut）的窗戶。列寧的第一個水晶棺在那裡誕生，而工廠最大的驕傲——克里姆林宮的紅星——也是在這裡製造的。關於這些星星，尤拉可以說個沒完。比如說這樣的玻璃之前不管在俄羅斯，還是在整個蘇聯，都沒有人做過。又說因為這樣的星星有不同的玻璃密度，所以會發出像陽光般的光芒。他說每顆星星大概有一噸重，還說這些星星日夜都會閃耀，光芒從來不會熄滅。甚至在一九四一年，當德國人來到莫斯科城下，人們也只在黃昏前用罩子把它們遮起來。

我們可以透過這座工廠來瞭解尤拉。他在這家工廠裡度過了一輩子，將近三十年。八〇年代從學校畢業後，他立刻就進了工廠，而他也是最後離開的人。

「瑪麗亞去了俄羅斯的克拉斯諾達爾（Krasnodar），已經走了三個月了。她在那些強盜占領城市時就走了。她說她受夠了！然後就走了……」尤拉低語。「兒子們也是。我留了下來，因為我的老母親很虛弱，她快九十一歲了，躺在市立醫院。她可是哪兒都不能去啊。」

可憐的瑪麗亞，瑪莎，她在這裡過的是什麼樣的生活？

尤拉給我看瑪莎的筆記本，上面寫著三月的財務計畫，那是她離開前寫的最後一個。她算了家庭收入。第一項：尤拉媽媽的退休金。在磚廠工作了三十年後，她每個月有六百烏克蘭幣的退休金。這是最低的金額，雖然尤拉的媽媽是在烤爐旁工作的。那是地獄的工作，非常辛苦，不過薪水也最高。但是那又怎樣？當磚廠在九〇年代末期私有化後，新的工廠老闆在一年之內把工廠偷了個一乾二淨，甚至連文件都不翼而飛。它們一定是和擺放文件的櫃子一起被丟給收廢五金的了。那些幸運的、有二十年年資的人（就像尤拉的媽媽），得到了代替退休金做為打發，金額從六百到八百烏克蘭幣不等。

第二項：瑪莎自己的薪水。瑪麗亞・尼古拉葉芙娜・施瓦（Maria Nikołajewna Szyła），五十三歲，莫斯科國立大學歷史學博士，康斯坦丁諾夫卡當地博物館的策展人。她的月薪應該是一千二百烏克蘭幣，但是博物館從一年前又開始不付薪水了。

第三項：小兒子謝洛札（Sierioża）。他多半在夜晚打零工，和朋友一起收廢五金。他的收入不穩定，而且這筆錢也不乾不淨，但是這裡的所有人都這麼做。城市裡大部分的工廠都被拆掉了，而且還不只工廠——就連學校、倉庫、辦公室、甚至住宅也都被拆掉了。四處可見建築留下的骷髏般的骨架。

「我和瑪麗亞總是把這些錢，這幾百塊烏克蘭幣藏在襪子裡。」尤拉說：「我們用它來滅火，也就是說，拿來當給醫生的賄賂——如果我們之中有人生病。拿來當給公務員的賄賂——如果必須辦什麼事，即使只是最普通的戶口登記。拿來當給律師的紅包，這樣遺產的官司就會對我們有利。拿來給學校的校長，這樣孩子們就可以去上大學。沒有錢，在今天什麼事都辦不了。而食物不用買。我們在農舍旁邊有三百平方公尺的地。我們全家就靠從上面種出來的東西過活，這就是為什麼我們從來都沒有住在劇院街上的房子裡。」

克勞蒂亞外婆過世後，她的房子就一直是空的。他們把值錢的東西都賣了——尤拉賣了自己的鏡頭和攝影機，在學生時代當異議人士時，他曾經用它們來拍印在傳單和報紙上的照片。瑪莎賣了爸爸送給她的戒指（因為她學校畢業時得了金牌），還賣了手鍊（爸爸在她大學畢業時送的）和墜子（爸爸在她得到碩士學位時給的禮物）。他們用這些錢買了兩頭羊、幾隻兔子、種子和樹苗。蕪菁甘藍、馬鈴薯、胡蘿蔔。尤拉的媽媽教他們如何打理農地。羊隨便吃什麼都可以活。孩子們可以喝羊奶，而且羊奶還可以做乳酪。兔子生得很快，兔肉可以拿來做絞肉。其他的必需品就從市集上買，但是在那裡也不常需要用到錢。有兔子的人就用牠來換麵粉，有胡蘿蔔的人就用它來換芹菜。人們自己在家裡私釀伏特加，有時候味道比以前店裡賣的還要好。

所有的一切都回到了古時候以物易物的狀態。工廠開始用產品來付給員工薪水，化學工廠的員工在市場上賣硫酸，電鍍工廠的員工則賣給十二人用的餐具組。鏡子工廠的人賣鏡子，玻璃工廠的人賣汽車擋風玻璃和工廠在八〇年代的當紅產品——用隔熱玻璃做成的餐具。在尤拉媽媽家的閣樓上，還有兩箱這樣的餐具。當過工程師的尤拉不好意思到市集上叫賣。這，就是頓巴斯知識分子的生活。

瑪莎，莫斯科大學的歷史學博士。康斯坦丁諾夫卡當地博物館的策展人。有著黑髮和黑眼睛的哥薩克美女，照顧羊和馬鈴薯，手裡拿著桶子和鏟子……

旋轉木馬

尤拉媽媽的農舍後面有一座山丘。從山丘上往下望，可以鳥瞰整個城市。在九〇年代初期，這裡還住了大約十一萬人，現在只剩下不到七萬六千人。在晚上，路燈甚至不會點上。因為沒有錢，因為錢都被政府官員偷走了。四處一片黑暗。在住宅大樓之間流著像是焦油一樣黑的小河，在大樓的間隙也可以看見工廠的煙囪。所有的一切都是靠電車連結起來的。

你甚至很難想像，在蘇聯時期康斯坦丁諾夫卡有五條電車線，二十輛電車。現在整座城只剩下兩條電車線、四臺七〇年代老舊、嘎吱作響的電車還在運作。一條電車線上有兩臺電車，一條去程，一條回程，等電車就要花上半個鐘頭。你非等不可，因為沒有時刻表，而你不知道電車什麼時候會來。

有一整年，電車全部都停駛了。現在電車恢復運作真是奇蹟，因為小偷們本來已經開始拆高架電車線和軌道，拿去變賣。高架電車線中有銅，而銅很貴。

「第一場人民大會是在那裡召開的。」尤拉伸手指向遠處的公園。「我是因為好奇才去看看。在那裡的都是一些奇人異士。我記得米凱．史蒂潘尼區（Michaił Stiepanycz）的演說，他就像是從普希金的故事中跑出來的傻子凡卡（Wańka）。」

蘇聯時期，史蒂潘尼區是內政部軍隊的軍官——但是在退休後，他決定成為一個預言家。現在史蒂潘尼區決定深入研究古斯拉夫文化和神話。他讀盧恩字母（Runes），理解吠陀（Veda）。他言之鑿鑿地說，聖母瑪利亞是個頓河哥薩克人。耶穌的知識基礎來自遠古的羅斯，來自斯瓦洛格[5]的信仰者。他甚至證明了俄羅斯詞彙的神祕來源及意義。他說，從一數到十就是在訴說創世。「一」在俄文中是odin，這代表創世神奧丁。「二」是dziewa，也就是子宮。三是奧丁的呼吸，充滿了子宮……諸如此類。過去幾年間，城裡的許多人都變得奇奇怪怪，許多正常人也都發瘋了，也有很多人自殺。

「那些帶著天藍貝雷帽的、曾在阿富汗服役的前空降兵也跑出來演講。」尤拉說。

「他們想去俄羅斯嗎？」

「才怪呢。他們只是說，想要給別爾庫特部隊立雕像，因為他們是獨立廣場上的英雄。但是除此之外，他們也說了地方自治，說一定要重建工業，讓稅金留在地區，還有讓旋轉木

5 斯瓦洛格（Svarog），斯拉夫信仰中的天神、太陽神、火神，也是鐵匠的守護者。

馬劃下句點……」

「旋轉木馬？那是什麼？」

「旋轉木馬就是我們烏克蘭最普遍的選舉騙局，簡單又有效。他們從街上抓人，把這些人塞進遊覽車，然後通常是用一瓶伏特加的代價，買下這些人的選票，之後就把他們直接帶到投票所。不管基輔是誰在當政，在我們這裡總是有旋轉木馬。上一次選舉，在市中心就可以看到五臺遊覽車。這些車都很漂亮，有深色玻璃。比那場人民大會還激進的就只剩下我的兒子們。大兒子亞歷山大（Aleksander）在莫斯科居住、工作已經好幾年了，他在那裡找到了歸屬，也許會結婚。當獨立廣場勝利時，他打了電話來說：『爸爸，你放心。不到一個月，我們就會把班德拉主義者趕走。』『我們是誰？』我問。『什麼班德拉主義者？你是頭殼壞去了嗎？』然後他回答：『好啦，好啦，爸爸。我們的坦克在一星期內會開到基輔。』他就這樣變成了一個莫斯科鬼子。這讓我很生氣。八成是遺傳到他媽媽還是什麼的……他甚至不說烏克蘭話。」

尤拉的家庭是土生土長的烏克蘭人，他母親的家族一直都住在康斯坦丁諾夫卡。他們的家族好像是在十四世紀就到這裡來的。那時候，一名比利時工業家從沙皇手中得到了二十個佃農家庭，於是來到這裡，建立了這個城市。尤拉為這個傳說感到很自豪，因為在頓巴斯很少人知道，自己的祖父是從哪裡來的。這裡的居民來自帝國的各個角落——就像我和瑪莎的家庭。

像尤拉的父親就是在三〇年代的大規模工業化時期，從一個烏克蘭鄉村來到這裡蓋工廠。尤拉甚至不知道他是從哪裡來的。這裡的很多人都不知道自己的祖先來自何方。來到這裡的理由有很多：工業化、饑荒、被人告密、強制遷移、流放、勞改營、逃亡。有時候問了，會得到可怕的答案。在一九二五年康斯坦丁諾夫卡只有二萬五千居民，而在一九三八年，幾乎有五萬人。

「那小兒子呢？」

「也離開了。他從頓內次克的工業技術高等學院畢業後，去年就到秋明去了。他外公在天然氣工廠給他安插了一個位置。」

我回到劇院街六號。我想著，要對母親說些什麼。我走在破碎的電車軌道旁，走在汽車玻璃工廠孤單的外牆邊。尤拉就是在這家工廠製造太空船的艙門的。現在，整座工廠只剩下這塊前面的牆，平板單調得就像是劇院的布景。在藍色的科林斯柱式上，依然可以看到巨大的紅色標語：「共產主義是我們的目標。」

第十二章　向日葵盛產的季節

分裂主義者坐在裝甲運輸車那巨大的、已從車上脫落的輪胎上。運輸車的火炮埋在一片向日葵花田中，它的側邊破破爛爛，就像黃油豬肉的罐頭。它有著鏽的顏色——當裝甲運輸車被燒到只剩下金屬骨架的時候，它的鋼板就會染上這樣的顏色。

在運輸車後方，是即將被釋放的烏克蘭戰俘的帳篷。

太陽已經升得很高了。雖然這是前線，但是感謝休戰協定，這幾天這裡十分平靜。彷彿戰爭從未發生，沒有開槍射擊、爆炸、引擎的嘶吼、各種兵器發出的鏗鏘聲、士兵的咒罵和傷者的呻吟。

分裂主義者膝上有一把ＳＶＤ狙擊步槍，他動也不動地低頭看著腳下發呆，一邊嗑向日葵籽。只有在他把殼吐出來的時候，他才會茫然地擡起頭四處張望，彷彿剛剛才醒過來，不記得自己身在何處，也不知道為何來到這裡。

在殘破的十人軍用帳篷中，有六個戰俘。他們渾身髒兮兮、虛弱、麻木。這座帳篷是他們通往自由前的最後一站。一切苦難好像都結束了，只留下那些令人不願想起的回憶。

圍城

機械化步兵第七十二旅士官的回憶

在圍城中，每個人都很害怕。這是士兵所能遇到的最糟糕的事。他們宣布，已經沒有退路了，但我是後來才意識到這件事——當我們開始缺乏彈藥，只能喝用蕁麻做成的湯，而且水還是從水窪裡面舀出來的。

當我們把剩下的戰車和重裝備武器都燒毀，我們知道，我們接下來就會突圍。我的下巴抖得好厲害，我必須把頭盔的帶子綁緊，緊到我都疼痛了，才能制止這顫抖。

我們分成小組行動。在突圍中很容易迷路。我記得我突然被刀子刺中。我感覺不到疼痛，只感覺到刺的動作本身。我跌進一片濃密的草叢，我不知道我在那裡躺了多久，我摸了我的褲管——它很溫暖，又溼又黏。我看不到我的同伴們。

我失去了判斷力。我不是藍波，我是因為動員令才進到軍隊中的。我在七年前簽下儲備軍人的合約。每年我們都會到演習場打靶。我們也必須隨時準備好，在國家受到威脅時快速動員。在國家受到威脅時！那時候聽起來就像是個笑話。

兩三分鐘後，我聽到了那些人的腳步聲。他們成群結隊地走著，一邊咒罵，一邊發出命令。我縮起身體。我還抱著一線希望，以為可以躲過。但是他們已經來到我面前了。

他們搶走了我高舉在頭頂的步槍。或許他們以為我在埋伏等待他們，因為他們都很生氣。兩個人抓住我的手，這樣我就無法保護自己，另外兩個人則開始踢。他們對準了我的褲檔和臉部，因為他們知道如果踢我的身體，隔著防彈衣是不會痛的。

他們留下一個人看守我，然後就繼續往前走。那個男孩幫我包紮受傷的腳和被打爛的臉，說：「你應該感到高興。你不知道你遇上我們有多幸運，我們營裡的其他兩個連已經不收戰俘了。他們被你們的人用『冰雹』火箭炮攻擊——為了將死去的人下葬，其他的弟兄必須把屍體一塊塊撿起。」

我們在伊茲法黎諾（Izwarino）的據守點看起來很堅固。我們的設備非常齊全，我們有大炮、BTR裝甲運兵車、BMP步兵戰車和T-64主力戰車。我們對分裂主義者的情況瞭若指掌。他們的人愈來愈多，也有愈來愈多重型設備，一天比一天多。我們可以對他們開火，但是上頭的命令是不要開槍、等待、回報敵情。我們的士兵們都很氣憤。最後他們向我們開火了。在一星期內，他們幾乎殺光了我們兩個連的人。他們還燒毀了我們六臺榴彈炮、四輛坦克和八輛裝甲運輸車。

我記得：我們的連在晚上得到消息，裝甲部隊正通過俄國邊境，其中包括四臺坦克、十臺裝甲運輸車還有六臺「冰雹」火箭炮發射器。我們知道他們確切的位置，其實可以向他們開火，進行密集攻擊。但是我們對自己說：只有在指揮官的命令下，我們才能開火。他沒有下命令，因為他人不在現場。他每天晚上會和參謀部的軍官們到後方去，分裂主義者都會在晚上攻擊我們的據點。他們在那裡有一間不錯的旅館。他們都會在早上、情況比較平靜的時候回來，彷彿回到辦公室。指揮部的軍官們沒有一個陷入圍困。

+ + +

如此安靜……你很難壓抑那些惱人的問題。有誰想到，事情會來到這個地步？真正的戰爭——這一切是怎麼發生的？這股憎恨是怎麼甦醒的，又是何時甦醒的？

向日葵花田傳來了被人遺忘的聲音——白天的時候，有藍色翅膀的大蜻蜓會在此飛舞，發出嗡嗡嗡的聲響。這些蜻蜓的眼睛都有一分錢錢幣那麼大。而在晚上，蝗蟲的沙沙聲則像是許多節拍器同時在擺動。

分裂主義者注意到，他的思緒正在飄遠。只要戰鬥還在持續，就沒有時間想任何事。你要不就殺人，不然就被人殺。而在這一片寂靜中，那些惱人的問題則一直不斷回來。

他想起那個春天的日子，一切都從那時候開始。他們在四月六日攻下頓內次克的行政大樓，緊張地等待基輔警察的攻擊。

群眾聚集在大樓前的廣場，現場飄揚著俄羅斯的國旗。第一個匆促建成的、為了保護大樓而設立的金屬路障。沙袋。那時候他們還沒有這麼多人。幾乎沒有任何武器。也沒有俄羅斯人。但是大家是多麼狂熱啊！多麼有希望！對軍政府多麼憤怒！女人們甚至從家裡帶來了熱騰騰的餃子，分給在路障前鎮守的人。

偵訊

機械化步兵第七十九旅射擊手的回憶

他們好幾個晚上用「龍捲風」火箭炮向我們發動攻擊。那些炮彈都有一百公斤重，所以我們躲到了地下室一個臨時搭成的防空洞。

那天晚上炮彈離我們比較遠了，我於是跑出去看情況。我不知道他們會這麼快就占領了我們駐守的地方。我只感覺到有什麼東西一閃。然後接下來，我就在一個地下室醒來，被手銬銬在水管上。我右邊的上排牙齒全被打落了——從門牙到臼齒。原來，當我出來的時候，我的臉被槍托打中了。

我身上只剩下長褲和襯衫。在戰爭中除了武器和防彈背心外，最佳的戰利品就是手錶和鞋子。我說的不是像衛國戰爭裡用的那種軍靴，而是最適合跑步的名牌運動鞋。我在店裡為這雙鞋花了將近二百美金，不像其他人隨便找雙鞋來湊數……

他們偵訊了我好幾次。一開始他們偵訊的時間很長，而且用好多種方式盤問，想知道我是志願軍、被動員的，還是傭兵。當他們確認我不是志願軍，就開始問軍隊的事情：哪一個部隊、指揮官的名字、任務、有多少人、軍事訓練、裝備、地點。

我來到了戰俘營。那是一塊光禿禿的地，或者說是一塊農田或草原，長寬各二百公尺，有一個很高的、木頭製的守衛塔。我想，德國人拿來關紅軍的集中營大概也是長這樣吧。

守衛和許多隨機出現的分裂主義者會用一堆問題來折磨我們，想知道我們為什麼願意拿起槍戰鬥。你告訴他們：你收到徵召令。他們就問：你的軍餉有多少？不管你說什麼，都不是正確答案——如果他們覺得太多，就認定你是傭兵。如果覺得太少，就會狠狠嘲笑你：「法西斯主義者叫你去殺死自己的斯拉夫兄弟、放火燒你自己的母國，就才給你這麼一點錢而已？兄弟，你到底殺死了幾個自己的同胞？承認吧。」就這樣不斷循環。

我有一種感覺，他們不斷找我去偵訊，其實是出於無聊和好奇。彷彿想要確認，我們是否真的這麼想，還有傳聞中的法西斯主義者到底長什麼樣。

✣ ✣ ✣

真有趣，現在那個「墨西哥人」在哪裡？「混帳。」分裂主義者吐出向日葵籽，咆哮了一聲。

當炸彈開始在城市中落下，那些拿餃子來的女人們問：「孩子們，你們還可以撐多久？我們是為了什麼捲入此事啊！現在他們為了復仇，會把我們的頭通通砍下來！」俄羅斯電視臺不斷播放這樣的畫面：基輔的政府給頓巴斯的母親們寄了一個又一個的木箱，裡面裝的都是她們加入分裂主義者、被俘虜的兒子們的頭顱。好可怕……

「墨西哥人」是第一批腳底抹油開溜的人之一。但他原本給人的印象可是一個英雄、領導者、社會運動者啊。在頓內次克，到處都可以看到有著「墨西哥人」的簽名、號召大家舉起武器的傳單。但這傢伙是從外地來的。沒有人知道他是什麼人。直到……有一天他出現了，眼中燃燒著熊熊火焰，口若懸河。他在最初的一場人民大會上演說，一開始他的聲音很平靜，甚至很小聲，但是慢慢地他的音量提高了，還加入了許多手勢動作，並且也邀請聽眾一起互動。當他說到「自由」、「平等」、「正義」、「背叛」、「鮮血」、「我們的土地」這些字的時候，他已經完全是用吼的。然後他停頓了一下子，之後又開始用戲劇化的低語，訴說新的理念。

直到今天，在頓內次克的行政大樓上，都還可以看到在這些最初的日子留下的標語：「如果你打家劫舍，我會折斷你的手。」署名：「墨西哥人。」

已經一個星期看不到他的人影了。他早就溜了。真有趣，他開溜的時機，正好是俄羅斯人進入此地、帶來許多裝滿步槍和彈藥箱子的時候。有人說，他回到了他來的地方——也就是俄羅斯。另一些人說，他是軍政府派來的挑撥者，現在他正在利沃夫喝維也納咖啡。

不管怎樣，他現在沒有坐在這裡，穿著迷彩裝，膝上放著一把SVD狙擊步槍。他不會因為恐怖主義而在基輔被判十五年的徒刑。真有趣……或許他是第一個知道，這件事的下場會是如何的人？

喔，混帳！

葬禮

志願軍營「頓巴斯」二等兵的回憶

他們說，我們的部隊是這場戰爭中最可惡的渾球。做為懲罰，我們不會得到免費的食物。一個人嘲諷地說：「沒錯，就像列寧說的——而你們把他的雕像摧毀了——不工作的人，就沒有飯吃。」我們負責去被政府軍炸毀的房子清理瓦礫。那些失去居所的女人，罵我們是「法西斯罪犯」。

有一次他們給我們看一部目擊證人拍下的影片。我們的飛機本來要到盧干斯克轟炸被分裂主義者占領的行政大樓，但是事情的走向就像平常一樣——完全和原來的計畫不同。大樓幾乎沒有受到任何損傷，而炸彈的碎片全都掉到了大樓前的廣場。廣場上有很多人，都是平民。

我無法忘記那個腿斷掉的女人。她穿著一條紅色的褲子，大腿以下的部分都破碎了，而她斷掉的膝蓋和腳則反了過來，彷彿有人把她身體的兩個部分裝反了。她把頭靠在某個人的屍塊上，呼喚丈夫，請他把她的手提包拿過來，因為裡面有小錢包和一些文件。她丈夫哀號著，說要把那些狗娘養的全宰了——他指的是我們。那女人沒有發出一聲哭泣，只是平靜地請丈夫把手提包給她，說了好幾次，說完後，她就死了。

他們命令我們去埋葬被殺的人。從制服上判斷，那是俄羅斯的傭兵和幾個我們的人，我聽說他們是被槍殺的。那不是一場普通的葬禮。分裂主義者想出這個主意，要把這些人淹在黏土坑裡。我們在每具屍體腳上綁了繩子，繩子上繫著一塊水泥或是裝滿了石頭的彈藥盒。

我們應該要迅速地處理這件事，不留下任何痕跡。迅速，因為我們很快就要更換據守地了，另一方面夏天很熱，屍體的樣貌也會改變。他們會從蒼白變成蠟黃，然後變成黃綠色，最後變黑。隨著顏色的變化，他們會變得腫脹，而且有味道。

是魚咬斷了繩子？還是繩子在水中爛掉了？我們不知道。不管怎樣，屍體浮上來了。當他們浮上來的時候，已經面目全非。他們就像氣球一樣圓鼓鼓的，臉孔像是拿來復健的橡皮球，而衣服則因為身體腫脹而緊緊綁在身上。我有說過，今年的夏天很熱嗎？

我們用木棍把他們打撈到岸上。我們找到了一個被人遺棄的非法私人礦坑，把屍體和爆裂物一起丟進礦坑。當炸彈爆炸，所有的一切都被埋得一乾二淨。

+ + +

分裂主義者把吃光的半個向日葵丟掉，它掉進追擊炮打出來的洞穴裡。

最困難的是不去想家。半條街都埋在瓦礫中了。半條街，還有他那間連房貸都沒繳完的兩房公寓。

他的房子並不是一個沒有價值的洞穴，它不是處在一個在礦業區的死城中。喔不！他的公寓在頓內次克，在一棟十層樓的大樓，有電梯、陽臺，該有的一應俱全。

也許他應該感到高興，至少妻子和孩子沒有受傷？那是當然！在戰爭開始時，他們就到鄉下母親家去避難了。但是當你的家沒了，你實在很難為了和平感到高興。

基輔銀行的貸款可以不繳沒關係，是他們把房子炸毀的，就讓他們去付錢。但是誰要來重建這座廢墟？基輔？俄羅斯？如果沒有人出手幫忙，沒有人重建呢？一群人說：你們想要獨立，現在你們就獨立了！另一群人說：既然頓巴斯留在烏克蘭境內，為什麼我們要付錢？

妻子說：「回來吧，我們一起總會有辦法的。」所有人一起……三年的婚姻，沉重的工作，然後又回到岳母身邊。

一個俄羅斯軍官說：「跟我們走吧。你在戰爭中表現英勇，我會幫你弄好文件，所有的事都幫你處理好，包括你太太和孩子。」

俄羅斯——軍官說——就像是美國一樣強大的國家，它是一個獨立的世界，你在那裡總是可以找到第二次機會。你想去歐洲，就去加里寧格勒（Kaliningrad）。你渴望賺錢，就去莫斯科。如果覺得莫斯科太殘忍，你可以去聖彼得堡。不喜歡聖彼得堡，你還有西伯利亞可以去。你可以當礦工，可以獵麋鹿，可以去科雷馬淘金。你想離家近一點，可以去頓河流域。兄弟啊，在俄羅斯每個人都會找到屬於自己的位置。

那為什麼要捲入這一切？就為了捲起鋪蓋去流浪？獵麋鹿？啊，混帳！給我閉上你那張愚蠢的鳥嘴！

禁閉室

民警營「仲裁人」士官的回憶

在地下室度過了幾個孤獨的日子後，我學習從「腳」建立我的世界觀。窗戶很小，而且有柵欄。它很黑，因為以前人們透過這個窗戶把煤炭從街上倒進地下室。

孩子們的平底鞋不見了，他們都被撤離了。在女人的拖鞋上可以看到購物袋——她們袋子裡的東西變多了。米，麵粉——這是人道援助的物資。包心菜，玉米——這表示前線的情況比較平靜了，人們現在可以從田裡採收一些作物。

禁閉室——即使只是臨時搭建的——有辦法擊潰最堅強的人。你內心彷彿有怒火，甚至憎恨，你變得狂熱，但是當你聆聽他們，你會發現，他們是和我們一樣的人。

然後你成了一條狗。這不是在一夕之間發生的，而是在十天之後。或者，在你已經無法算清楚那些日子的時候。你不知道今天是星期一還是星期三，不知道一個月已經過了幾天。你在這裡多久了？還要待多久？你開始在腐爛的泥土中尋找一塊堅硬的石頭，希望可以用它來畫一幅像是月曆的東西。你在牆上畫線，用它們來計算早上、晚上、吃了幾頓飯、醒來幾次、接受過幾次偵訊。

最後，連你自己都不知道你算得是否正確，你在牆上刻下：「切爾卡瑟（Czerkasy／Cherkasy）的李奧納（Lonia），二〇一四年八月，曾經在此。」為何要這麼做？我不知道。但我不是第一個想到這件事的人。我在那長滿了黴菌的牆上看到許多這樣的字句。這地方從四月就開始關人了。

你多麼渴望，那個拿食物來給你的人會和你說上幾句話，對你笑一下，就像狗渴望主人會摸摸牠的頭。守衛已經不是敵人，而是一個你會為了一句好話而把靈魂賣給他的人。有一瞬間，當你意識到你在想什麼，你會對自己感到嫌惡。你變成了什麼人？叛國者！但是下一瞬間，你體內有另一個聲音問你：是誰背叛了誰？是誰打敗了誰？而誰又是誰？樓上傳來他們的音樂，他們說話的聲音。他們說著和你同樣的語言，正在放你最喜歡的歌，你們會因為同樣的笑話而發笑。在學校，你們上過同樣的課，也去電影院看過同樣的電影。

你為了參加這場戰爭，為了知道什麼是善，什麼是惡而劃出的界線，現在慢慢變得模糊。你不再明白你在做什麼。你想不起，在戰爭前你是個什麼樣的人，而在戰爭中你變成了什麼樣的人，你不敢去看。

＋＋＋

分裂主義者凝視著逐漸遠去的、載著戰俘的小巴士，看了很長一段時間。從司機的位置傳來了音樂。

那是「飛行員」（Pilot）樂團的歌。

已經不重要了！夕陽低垂，
而我獨自在穹蒼之下，
只有太陽依然在不該閃耀的地方閃耀。
睡吧，兄弟，我們所有人為何如此，我不知道。
睡吧，兄弟，為何我們變得如此陌生，我不知道。
我在界牆旁邊，
戴著曲棍球的面具，
我忘了自己的名字以及回家公車的號碼。
我像是地球儀一樣空洞。接下來我將獨自前行。

那是電影《兄弟2》（*Brat 2*）其中的一首歌。真有趣，分裂主義者想，一邊用視線追隨著小巴士。在被坦克輾過的泥土路上，小巴士搖搖晃晃地走著。

再過幾個小時他們就會到家了。家……分裂主義者轉向東邊，再看了一會兒位於向日葵花田邊緣、那已經空了的戰俘營。今年的向日葵長得真茂盛。之前他不知怎地沒有注意到。沒有時間。今年，頓巴斯沒人採收向日葵。

第十三章　沒有陽光的房間

這裡的天亮得很慢。在二樓房間的窗外，從來都看不到陽光。從來。這是朝北的房間。而在門後，彷彿什麼都沒有。沒有任何事等待人去完成。沒有家，沒有工作，沒有計畫，昨日已不在了，明日尚未到來。生命、空間和時間都縮成了一個在簡陋木板床上的位置、一個蓋著毯子的洞穴，寬一公尺，長二公尺半。

毛毯。它可以隔絕寒冷，隔絕木板床旁邊的另一個人，隔絕孩子的尖叫聲，隔絕咳嗽、鼻涕和發燒，隔絕每晚因為恐懼而尿溼的床墊，隔絕眼淚和無助。毛毯掀起，人看著鄰居的雙眼。他看，然後在對方的眼中看見自己。絕望溢滿心靈，如此傷心……

人想要以最快的速度蓋上毛毯，把自己蜷成一團。不管在任何地方，都永遠不再起來，不去看，不去知道。但是母親必須起來。孩子在哭，想要喝奶，想要溫暖。他不知道，在朝北房間的窗外沒有太陽，不知道為什麼毛毯掛在這裡，不知道時間和空間都縮水了，不知道

「難民」這個字是什麼意思。

早上七點

克莉絲汀娜・科科索娃（Krystyna Koksowa）今晚幾乎沒睡。先是她半歲的兒子尼古拉（Nikołaj）哭了，然後當他在午夜睡著，三個月大的揚（Jan）醒來了。揚是她隔壁床的鄰居，卡蒂亞・特莉絲紐克（Katia Trizniuk）的兒子。當卡蒂亞終於把揚餵飽、搖晃到睡著（而她必須在床鋪之間的狹窄通道走來走去，一直走到凌晨兩點），五個月大的納絲蒂亞（Nastia，她是維多利亞・札柯娃〔Wiktoria Żarkowa〕的女兒）就開始發出溼潤、沉重的咳嗽聲了。納絲蒂亞患有氣喘，她是在逃離戰爭之前，在斯尼日內就染上氣喘的。在那裡，她和母親躲在一個分裂主義者在地下室搭建的防空洞，那個地下室有黴菌，還有長蟲。

納絲蒂亞吃了很苦的藥，一直到清晨五點才睡著。當維多利亞想給她戴氣喘的吸入器時，她就尖叫，因為吸入器會擠壓到她臉頰上的瘤。納絲蒂亞雖然睡著了，但是她的呼吸依然沉重，整個房間都可以聽到她的肺發出咕嚕咕嚕的聲音。而在她的呼吸聲上方，則是母親的啜泣，直到清晨才止息。維多利亞總是在夜晚啜泣。從醫生告訴維多利亞，納絲蒂亞臉上的瘤必須切除，已經過了三個禮拜。他們說，這瘤必須在三個月內切除，之後就無法動手術，而且這瘤八成是惡性的。

對所有人來說，二樓房間的夜晚總是十分沉重。那裡有六個女人，七個孩子。情況會更糟——因為房裡有八個床位，也就是說還會有新的房客到來。新的房客一定會來的。每天都會有新的人來。

前天他們帶來了一個獨居的老女人，她已經九十二歲了，站都站不穩，只能靠助行器勉強站著，她活過了兩場戰爭，現在正在經歷第三場。她的房間在隔壁，和一個有腦瘤的老女人同居。她們總是在睡覺，幾乎不下床。

昨天來了兩個單親媽媽，一個帶了兩個小孩，另一個帶了三個。她們住在樓下的房間。

在克拉馬托爾斯克，在這家位於運輸街二十號（ul. Transportowa 20）上的聖靈教堂（świątynia Świętego Ducha）中，已經住了五十個難民——都是女人和小孩。在整個城市中有一萬五千名難民，而在整個地區——也就是克拉馬托爾斯克，加上鄰近的斯拉維揚斯克及斯維亞托戈爾斯克（Swiatogorsk／Swiatogorsk）——則有將近四萬名。

難民們進駐了旅館、礦工們的大型宿舍、療養院、少先隊的小木屋，還有一家妓院。

聖靈教堂曾是社區的幼稚園，它的空間很大，有兩層樓，而且是用白磚蓋成的。一樓有兩個很大的房間，二樓有兩個比較小的房間（大小就像那個窗戶面北的房間），而在小房間之間，還有三個更小的房間，房間裡可以擺兩到三張床。在地下室有廚房和飯廳，還有自己的鍋爐室。只是，這裡沒有食物，也沒有可以拿來當燃料的東西。

「三千塊！三千塊……」維多利亞搖晃著孩子入睡，口裡還一直喃喃低語，對自己說著這三千塊的事。「哼，他們也可以說，納絲蒂亞的手術要三百萬，這根本沒什麼差別。」

烏克蘭的醫療是免費的。意思是說，醫院的床位和醫生不用錢，但是病患必須自行負擔其餘的部分，包括藥品、包紮用品、食物、清潔用品——所有一切國家無法支付的項目。國家沒錢支付任何東西的費用。特別是現在——當戰爭正在進行。

而維多利亞甚至沒錢坐車到醫院去。雖然，國家還欠維多利亞五個月的產假薪資。在運輸街二十號的收容所／教堂中，每個人都是國家的債主。母親們在等國家付產假薪資給她們，身障人士在等救濟金，扶著助行器的老太太在等退休金。但是國家沒有經費。什麼時候會有？沒有人知道。

當然，維多利亞昨天在電臺廣播中聽到，人們在發起新的愛國募捐。現在全國都充滿了這種募捐，每天都有新的名目。演員提供免費的表演，縫衣女工辛勤地為狙擊手縫製軍事偽裝用的衣服，幼稚園的孩子們則用黃色和藍色的色紙（烏克蘭國旗的顏色）做紙花、風車和小動物。這些小飾品會被寄到加拿大給那裡的烏克蘭移民，然後烏克蘭移民會寄美金過來。有了這些募款，就能夠買更多的步槍和火箭，整修大炮、裝甲輸送車、坦克和飛機。募款的人宣布：所有的一切都會用來支持前線的士兵，他們會既感激又快樂。所有的一切都用來支持前線！但是沒有人會想要為了母親、小孩和用助步器站立的老女人舉辦愛國募款。

我面前有一個嬌小的、面孔秀氣的女孩。她是從多列士逃出來的，她昨天在那個有面北窗戶的房間獲得了一個下鋪的位置。

現在是早餐時間，女人們正在用電湯匙熱杯子裡的茶。

女孩用手握著裝了茶的金屬杯子，藉此取暖。「我叫阿琳娜（Alina）。」她看起來很驚恐，匆匆地環視了旁邊女人的臉，然後又回頭凝視自己的杯子。「我們逃離我們在多列士的育幼院，並不是因為有人開槍，或是饑餓……只是因為，有一架飛機掉到我們那裡。我是說，後來大人們告訴我們那是飛機，因為我們沒有看到飛機，我們只在遊樂場上看到死人。」

「我們三天都被關在房間裡。大人們說，如果我們因為好奇而跑到院子裡看，我們會後悔一輩子。他們警告我們，如果我們看了，那些夢魘和惡魔就會跑進我們的靈魂，那些躺在院子裡的人就會一直跟隨著我們。為了以防萬一，大人們把部分的窗戶——即使有窗簾——都用報紙黏上了。」

「大人們用報紙把窗戶貼起來的隔天晚上，我們已經上床睡覺了。但是，我突然想要上廁所。走去廁所的路上我看到我們的保育老師阿卡第・尤里葉維奇（Arkadij Jurijewicz）在放掃把的儲藏間裡哭。他渾身顫抖，不斷啜泣。他平常是那麼開朗的人啊！」

「他都會到院子裡去，幫忙撿拾那些人的屍塊，必須一直看著他們。我逃跑了，這樣他才不會注意到我。想去院子裡看看的念頭，再也沒有出現在我腦中。」

「他們掉到我們育幼院的那一天，也是我最後看到我的城市、我的街道的日子。之後又過了三天，我們才逃離了城市。但是在這三天，我們不能出去外面，也不能透過窗戶往外看。」

「老師們說，會有卡車來把那些人載走。當他們把那些人載走，就會來把我們從這裡載走。確實，在第三天來了兩輛遊覽車，把我們載走。」

「我在城市的最後一天很美麗，而且天氣晴朗。我們已經很久沒有聽到大炮射擊的聲音，也沒有聽到火箭發出的嗚嗚聲了。」

「我們育幼院裡所有的孩子都在院子裡玩。大孩子們在打籃球，小孩子們在遊樂場上盪鞦韆，在沙地裡堆沙堡。」

「突然從天空中傳來一聲悶響。之後，又有幾聲像是爆炸的聲音，離我們比較近了。我們以為那是普通的大炮。有些孩子躲到了育幼院的牆壁旁邊，另一些直接跑進室內。我想，那些人是最幸運的，因為他們看到的最少。我和一些年紀更大的孩子們很快就察覺到，那不是大炮，我們於是擡頭望向天空，想看看發生了什麼事。我們一開始看到一些小黑點，接著這些小黑點突然向我們落下。咚，咚，咚！」

「我們彷彿啞巴般站了一會兒。眼睛已經看到了，但是頭腦思考的速度跟不上。理智一定在說：不，不，這不可能！再看一遍，這不可能發生！沒有道理！」

「但是當我像個雕像般站著的時候，也許一秒，兩秒，三秒，試圖向自己解釋我看到了什麼，小小孩們已經開始尖叫，就像被人狠狠踢中的狗，就像動物。他們不像大孩子一樣試圖合理化自己看到的景象，他們知道：從天空上掉下來、掉到我們身邊的東西，是人。死掉的，赤身裸體的人。他們的衣服過了一會兒才掉下來。他們掉落了好一陣子。有些人掉得比較快，另一些人被風吹得在空中滑行，滑過我們的城市。」

「他們就像袋子，或者說更像球，那種很大的皮球，像是我們在體育課上會用到的復健球。砰，砰，砰，砰。」

「他們身上沒有血。他們沒有流血。」

「我一直想起，他們是怎麼掉到我們的遊樂場上，但是我明明沒有透過黏起來的窗戶往外看呀，一眼都沒有。我根本不想要想起那些，但是這些畫面一直跑過來。我不知道我為什麼開始說這些，畢竟您沒有問我，人是怎麼從天空中掉下來的，對不對？您畢竟不知道，死人從天空掉到我們的遊樂場上，您怎麼會知道這件事呢？是我自己開始說的。我不知道為什麼，我根本不想說。沒必要……我不會再說了……」

上午九點

瑪麗亞、安娜絲塔西亞和其他兩個沒有孩子要餵奶（或至少沒有生病）的女人，出門到城裡去賺幾塊錢，或者找點食物回來。

城裡沒有給她們的工作。外地人只能靠兩種方法賺錢。第一種：在私人公司做垃圾分類，主要的工作內容是把毒癮者用過的針頭從垃圾中挑出來。針頭總是很多。在克拉馬托爾斯克，早在戰爭到來之前，貧窮就和用來填補快樂的針頭形影不離。這些針頭在屋頂有破洞的閣樓、在住滿了老鼠的地下室、在斑駁長黴的樓梯間。但是做這樣的工作，薪資並非和產量成正比，而是用時薪計算。一小時兩塊烏克蘭幣（大概是五十分波蘭幣）。

第二種賺錢方法是在市集上賣東西。在這裡，規則則完全相反——不是算時薪，而是從賣出的商品中抽成。或許，會有職缺就表示，這種產品完全賣不出去。因為女人們很多時候在寒風中站了一整天，卻一毛錢也沒賺到，只能空著肚子回家。

瑪麗亞清了一天的垃圾後，可以有錢買一條麵包、牛奶和最便宜的肝腸——這是真正的極品，因為在運輸街二十號的難民收容所中，肉真的很難吃到。

來自戈爾洛夫卡（Gorłówka／Horlivka）的安娜絲塔西亞・卡爾波夫納（Anastasja Karpowna）每天都會透過電話告訴一個男人，關於這清理垃圾的兩塊錢。那男人每天會準時在九點半過後的幾分鐘打電話給她，每天都打，除了星期六和星期天。

安娜絲塔西亞描述著他，彷彿他就在她眼前：「他到基輔的辦公室上班，把西裝外套丟在椅子上，去很貴的自動咖啡機前拿一杯有奶泡的咖啡，回到辦公桌打開電腦看檔案，然後媽的，出於惡意打電話給我道早安，雖然我的姓氏是從K才開始。」

那男人在負責催繳欠款的部門工作。他要求安娜絲塔西亞支付遲交的貸款。

「而我不只沒了工作，我什麼都沒了，除了這個鋁製的電湯匙。那些人一旦知道我逃跑了，就打劫了我的家。他們把我們的看門狗——狼犬路卡——射死後，就進入了我們的家。他們把所有的一切都搬走了，甚至我女兒用舊的、有裂痕的塑膠夜壺。他們也把牆上的暖氣拆下來，搬到了貨車上。他們是誰？誰知道啊，這是前線。有人說，那是頓內次克人民共和國的分裂主義者，但是我又沒查他們的證件，怎麼知道他們真實的身分？我母親說，他們穿著迷彩裝。母親就住在圍欄的另一邊，她透過氣窗看到了一切。」

「我和孩子們逃走了，而母親說，她不會離開家裡一步，即使我們把她綁起來。」

「頓內次克人民共和國的民警在街上巡邏，朝無家可歸的野狗開槍。我們的城市中總是有許多野狗。他們說，這樣城裡對孩子來說總算比較安全了，他們說，狗會咬人。他們也順便射死了許多人家的看門犬。當家門口有一隻五十公斤的狗坐鎮，對小偷咆哮，這個家就還是安全的。」

「打劫這樣的民家收穫很少。所以他們先去搶銀樓、汽車展示中心、提款機、家電行。在我們那一區，某一天兩個分裂主義者的部隊互相扔手榴彈，因為他們為了誰該擁有具有KIA汽車展示中心的地區，而爭執不休。地區是誰的，車子就是誰的。」

「最後他們也開始搶普通的公寓。他們把火柴或是小紙片塞到門縫，然後在兩三天後回來。如果火柴或紙片還在，那就表示屋主逃走了，可以進去。」

「他們在一個月前，在初雪降下的時候開始搶劫平房。如果看到腳印和被踩出來的路徑，他們就會跳過這樣的房子。如果只看到狗和鄰居的腳印，他們就拿東西給狗吃，然後進來打家劫舍。」

「我的鄰居搞清楚狀況後，就拜託留下來的人幫忙，用一瓶伏特加的代價雇用了一個醉漢，要他整天在屋子旁邊繞來繞去，盡可能留下大量的腳印。」

「兩個星期前，在打劫事件再次發生過後，那些強盜讓我的房子著了火。也許他們是故意的？我不知道。我只知道，房子已經沒了，燒光了。」

「房子是我們從丈夫的父母那裡繼承來的。我們在那裡住不到一年，只有八個月又十四天。我們貸款整修房屋。歐風整修——像我們那裡的人說的。所有的一切都像在西方一樣——地板上鋪了新木板，房子裡裝了新家具、新家電、冷氣，還有用隔雨板加蓋的露臺，上面有可以移動打開的塑膠窗戶。除此之外，花園還有個小池塘，以及給孩子的滑梯。」

「每天銀行都會打電話給我，向我追討下一筆分期付款。我對他們說：我丈夫是礦工，他的礦坑停工了。他正在休無薪假。我和兩個孩子在難民營，和陌生人同居。我母親四個月沒領到退休金了。她說，她想要快點死掉。我的家——被燒成灰燼了！我的狗被殺了。我們還談什麼貸款？」

「在電話中，我聽到那個男人用平靜的聲音對我說：『我們在談您的貸款，在談您欠我們的錢。請把情緒放在一邊吧，讓我們就事論事。所以，您什麼時候可以付清欠款？』」

上午十點

克莉絲汀娜今天和兩個女志工到超市值勤。她們站在收銀機旁邊，央求人們給她們買點食物。「她們」指的是住在運輸街二十號難民收容所中的所有人。這食物是要放到共同的大鍋子裡去煮的。

克莉絲汀娜告訴人們自己的故事。她知道怎麼引起注意。

「在我們的城市戈爾洛夫卡，已經什麼都沒了。」她說：「五月底，基輔的政府凍結了所有機構、礦坑、工廠、醫院、行政中心的銀行帳戶。」

「我們拿不到薪水、退休金、救濟金，什麼都拿不到。每個人的錢都老早就花完了。分裂主義者也是。夏天他們還在說，他們是在為人民共和國徵召物資，但是每個人都知道，他們根本是用偷的、用搶的。他們首先把名貴的私家車占為己有，然後再拿了那些在汽車展示中心的新車。然後他們開始搶銀樓、銀行、提款機、家電行和大型超市。最後——則輪到社區裡面的小商店。我原本在這樣的小商店工作。他們走進來，然後就拿走了一整箱伏特加。」

「我問：『誰要付錢？』他們哈哈大笑，說：『波洛申科！』然後揚長而去。」

「現在，在戈爾洛夫卡已經沒有任何商店了。老奶奶們販賣她們做來準備過冬的醃漬物

──野蘑菇、小黃瓜、彩椒。賺取的錢，則用來買蕎麥、米和麵粉。」

「我昨天打電話給留在家裡的爸爸。他說，現在人們把工廠和礦坑都拆掉了。各色各樣的流氓在附近晃來晃去，用低廉無比的價錢購買拆掉的東西。然後，這些堆高機、工具機就都到了東部，到俄羅斯去。」

「城市都空了，那些還留下來的人，都是一些老人和頓內次克人民共和國士兵的家人。只有這些士兵和他們的家人才會得到生活物資，八成是俄羅斯給他們的。」

「八月底，頓內次克的分裂主義者電視臺預告，會有提供給單親媽媽的救濟金。我很高興地想：『這不就是我嗎！』我於是過去了，在行政中心的樓梯上，一個拿著步槍的男人問：『妳來幹什麼？』」

「我說，我來領救濟金。他說：『救濟金是發給我們的戰士的家人！他們為了保衛自由的頓巴斯出生入死！我不認識妳！快給我滾！』我於是走了，我還能做什麼呢？最好不要惹他們生氣，他們愈來愈憤怒了。」

「一個星期前，當氣溫降到零下，我坐車回家給孩子拿保暖的衣物。我已經快到家門口，這時候一輛載著士兵的車開了過來。車上坐著我的鄰居，我們曾經是同班同學。他認出了我，他知道我帶著孩子逃到了烏克蘭那一邊。他們攔下我，罵我是背叛者、是班德拉母狗，他們把我推倒，然後開始狠狠地對我又踢又打。他們都喝醉了，而且彼此叫囂，所有人的情緒都愈來愈激動。幸好，這時剛好有一輛載著車臣傭兵的卡車經過。他們把這些人趕走。車臣人的紀律嚴格，而且他們瞧不起喝醉酒的人。我當時真是怕得不得了。」

「我那個在分裂主義陣營服役的鄰居說，他們在城裡有一座地牢，專門拿來關叛徒。有些叛徒會受到再教育，有些叛徒——那些他們覺得沒救的——後腦會被開一槍。他們會把屍體丟到廢棄的礦井中，然後倒石灰進去，用油氈把屍體蓋起來。」

「當我們那一區開始遭受到『冰雹』火箭炮的攻擊，我就逃離了那裡。」克莉絲汀娜來到故事的尾聲。「火箭炮不只從天而降，而且維持一整天。這是我們到目前為止所承受到的最嚴重的攻擊。以前炮彈只是偶爾會掉到我們這裡，有時候一天一次，有時候兩天一次。我學會了和它共存。當聽到尖銳的哨聲，就要開始數。如果數到五還沒有爆炸，就表示炸彈可能在附近。你還有兩秒鐘的時間，可以躲到某個洞或土坑裡面，或是樹後面，或是樓梯間。但是那天火箭彈落下的方式，就像它的名字所說的一樣——像冰雹。」

「我這輩子從來沒有這麼害怕過。就在那同一天，阿克梅托夫贊助的、提供給難民的免費公車來到我們的城市。我收拾包袱，拉起孩子，然後就坐上了車。我身上只有一百塊烏克蘭幣和八片尿布。我甚至不知道我是怎麼來到運輸街二十號上的收容所。也許我跟著別人走，或是怎麼樣的。我向老天發誓，我不記得了。」

超市的人們一邊聆聽，一邊點頭。他們低聲說，他們的城市也在夏天被占領過。有人給了克莉絲汀娜一公斤甜菜和半個包心菜，有人則提供了一大塊薩洛和馬鈴薯。

克莉絲汀娜微微笑著，掂了掂手中的贈品。她在腦海中計算，這些東西可以讓她們在運輸街二十號上的收容所煮多少碗甜菜湯，包幾個馬鈴薯餃子。

中午十二點

中午，在「金字塔」咖啡廳前已經排了一長條人龍。在這裡會發放人道救援物資，所以早在九點之前，就有第一批人來排隊了。

在一個大型的四方形帳篷下（在戰爭前，那是讓人跳舞的地方），擺著許多長桌，上面放滿了舊衣服。那些不是二手衣，而是三手、七手、十手衣。那些衣服破破爛爛、許多地方有磨損，而且還綻了線，但是來到這裡的人們——他們在夏天或溫暖的秋天逃離自己的城市，慌慌張張，身上沒錢，也沒有任何一件可以禦寒的衣物，懷裡還抱著要吃奶的小孩。因為我們只是去一下子！馬上就會回來了！再一個星期！兩個星期！只要等轟炸停止就可以回去。只要等它停止。畢竟，它很快就會停止的，不是嗎？

而現在最重要的是：羊毛長褲、Polar上衣、羊毛大衣、襪子、手套、帽子。

歐列克西（Oleksy Murawlow）和歐克珊娜・穆拉夫羅夫（Oksana Murawlow）異口同聲地說：「至少，能夠拿到一件比較暖和的外套。」

他們的故事很典型。在六月的時候，他們把夏天的衣物裝進一個旅行袋，然後去海邊避風頭。他們租了一間小木屋，在那裡等待。雨季開始了。他們等待。初雪落下了……

「我們甚至不能回家拿點東西。」歐列克西說：「在我們的家鄉，在尤斯亭諾瓦托耶（Justinowatoje），我和妻子在死亡名單上。分裂主義者掌握了我們的地址、名字，知道我們長什麼樣子，要是回去被他們發現，我們會被射殺。」

「我的職業是工程師，建築工人。蘇聯時期，當我還在大學念書的時候，我就加入了烏克蘭人民運動，那是第一個支持烏克蘭獨立的組織。之後，有很長一段時間我是全烏克蘭聯盟『自由』的黨員。我參加過兩次議員選舉。在獨立紀念日，我會在舍甫琴科雕像下舉辦聚會和示威。我妻子也參加過烏克蘭人民運動，我們就是在那裡認識的。二十年來，她在頓內次克的一間礦工技術學院教烏克蘭語，也在學校及城市裡舉辦過許多次愛國運動。」

「那時候，在二〇一二年，還沒有人能夠想像到在獨立廣場上會發生什麼事。但是在我們的城市，人們身上開始出現了不好的改變。」

「在頓內次克，烏克蘭的報紙接二連三地倒閉了。原本很受歡迎的利沃夫咖啡廳——那裡會提供維也納咖啡，服務生只用烏克蘭語接受點餐——現在則門可羅雀。」

「人們愈來愈頻繁地把愛國主義掛在嘴上，只是他們說的不是烏克蘭的愛國主義，而是頓巴斯的愛國主義。從一開始，它就是反烏克蘭、親俄的愛國主義，建立在對蘇聯時期的懷念以及明目張膽的分裂主義之上。」

「人們開始普遍地抱怨，頓巴斯被烏克蘭利用了。頓巴斯養活了整個國家，頓巴斯是獨一無二的地方，和整個國家的其他地方都不一樣，被其他地方壓迫。人們甚至不再使用原本流行的『烏克蘭東部』這個詞。」

「當克里米亞脫離烏克蘭時，我就明白到，在頓巴斯一定會流血。年輕的烏克蘭愛國者對此進行抗議，而民警則叫流氓去恐嚇他們。如果這招不管用，民警就會和那些惡棍肩並肩，一起毆打愛國者。」

「我想，我們不會再回家了。即使分裂主義者下臺，我們也不會回去。我們的大女兒亞羅絲娃（Jarosława）二十四歲了，已經在工作，也快要從哈爾科夫的大學畢業了。她在那邊有房子，還有丈夫，再三個月她就要生產了。二女兒斯韋特蘭娜（Swietlana）明年就要考大學，她想去基輔大學念化學。我和妻子是要回到哪裡去，還有為了什麼回去？為了赴死嗎？烏克蘭這一整年被殘忍、暴力的浪潮淹沒，我很確定，在這股浪潮過後，憎恨的情緒會高漲無比——當我們回到家鄉，回到尤斯亭諾瓦托耶，我們會遇到抱著愉快的心情將我們殺死的人。如果不是在頓內次克人民共和國的部隊之前，就是在黑暗的水窪裡。我們會被人當成狗一樣殺死，即使頓內次克回歸烏克蘭。」

在衣服旁邊，還有洗衣粉等著被人領走。一個人可以領一盒洗衣粉，用三個星期。難民手上有卡片，負責發放物資的人會在上面蓋章，藉此確保難民不會領太多。也會有給孩子們的藥品。只有退燒藥，沒有其他。最欠缺的是治咳嗽的糖漿。如果有的話，也只有給成人的、含有可待因的藥片。

排隊的人們等得不耐煩了。他們說會發到下午四點。但是如果來不及呢？如果剛好輪到我就結束了怎麼辦？群眾開始提出要求。每個人都有自己的故事，希望可以優先。小孩生病、殘障、家被炸毀了、饑餓、寒冷。所有悲慘的故事紛紛出籠，就為了博取一點點同情。

志工們嚴格地掌控隊伍的順序。因為你要怎麼判斷誰比較不幸？你要用什麼來衡量人類的痛苦？

娜塔莉・齊爾卡奇（Natalia Kirkacz）在人群中穿梭，安撫他們。正是她安排這次的物資援助。

「大家聽我說！」她大叫：「我保證，我們一直都會在這裡，直到最後一個人拿完最後一件東西。」

在這裡，在前線地帶，物資透過曲折的路途才來到人們手上。第一批非政府組織和基金會才剛成立。這些人邊做邊學，大部分的志工自己也是難民。

拿齊爾卡奇來說吧，她在戰爭前是個女企業家，和丈夫合夥經營一家斯拉維揚斯克的超市。而她自己是一家美國大型企業的代理商，專門販賣化妝品和家用清潔用品。她手下有超過一百個員工，多半都在頓內次克和盧干斯克。當頓巴斯發生流血衝突，人們也開始遭受饑餓的威脅，員工們跑來找她尋求協助。兩個月後，建立在家庭推銷員基礎上的援助機構開始誕生。他們有現成的架構、信任彼此、也會對老闆負責。這很重要，因為最早一批提供給烏克蘭難民的物資，通常都會流入市集，成為攤子上的商品。

下午三點

新的難民來了。運輸街二十號的女人們仔細檢視，來的人是誰。妳從哪裡來？怎麼到這裡的？人們的意見總是會分歧。這是一場內戰。沒有人會大聲張揚，但是有時候會發生這樣的事：來到這裡的難民，她們的男人、兄弟、父親是在前線另一邊的敵人。

必須彼此適應，這樣才不會把彼此的眼睛挖出來。這樣才可以互相喜愛、信任、忍受同床共枕的女鄰居、才能獲得彼此的幫助。在運輸街二十號的收容所裡，空間很少。在這個房間裡，每個人的空間就只有那個長二公尺半、寬一公尺的床位，還有床與床之間的走道。甚至在廁所，馬桶也是三個並排，沒有隔間。要一起上廁所，大家至少得接受彼此才行。

卡蒂亞．特莉絲紐克是那間面北房間的領導者。她是女人之中最漂亮、身手最靈活的。她健談、有自信、強壯、能夠掌握情況。女人們向新來的如此介紹卡蒂亞：「我們的女英雄，」或者：「被炮火追趕的卡蒂亞」。

「卡蒂亞，告訴她們！告訴她們！」女人們鼓勵著。

卡蒂亞有著低沉沙啞、像是搖滾樂手的聲音。她從箱子裡拿出平板，給大家看照片。

「早在春天，分裂主義者就在我家門前設立了檢查崗位。」她開始說：「一直都有槍擊，而我已經來到孕期的最後一個月了。在我們的城市阿夫迪夫卡（Awdijiwka／Avdiivka），前線就在城市中央，把城市分成兩半。一邊是政府軍，一邊是分裂主義者。」

「我們的房子就像是篩子一樣有許多洞，有一間公寓已經沒了。我的鄰居們都成了殘廢——有的沒手，有的沒腳。」

「那天，當他們開始猛烈交火，我們全家正坐在家門口。我和我肚子裡的孩子、我丈夫、兩個大孩子——分別是九歲和十歲。陽光燦爛，四周一片安詳。突然火箭發出尖嘯聲，爆炸直接往我們這裡衝過來。我們把孩子們推進樓梯間，但是我們自己來不及躲。我丈夫阿爾特（Artiom）用身體保護我。瓦礫、磚塊、屋梁紛紛落下。我因為震驚，爬了起來，開始往前亂衝。丈夫跑在我後面，他後來告訴我，他大聲叫我的名字，但是我聽不到。他追上我，開始搖晃我，讓我清醒過來。直到他打了我一巴掌，我才恢復神智。我跪下來，這時我才發現，他的腿在爆炸中骨折了，肋骨也斷了三根。我們活了下來，因為院子裡一棵堅實的大樹幫我們擋下衝擊。」

「我的羊水破了。我坐上小叔的車，然後就到了醫院。我一轉眼就生下了小揚，哦，就是這邊躺著的這個，他現在在睡覺，因為昨晚他睡得很不安穩。他快要三個月了。醫生把他放到我胸前然後就走了，他們叫我在這裡休息一下。那時候炮火又開始攻擊了。火箭、炸彈，是什麼我不知道。整座醫院都在震動，窗戶上的玻璃破掉，掉了下來，醫療器材和玻璃瓶也從某個櫃子中飛出來。我不斷尖叫！我沒辦法動，因為我還一直躺在生產檯上。我不知道過了多久，對我來說就像永恆。這時候助產士跑了進來，她邊哭邊乞求我的原諒，她說，他們忘了我。我說：『扶我起來！』她說：『還不行！您的胎盤還在身上。』」

「他們做了該做的處理，然後把我帶到另一家醫院。第二天我就回家了。丈夫在附近的診所包紮了傷口。我對他說：『阿爾特，我一點都不想在這裡多待了。』他回答：『走吧，帶著孩子逃跑。我留下來照顧父母，他們年紀都大了。』」

「我叫了一輛計程車，司機走在圍欄之間的小路，帶我離開了城市。他向我收了一千五百塊烏克蘭幣，那是我當工程師的丈夫半個月的薪水。」

「我把大孩子們留在斯拉揚斯維克的育幼院，而有人給了我這邊的地址。這就是整個故事。」

一個新來的女人，娜塔莉．皮耶川科（Natalia Pietrenko），坐在卡蒂亞旁邊的床上。她的兩個孩子在卡蒂亞的小嬰孩旁邊繞來繞去，表情很嚴肅。他們想要幫忙，想要像媽媽一樣照顧他。

「我來自頓內次克。」娜塔莉開始說：「讓我告訴妳，我是怎麼三次逃過了死亡。我能夠活下來，只是因為機運、神的眷顧，或者某些我不知道的原因。每一次，我都離死亡只有幾個小時、幾公尺的距離。而它總是在我不久前走過的地方出現，彷彿緊跟在我身後。」

「我住的地方離頓內次克機場不遠。在那裡所發生的事，真是人間地獄。」

「分裂主義者因為面子問題而想要爭奪機場，另一方面政府軍則極力抵抗，不讓他們奪走。他們是如此地奮勇作戰，敵方開始叫他們『烏克蘭的生化人』。」

「那邊每天都有大炮和火箭的攻擊，機場已經什麼都不剩了。保衛者坐在屍骨丘上。那些火箭並不是射得很準，所以許多炮火或多或少都波及了我們居住的地區——古比雪夫（dzielnica kujbyszewska/Kujbyszew district）。」

「在我工作的幼稚園——它離機場比我們還近——我們在地下室設置了一個很堅固的防空洞。因為這個防空洞，父母還是會帶孩子來上學，即使他們住的地方離幼稚園、離戰事發生的地方比較遠。」

「在第一次休戰後，情況變得比以前更糟。保衛機場成了某種保衛國家的象徵，而攻擊方的怒火也不斷高漲。」

「那是九月二十六日，我們在幼稚園裡等待撤離。里納特・阿克梅托夫（Rinat Achmetow／Rinat Akhmetov）的基金會承諾會派人把我們的孩子、孩子的家人以及老師和他們的家人接走。我們就像平常一樣等待。下午的時候，我們一行人坐著四臺公車上路。」

「我們本來要到南邊，到一個介於馬里烏波爾和新亞速斯克（Nowoazowsk／Novoazovsk）的地方，那裡有一間用休閒旅館改裝成的難民營。我不知道是誰決定這個地點的。他們把我們從一個前線移到另一個前線。但是我們不知道這件事。在我們的城市戰火是如此激烈，我們已經準備好，去哪裡都行，只要離開原本的地方。」

「我們在森林裡繞了兩天，試著離開無人區。最後，我們來到了烏克蘭政府軍和分裂主義者間的區域。他們開始向我們猛烈開火，兩邊八成都覺得我們是敵人。我不知道他們在想什麼，但是他們竟然對著載滿孩子的公車攻擊。我們開進樹林，以為這樣做很聰明，因為這樣他們就看不見我們了。確實，步槍的聲音消逝了一段時間，但是他們後來就不向我們開槍，而是朝我們扔手榴彈。我們於是又來到了道路上。這時候，連串步槍打中了我們公車上所有的玻璃，如果子彈飛得再低一點，肯定會打中我們所有人的頭。有人開始大吼，女人們揮舞頭巾，孩子們開始尖叫。」

「我們的公車離兩邊的部隊大概只有三百到五百公尺的距離。也許他們明白了情況，因為兩邊的人都不再開火了。我們順利通過了那個區域。這是我第一次與死亡擦身而過。」

「當我們來到了目的地，我們發現那個我們本來要去的收容所，才剛剛被炸彈炸毀，就在我們抵達前不久。我們只看到建築物的廢墟。這是我第二次躲過了死亡。」

「之後他們把我們帶到克拉馬托爾斯克，帶到了這裡。這就是整個故事。」

「我剛剛說，我騙過了死亡兩次？不是三次？當然是有第三次的。」

「我留在頓內次克的爸爸告訴我，在我們的幼稚園撤離的隔天，我們那棟建築發生了很可怕的事。爸爸說，那是『颶風』火箭炮，要不然就是一個有巨型炮彈的大炮。不管它是什麼，這玩意兒穿過了天花板、二樓和一樓的地板，然後把我們的地下室擊了個粉碎。」

卡蒂亞沉默了很久，只是不斷點頭。她最後說：「我拿到了很溫暖的厚毛毯，如果妳需要的話……」

娜塔莉微微笑了，她輕輕地、快速地、悄悄地摸了摸卡蒂亞的手臂，彷彿覺得不好意思。你甚至會以為，這碰觸只是一場幻覺。

就在這裡，兩件可怕的事物，兩個恐懼，兩個創傷找到了彼此。兩種不幸一起在床上躺下，互相接合。沒錯，在這裡，在運輸街二十號，友情在此誕生。

晚上七點

母親們已經第三次叫孩子們去吃飯，但是阿琳娜（Alina）、瓦拉德（Wlad）和米夏（Misza）毫無反應。他們不想離開避難所。

「請把門關起來。」七歲的瓦拉德嚴肅地下指令。「您沒有聽到火箭的尖嘯聲嗎？那是『冰雹』火箭炮的聲音。」他告訴我。

阿琳娜也說：「我的娃娃們會受傷的！」

孩子們躲到避難所已經兩小時了。他們把自己所有的東西拿來，然後躲在緊閉的門後。他們的避難所是一個小房間，長寬各一點五公尺。當運輸街二十號還是一個幼稚園的時候，清潔婦大概會把掃把、拖把和抹布收在這個房間。現在，當這地方成為給難民的收容所，這個小房間是孩子們唯一可以躲起來的小天地。

今天的晚餐是煮馬鈴薯、洋蔥和薩洛。湯裡面的料不多，只有甜菜和包心菜。女人們笑稱這是「監獄裡的湯」。

最後一場桌前的談話。再說最後一個故事。

十八歲的安琪拉・車娜柯（Angela Czenakol）從名叫馬林卡（Marjinka／Marinka）的小

鎮逃出來。她告訴我，她是如何選擇了烏克蘭做為自己的祖國。「第一批來的人沒有帶武器。他們說，他們是頓內次克人民共和國的政府官員，他們又說，我們整間育幼院會被撤離到俄羅斯。他們很和善，對我們微笑，還摸了小小孩們的頭。」

「但是在這些人和我們的老師及保育老師之間，你已經可以感覺到他們的關係很緊張。他們把自己關在院長的辦公室。他們吵架，在走廊上就已經開始吼叫。政府官員們氣呼呼地走出來，把孩子們聚集到走廊，對我們說：『未成年的孩子不管想不想要，都要去俄羅斯。而那些滿十八歲的，可以自己決定要走要留。』」

「我和女伴們整晚都沒睡。我們吵來吵去，討論到底該怎麼辦才好。有些人想要去俄羅斯，另一些人則說：她們除了烏克蘭哪裡都不去。」

「第二天那些官員和一群穿著迷彩裝、手拿武器的人一起來了。他們立刻就到院長彼得・伊凡諾夫（Piotr Iwanowicz）的辦公室去，然後用槍頂著他的太陽穴，把他帶走。他不想給這些人我們的旅行證件。」

「他們叫已經成年的大孩子們排排站好，告訴我們，俄羅斯有多美好。我們會有很多零用金，而且會住在很棒的房間，一個房間最多住二個人。秋天我們可以自己選學校，甚至是最好的學校也沒問題。我們沉默著。於是他們開始一個一個地問，誰想要去，誰不想去。如果不想的話，那是為什麼。氣氛變得很不好，很緊張。」

「輪到我了。我面前站著一個沒刮鬍子、渾身伏特加臭味、怒氣沖沖、眼神看起來像狼的人，用步槍頂著我。我很害怕，但我還是告訴他：我要留在烏克蘭。」

「他問我的姓名，因為我的姓對他來說很奇怪，也問了我的背景。我說，我的祖先來自希臘，我的父母在三年前失去親權，從那時候開始我就住在這裡，在馬林卡的育幼院。」

「然後他就說：『我操他娘的，有這樣的祖國和這樣的父母，不要也罷。在俄羅斯，誰知道，也許我們可以送妳回希臘呢。』」

「我說我一點都不想去希臘。我的家人來自敖得薩，他們已經在那裡住了一百年了。」

「然後他就變得很生氣，開始對我們所有人大吼大叫，罵很難聽的髒話。我們所有的小女孩和大孩子們都聽到了。」

「比較小的、還在上幼稚園的孩子一開始很喜歡那些拿步槍的叔叔伯伯們，但是現在他們害怕、哭叫，抱住保育老師們的腿。」

「這些舉動讓分裂主義者更生氣了，但是他們放過了我們，離開了。他們帶走了我們的院長，並且說他們還會回來。第二天晚上，我們的保育老師們用巴士把我們帶到被烏克蘭軍隊占領的地方。我不知道他們是怎麼辦到的。我們的車子行駛過田野和森林，這樣就可以避開頓內次克人民共和國的檢查哨站。」

「我們去了文尼察。在波洛申科總統的巧克力工廠裡有一間巧克力博物館。當我們參觀博物館的時候，遇上了一群來自烏克蘭中部城市克列緬丘格的孩子們。其中有一個女孩，當她知道我們從哪裡來的時候，她和她的朋友們開始大驚小怪，說我們是從頓內次克人民共和國來的，說我們是分裂主義者。這讓我非常、非常難過。但是我後來想：妳又知道什麼？妳從來都不必看著一個怒氣沖沖、喝醉酒、拿著步槍的男人，在他面前選擇自己的祖國。而我必須這麼做！我也做出了自己的選擇！」

晚上九點

在運輸街二十號，人們很早上床睡覺，因為夜晚一個比一個沉重。

晚上整棟房子聞起來都有石英的臭味。那是掛在牆上、每天晚上開三十分鐘的紫外線殺菌燈所發出的氣味。

大部分的女人一整天都無法離開收容所，因為孩子們不停生病。一個傳染給另一個，第二個又傳染給第三個、第四個、第五個。當第一個康復的時候，又被最後一個感染。這是傳染病的大隊接力，無止盡的循環。

目前為止，紫外線殺菌燈似乎沒什麼效果，因為孩子們依然咳嗽、聲音沙啞，就和以前沒兩樣。但是殺菌燈才掛了兩天，總得給它們機會。

上床睡覺前，還得排隊去淋浴、上三人一間的廁所。用手機寫簡訊給家人。放下毛毯、把床位隔開。這是人們在這世上最後的私人空間。一公尺寬，二公尺長。

不睡覺不好。人要是不睡覺，就會像行屍走肉一樣晃一整天。但是睡覺也不好，因為會做惡夢。好像會夢到家鄉，但家鄉卻不是做夢的人想要看到的樣子。卡蒂亞夢到她無法從巨大的生產椅上爬起來。克莉絲汀娜夢到礦井中堆滿了屍體，埋在石灰和油氈底下。維多利亞說，她累得要命，什麼都不會夢到。但是其他的女人們不相信。因為當納絲蒂亞已經睡著，而在毛毯上方也聽不到啜泣，這時候維多利亞會在睡夢中大叫：「你們住手！住手！住手！」隔壁床鋪的女人們會把她叫醒，這樣她就不會在夢中受苦，也不會把其他的孩子吵醒。

畢竟，明天還得起床。必須起床，即使已經沒有可以去的地方。

政府軍在夏天剛到來時，就解放了斯拉維揚斯克。這裡的分裂主義者沒有抵抗就撤退了。

男人身上的迷彩裝消失了，袖子和衣領上再也看不到聖喬治絲帶。在被解放的斯拉維揚斯克已經沒有任何絲帶，有著破爛商標的耐吉和愛迪達尼龍外套又回來了，沾滿泥濘、被人踩到爛的鞋子和破舊的鴨舌帽也回來了。

已是黃昏時分。在火車站前，一輛又一輛載滿了人、生鏽的市區公車發出呻吟。在焊接在公車頂端的行李櫃裡，裝著皮箱、市集上用的有條紋的袋子和一排排瓦斯桶。

春天的時候公車沒有行駛，城市裡堆滿了路障。

在火車站旁有間三流酒館，而在酒館門前則躺著一個昏迷不醒的人，路人們在經過他時會把腳擡起來，避免踩到他的頭。他倒在泥濘中，少了一隻鞋。他的鞋在比較靠近公車站的地方，在一小攤粉紅色的嘔吐物中。

大廳瀰漫著從廁所傳出來的臭氣。除了我和女酒保泰瑞莎（Teresa），餐酒館裡只有一張桌子前有客人。

今天是星期五——六個鐵路工人用預付的薪水喝酒，下酒菜是醃黃瓜、黑麵包和煎肉餅（泰瑞莎幫他們把肉餅切成條狀）。

他們喝一口酒，聞一聞麵包，然後把麵包放在小碟子上。他們再喝一口酒，再聞一聞麵包，然後在喝第三口酒的時候吃下它。他們慢條斯理地喝酒，一瓶最便宜的烈酒（只要六塊烏克蘭幣，約等於一塊半波蘭幣）幾乎已經見底了。

在男人們頭頂的牆上貼著一幅照片做成的壁紙，上面有土耳其玉色的海洋，種滿葡萄藤的山丘和有著藍色窗戶的白房子。這幅圖上方有六盞石英燈，但只有一盞在亮。

桌旁，男人們慵懶地聊著天：「啊你們知不知道，我妹夫到德國去了。他在一個農場當助手，農場主人給他免費吃住，還給他一千歐元的工資。知道嗎？他活得就像個沙皇，想要什麼就有什麼。」

「在歐洲的生活比較高檔，這就是你想說的嗎？」

「去他媽的歐洲，我看起來像是亞采尼克（Jaceniuk）那種傢伙嗎？我只是在說我妹夫。他去了德國，過著像沙皇一樣的生活……」

我認得泰瑞莎，我在占領時期就看過她了。那時候，斯特列爾科夫手下的莫斯科傭兵在城裡到處跑，從一間東正教教堂跑到另一間，為的是讓東正教神父給他們的「新俄羅斯」旗幟和步槍賜福。而那時候，我還不知道火車是否會開往烏克蘭西部。

「最近怎麼樣，泰瑞莎？」

「老樣子。」她看著我的眼神彷彿我是從另一個星球來的。「你去了你要去的地方嗎？看到你想看的東西了嗎？」

我點了一杯一百cc的伏特加，還有餃子，泰瑞莎用微波爐幫我熱餃子。酒館裡很冷。泰瑞莎穿著兩件毛衣和背心，說：「我們不開暖氣，我們沒錢。」

我想著，要對她說什麼。是要說我看到了什麼？還是說我去了哪裡？也許我會告訴她，那些我遇到的人、我聽說過的人、我讀到的人，現在怎麼樣了。

安納多．舒路德克回到了烏克蘭，加入了一個志願軍的隊伍。在烏克蘭國會選舉過後，他許多烏克蘭國民議會—烏克蘭國民自衛隊的昔日同伴都升遷了——也就是進入政府。舒路德克將在克列緬丘格負責清算國家安全局的特務人員。他想要把那些在廢棄倉庫對他的睪丸實行電擊的人揪出來。

尤里．舒赫維奇，利沃夫民族主義者的精神領袖，現在當上了烏克蘭國會的議員。

歐克西娜．馬切尤斯依然在利沃夫的烏克蘭萊絲雅街上開藝術咖啡廳。在選舉過後她把右區的招牌拿下來了，亞羅什競選委員會的人和志願軍的遊說者都消失了。現在藝廊的名字又是藝術十一藝廊。

對歷史老師華樂利．烏拜屈克來說，停火的時間也是新學期開始的時候。他在這學期多了兩個班級，這兩個班原先的老師（一個剛畢業沒多久的男孩）在夏天參加了國民軍，現在正在前線，在頓巴斯某處的散兵坑中。這些坑道沿著邊界線綿延，長達好幾公里。

喜歡在喝醉酒後展示自己的軍人證、並且總是以「尤莉亞．提摩申科的保鑣」自居的少校安德烈，已經好幾個月不接電話了。歐克西娜也在找他。夏天的時候他因為喝太多欠了一堆酒錢，於是把護照抵押在藝術十一藝廊的吧檯後，到現在都還沒來拿。

「哥布林」謝爾蓋．阿克肖諾夫，克里米亞的「總理」，在春天的時候穿著黑道的半高領衫和黑色西裝外套，簽署了讓克里米亞併入俄羅斯的條約。他想起了九〇年代，那是他的幫派「撒冷」最風光的時期。在新政府、國稅局、民警、檢察官和法庭的支持下，他在克里米亞半島上展開了殘酷的「保護費」制度。俄羅斯的商人和親俄的商人接收了原本屬於烏克蘭人的東西：公司、股票、靠近海岸的土地、旅館、餐廳，甚至客運的小公司。

沃迪米爾．梅臣科放棄參加為獨立廣場犧牲者設計雕像的競賽，但是他依然在設計給他們的雕像。就像他說的：「為我自己……也為了他們。」

獨立廣場最後的遺跡——帳篷和剩下的路障——也從基輔街頭消失了。在戰鬥期間被挖開的人行道，現在也鋪上了新的路磚。城裡的人們說，這是來自總統彼得．波洛申科的禮物。

文尼察的巧克力工廠依然屬於波洛申科。巧克力博物館開始安排給來自頓巴斯難民孩子的免費導覽。噴泉有了新的、以愛國為主題的表演節目。

特蒂娜．車娜沃爾失去了丈夫，他在與分裂主義者的戰爭初期，就在東部戰死了。特蒂娜辭去了烏克蘭反貪腐辦公室的職位，加入志願軍艾達爾營，那是她丈夫曾經參加的組織。她在秋天的選舉中被選為烏克蘭國會議員。

塔拉斯・馬特菲耶夫依然在找尋失蹤者，但他的搜尋範圍已經從獨立廣場轉移到東部的前線。他和一群年輕的社會運動者記錄在戰俘營中，分裂主義者對烏克蘭戰俘施加的暴行和刑求。他的合作夥伴尼古拉・安德烈耶夫斯基加入了志願軍第聶伯營。

娜迪亞・薩芙申科，烏克蘭的女英雄飛官，被尤莉亞・提摩申科的政黨提名，並被選為烏克蘭國會議員。薩夫琴科目前依然被關在俄羅斯的監獄。[1]

被分裂主義者占領的礦坑從秋天開始就沒有運作，礦工們都在非法的私人礦坑中採礦。十一月，分裂主義者宣布不再釋放烏克蘭戰俘。交換戰俘的活動停止了。

自從衝突開始，已經死了超過四千人，受傷人數則是八千五百人。

在自行成立的頓內次克人民共和國和盧干斯克人民共和國，大概有一百萬人流離失所，或是逃離家鄉。其中有四十八萬人在烏克蘭及被政府軍掌控的地方得到庇護，五十二萬人則

1　本書原文版出版時，娜迪亞・薩芙申科仍被監禁，但基於俄羅斯和烏克蘭達成的換俘協議，她已在二〇一六年五月二十五日獲得自由。

離開了這個國家，大部分去了俄羅斯。

我想著，要把這些事中的哪些告訴泰瑞莎。畢竟她知道情況，她是當地人……

「我不知道該說什麼好，泰瑞莎。」我低語：「我的家人離開了頓巴斯。我想他們大概是不會回來的了。我沒有找到表姊，也沒有找到她的孩子們。」

「戰爭對我們的城市網開了一面，沒有造成太大損傷，但是……我記得我小時候去康斯坦丁諾夫卡過暑假時，這座城市的樣子。它從來都不是一座美麗的城市，然而我記得我喜歡這座城裡的許多事物。我好愛摩天輪，坐上它你可以看見整座城市，甚至連它的邊界都看得到。在市中心有許多公園，而在河邊有許多工廠，它們的煙囪都冒著煙。在中央廣場上有一家商店，我那時候覺得它很高級。裡面有賣金飾，外婆會買來給我媽媽當禮物。還有一個賣手錶的攤子。我們在那裡買了一個『火箭牌』手錶給我爸爸，一個有錶鏈的『東方牌』懷錶給我。我爸爸還保留著這隻手錶，雖然它已經不走了。我的懷錶還在走。」

「天氣暖和的時候，老公公們會在廣場上下西洋棋，而老太太們則在街上賣烤過的向日葵籽，裝在報紙做成的小漏斗裡面。在河的另一邊，在分裂主義者於春天占領的行政大樓旁邊，曾經有一間大百貨公司。外婆在那裡買了許多五彩繽紛的布料，要拿來做連身裙。而我則買了一塊黑色的布料，外婆用它幫我做了一條緊身褲，它看起來就像皮做的，當我回到華沙，每個人看了都很嫉妒。」

「我還在那裡買了一把很大的折疊獵刀，還有軍用便當盒，是拿來參加童子軍露營用的。我也在那裡買了第一套西洋棋。」

「我喜歡在我外婆住的那條街上撿街上的桑葚吃。我喜歡河上游的人工池塘，那邊的水還沒有被工廠汙染。我也喜歡列寧電影院，那裡總是放映著許多戰爭片。我常常在週間去看下午場的電影，電影院裡幾乎都是空的。」

「我喜歡在露天劇院看工人們跳舞，我喜歡坐著電車漫無目的地亂晃……我喜歡康斯坦丁諾夫卡的許多事物，也許我就是有一個快樂的童年……」

「泰瑞莎，我剛才所提到的事物，沒有一件留下來。」

泰瑞莎沉默著，我從她的臉上解讀不出任何事物，只有她的右眼眼皮三不五時就會緊張地跳一下。

斯韋特蘭娜從吧檯後方，從洗碗槽那裡走了出來。斯韋特蘭娜・札伊慈娃（Swietlana Zajcewa）一個月前在這裡得到了洗碗的工作。她聽到了我們的對話。

「孩子，這裡是頓巴斯。在這裡每個人都曾有過喜歡的東西。很久以前，昨天，在戰爭前，在戰爭期間。沒有人能夠找到這些東西。我是個俄羅斯人。我從來沒有參加過烏克蘭獨立運動，但是我生在這裡，長在這裡。我永遠都不會瞭解，為什麼像我一樣的俄羅斯人會對我們做這種事。戰爭奪走了我的一切。」

「我永遠都不會回到家了。我感覺得到，我知道。不，我家沒有被炸彈或火箭擊中。我住的那棟大樓也沒有受到損傷。重點不是炸彈。有時候在生命中，屋頂和牆壁都在，但是家卻沒了。我的情況就是如此。家是家人、鄰居、城市——也就是我在其中成長的環境。而這所有的一切，都在我面前粉碎了。」

「我知道，那些盧干斯克人民共和國的支持者不會把掌控城市的權力還給政府。頓內次克也許還有機會回到烏克蘭，現在那是位於前線的城市，但是盧干斯克已經不可能了。我們被俄羅斯包圍。到國界最遠只有三十公里。不，烏克蘭政府已經不會回到那裡執政了，不像從前。」

「而我不會回去了。只要那些人還在當政，我就不會回去。」

「由分裂主義者舉辦的五月獨立公投舉行時，我們城裡有一大群人去。那裡面包括我最好的朋友阿琳娜（Alina），她也是我的同事。她有點不高興地抱怨我沒有去投票，而且還支持基輔的政府，但是我們的友情持續了下去，雖然時間不長。」

「我是超市的經理，而她是會計。當物資愈來愈缺乏，分裂主義者帶著武器來到我們的超市，想拿什麼就拿什麼。他們裝滿了一車又一車，然後就要走。我問：『誰要付錢？』他們就大吼：『波洛申科，哈，哈，哈！』」

「我對阿琳娜說：這就是妳的公投結果，這就是妳的人民共和國。」

「她只是漲紅了臉，然後就離開了。我們再也沒有見面。我就這麼失去了最好的朋友。」

「超市必須關門。我就這麼失去了工作。」

「我向盧干斯克的人力仲介提出申請。那裡有炮手、雷達人員、無線電報員、無線電技工、坦克司機和裝甲車技工的職缺。」

「我就在想：那理髮師、美甲師、收銀員和我要在哪裡找工作呢？我那時感覺到，我失去了我的城市。」

「他們給了我們一次性的救濟金，金額是五百五十烏克蘭幣。晚上，我在分裂主義者的電視臺上看到他們說，各種對人民共和國來說不可或缺、而且效忠人民共和國的專家會得到多少救濟金。醫生可以得到的金額是五千烏克蘭幣。這聽起來很不切實際，我於是打電話給我在當醫生的姊姊，她是個十足的親俄派。她說：沒錯，我得到了五千塊，怎樣，妳現在覺得自己很蠢嗎？我立刻打電話給她女兒——她和她母親處得不好。她對我說：『姨媽，媽媽不好意思承認——我們拿到的錢和大家一樣，是五百五十烏克蘭幣。』」

「我忍不住了，於是第二天就打電話去罵我姊姊，說她在為分裂主義者的政治宣傳圓謊。也許這麼做很沒必要。但是我的想法是，我姊姊這麼做簡直就是在欺騙其他人。電視上的話還可以不相信，但是熟人的話、醫生的話沒有人會懷疑。姊姊非常生氣，從此不再接我的電話。外甥女打電話給我和我道別。她說：『姨媽，我們要去俄羅斯了。爸媽說，我們這一去就不再回來了。』我姊夫有俄羅斯國籍，也有家人在新西伯利亞。他們都是醫生，他們在那裡可以展開一份新生活。」

「但是我明白了一件事：我失去了我的親姊姊。」

「我還有一個比我小七歲的弟弟。我告訴他，我決定要逃到烏克蘭那邊。他說：『我無法相信妳竟然會做這種事。』」

「但我就是這麼做了。我叫了一輛計程車，然後叫司機把我載到邊界線的另一邊，載到烏克蘭那一方。」

「當我打電話給他的時候，我人已在難民營。他問我從哪裡打電話給他，我說，從克拉馬托爾斯克。然後就聽到他氣到發抖地對我說：『什麼？妳跑去找那些烏克依了？妳知道妳背叛了我們嗎？妳就是一個背叛者，除此之外什麼都不是！不要再打電話給我，妳已經不是我的姊姊了。』他就是這麼說的：『妳已經不是我的姊姊了。』」

「我就這麼失去了弟弟。」

「當我離開盧干斯克，駐守崗位的分裂主義者向我要錢。我仔細一看，那是住在附近的男孩。他打開門，擡起槍，然後說要收過路費。我對他說，我身上沒錢，要去領。我們坐車去提款機把錢領出來。他低下頭然後喃喃說不用了，我們不是小偷。」

「也許他認出了我，也許他自己也很清楚，城市裡已經沒有一個提款機可以領錢了。我不知道。我想要相信，這是因為他感到愧疚。那樣我就知道，在這個城市裡我還有一些沒有失去的人。」

我已經沒在聽了。我從酒館走了出來。我的火車馬上就要到了。行人們在經過那個昏迷不醒的、缺了一隻鞋的人時，擡起了腳，避免踩到他。

我要對母親說什麼？我們的家人發生了什麼事？

泰瑞莎從酒館跑了出來：「你把鑰匙留在吧檯了！」

「什麼鑰匙？」

「你家的鑰匙，鑰匙串上繫著紅色的絲線。」

「那不是我的。它們已經不會開啟任何東西了。它們會打開的那扇門之後，已經沒有任何人居住。」

我還想問泰瑞莎關於火車的事。那班往基輔的火車會開嗎？但是斯拉維揚斯克已經是個自由的城市了。火車開始根據時刻表行駛。我的意思是——只有那些通往西方的。

附錄　露西丟下娃娃去打仗

人們昨天在走廊上為孩子們豎起了聖誕樹，氣氛很歡樂，沒有人開槍。但是今大一早，當我在寫這篇文章的時候，就有烏克蘭的士兵倒在我房間的門口。他沒有站起來，一動也不動，雖然他的朋友說，他不是被殺，也沒有受傷。

聖誕樹下

部隊指揮官提姆決定讓護士露西去看看。他說，既然部隊有自己的護士了，那就讓她有點用處。

露西的角色在之前引起了爭議。因為部隊的男孩們說，女孩子不能上戰場。

露西留著兩條銅紅色的麻花辮，鼻子上有雀斑，即使在冬天，她綠色的眼睛也像兩顆玻璃珠一樣閃閃發亮。和男孩子吵架時，她總是非贏不可。

有可能，門口的士兵只是假裝被殺。這樣子露西就會過去救他。所以露西就開始救他了，但是士兵還是一動也不動。和男孩子玩耍時，露西總是我行我素，她於是嘗試最後的解救方法——呵癢。烏克蘭的士兵復活了，但是走廊另一端的分裂主義者開始抗議，說這樣不行。死了就是死了。遊戲結束。

接下來大概會休兵，然後把規則訂得嚴格一點。

我已經很久沒看到孩子們玩戰爭遊戲了。而且是這麼地煞有其事，這麼寫實。不管是我自己的孩子、我鄰居的孩子或是朋友的孩子，他們都不會玩戰爭遊戲。也許除了星際大戰而他們的戰士則完全脫離現實：絕地武士、蜘蛛人、X戰警、忍者。

但是在這裡，在斯維亞托戈爾斯克，在這間被轉換成難民營的療養院裡，所有的一切都是真的。有「烏克依」和分裂主義者，孩子們成立了部隊，任命了軍官，指派了狙擊手，露西丟下娃娃去打仗。甚至人們昨天為孩子豎起的聖誕樹，現在已成了可以躲避槍彈的森林。

孩子

親愛的神，我希望現在在我們國家裡發生的事，只是一場惡夢。早上我們所有人會醒來，吃煎餅，然後在上學的路上，沒有人會記得這場夢。那樣真的會很好。

——大衛（Dawid），十一歲，斯查斯提（Sczastie）

+ + +

我想要躲在玉米田裡，然後夏天的太陽會在天空中溫暖地照耀……

我們家旁邊有一塊玉米田，是我們自己種的。我們一直很期待收成，因為去年長出來的玉米很少，而今年很多。

但是我們必須逃走，沒有等到玉米成熟。

我們逃走，因為有強盜對我們家開槍。他們穿黑色的衣服，還有留鬍子。我很怕他們，因為他們在晚上大吵大鬧，把我吵醒。

媽媽說，在我們要去的地方，我再也不必害怕。我不怕，但是我很想回家。

我的小狗查拉還留在家裡。我很喜歡跟牠玩丟棍子的遊戲。我把棍子丟出去，然後牠撿回來。如果我現在在家裡，我會保護玉米田，不讓查拉過去。因為牠不知道玉米很好吃，我和爸爸、媽媽需要玉米，牠會用爪子把玉米都挖出來。

我還有一隻貓叫小老虎，牠會到處亂抓家具。現在爺爺、奶奶和我的小動物們在一起。他們躲在田地裡。那裡總是有很多蒼蠅和蛇。所以我希望，強盜不要去那裡大吵大鬧，這樣查拉和小老虎就不必害怕。

——娜絲提亞（Nastia），四歲，馬克耶夫卡（Makijewka／Makiivka）

+ + +

我只是要來這裡待一下的。夏天我和媽媽在海邊。我們有救生圈，然後我們在很深的水裡面走路……

媽媽說，夏天結束的時候，我們就會回家。夏天已經過去了，但是我們還沒回家。

在我們家，現在有很多帶著槍的人。他們開槍很大聲，不讓任何人睡覺。

我們不會回家，因為媽媽怕，那些人會用槍傷害我們。

——伊凡（Iwan），七歲，戈爾洛夫卡

＋＋＋

我很想爸爸。我想要他到我們這裡來。爸爸本來是和我們一起的，但是盧干斯克的士兵們攔下了他。他們說，只有女人和小孩可以到烏克蘭去，像是我和媽媽。而像我爸爸這樣的男人必須留下保護盧干斯克不受烏克蘭人侵犯。我覺得很奇怪，我們必須保護盧干斯克不受烏克蘭人侵犯。我以為我們也是烏克蘭人，而我們不想拿任何人的任何東西。

我很擔心爸爸，我不想他去保護任何東西，因為他們還會給他步槍，然後他就必須開槍，然後受傷。

——伊戈爾，六歲，戈爾洛夫卡

成人

我禁止我們育幼院的保育老師、老師以及所有工作人員在孩子面前提到戰爭，哪怕是一個字都不行。

人們對於現在發生在我們國家的事有不同的見解，有些人支持這些人，有些人支持那些人。情勢愈演愈烈，於是在人們之間根本沒有討論，只是不斷爆發衝突。某一天，我們的小難民在玩戰爭遊戲的時候，把這些討論帶入遊戲。他們重複成人說的話。開始編故事，說得天花亂墜。小孩子這樣做是正常的，他們本來就會編故事。只是，我們這裡的孩子編的故事都和戰爭有關。

一個孩子言之鑿鑿地說，他爸爸是分裂主義者的指揮官。另一個說，他叔叔從波洛申科手裡拿到了十字勳章。又有人說，他家裡有人是狙擊手，殺死了一百個敵人。還有人說，他哥哥是俄羅斯的飛官，會駕著轟炸機過來我們這邊丟炸彈。

孩子們現在腦中一片混亂。他們一方面模仿我們，一方面又對成人失去信任。

我們這裡有很多孩子是來自東部的育幼院，現在那些地區被分離主義者占領，所以孩子們必須被撤離。這些孩子從一開始就遊走在邊緣地帶，人生路途上潛伏著酒精、毒品、偷竊、攻擊行為——簡而言之，各種暴力——的威脅。

我們教導孩子，一遍又一遍地對他們說：不要使用暴力，因為那樣不好，不可以打人，不可以偷東西。現在他們看到有人從牆上把提款機整個拆下來，有人去搶商店，有人帶著槍走來走去，還用它們開火，隨時隨地，不問對象。

然後呢？什麼都沒發生……沒有人抓住這些叔叔伯伯，沒有人懲罰他們。不只如此，每個人都怕他們，每個人都對他們敬禮，聽他們的話。

所以這些孩子到底要對我們有什麼看法？這場戰爭給我們留下了可怕的心靈上的崩壞，我們要花好多年的時間才能從中療傷、復元。

——特蒂娜・伊莉赫娃・蘇許金娜（Tatiana Ilihewa Suszkina），斯維亞托戈爾斯克「祖母綠城市」育幼院（Izumrudnyj Gorod）的兒童心理師

孩子

我想我並不是很明白我們身邊發生了什麼事。但是我希望和平快點到來，這樣我就可以回去和我的朋友們玩。

如果有人和另一個人吵架，他們應該要和好。要伸出手握一握，然後再次一起玩耍。最好是勾勾小指，然後一起唱：「同意，同意，同意，我不會再打人了，如果再犯，我就會去森林裡咬我自己。咬人的人很壞，要是有誰咬人，就用磚頭打他的頭。磚頭碎了，然後我們又是好朋友。」

當我們在學校以及在院子裡吵架時，我們就是這麼做的。

大人們就是這樣教我們的。他們說，必須這麼做。我希望，如果他們教我們要和好，他們自己也會和好，向彼此道歉，並且變成好朋友，然後我們就可以回家了。

——尼基塔（Nikita），六歲，新亞速斯克

+ + +

我爸爸、媽媽、我的小狗沙皇是好的，雖然牠會對每個人吠叫。乳酪是好的，雞蛋和溫暖的太陽也是好的。

拿著槍的叔叔伯伯們是不好的。但是巫婆會把這些拿著槍的叔叔伯伯通通帶到森林，然後把他們裝進一個魔法袋子裡，這樣他們就會永遠都找不到回家的路。

那時候我就會回家。在家裡，我有一整盒的餅乾和糖果，它們也是好的。

——卡洛琳娜（Karolina），四歲，切爾沃涅（Czerwone／Chervone）

+ + +

我希望我們可以回到我們的育幼院。

很多小小孩在失去雙親時，覺得很痛苦。育幼院就像是我們的第二個家，我們甚至用「爸爸」、「媽媽」來稱呼院裡的保育老師。而現在，我們卻必須來到陌生的地方。

如果我們不會回到育幼院，那我就希望我爸爸會從俄羅斯來把我接走。我們以前會去沒有人知道的祕密地方釣魚，在那裡我們很安全，我們會釣魚並且說笑話。

——伊戈爾．索羅金（Igor Sorokin），十七歲，頓內次克

+ + +

我想要有一枝魔法杖，那樣我就可以施法，讓我爸爸從前線回來。我爸爸現在穿著迷彩

裝，還會爬樹。我很想爸爸。

我還會用我的魔法杖把所有的飛機和手槍變不見。這樣就沒有人可以向任何人開槍射擊。

——妲莎（Dasza），四歲，切瑞夫科夫卡（Czerewkowka）

成人

孩子們成群結隊地生病，他們就像是被鐮刀割過的草，大把大把地倒下。在我們這裡從來沒有發生過這種事。傳染不斷蔓延，彷彿某件事削弱了孩子們的意志力，彷彿他們想要躲到疾病裡，藉此逃避現實。我想，最主要的原因是因為他們全都聚在一起，而每個人身上多少都有些病痛。除此之外，我們也缺乏藥品。我們試圖在所有的地方乞求別人提供我們藥品，但是我們什麼都缺。最後，孩子們的衣服還不夠暖。大部分的孩子都是在夏天逃離自己的家。大人告訴他們，我們只是去度假而已。誰會料到，戰爭會持續到十二月？

孩子們帶的都是短袖短褲和輕薄的外套。分裂主義者不准我們去他們的故鄉幫他們拿冬天的衣物。我們獲得了許多保暖的衣服，但是依然不夠。有時候氣溫會降到零下二十七度。於是孩子們只能把所有能穿的東西穿上去。

從秋天開始，我們的孩子就得了扁桃腺炎、水痘，還有兩次流感。但是和戰爭相關的身心症狀也愈來愈頻繁地出現。一個男孩在這裡癲癇發作，雖然他以前從來沒得過癲癇。另一個女孩則得了氣喘，還有一個女孩只要受到一點點壓力，就會暈倒。我們也有某種疹子的大流行，而且不斷反覆。這種疹子是壓力反應的症狀，其實它不會傳染，但在我們這裡它則像浪潮一樣席捲整個班級、整個群體。

我們必須像瞎子摸象一樣治療孩子們。我們不知道誰過敏，誰打了什麼預防針，誰有什麼樣的疾病史。分裂主義者也不給我們這些孩子的醫療紀錄。

——歐克珊娜．卡托許柯（Oksana Katuszko），斯維亞托戈爾斯克「祖母綠城市」育幼院的醫師

孩子

親愛的神，很抱歉我一直來煩你、要求你，但是我真的很想回家。當我們逃跑的時候，我哭得好厲害，然後忘了帶我的平板。

——尤金妮雅（Eugenia），九歲，新亞速斯克

＋＋＋

我非常希望，那些在我們的家前面駐守的壞叔叔和壞伯伯不要再罵髒話，也不要再吼叫。我也希望，大家能夠不要再對彼此開槍了。

——狄馬（Dima），七歲，盧干斯克附近

＋＋＋

我希望頓內次克可以成為俄羅斯的一部分，就像克里米亞。在克里米亞沒有人會對任何人開槍。那裡沒有戰爭。如果頓內次克像克里米亞一樣成為俄羅斯的，在我們這裡也不會有戰爭，而且俄羅斯會保護我們。

沒有人打得過俄羅斯，這就是為什麼在俄羅斯沒有戰爭，而在烏克蘭有。

——阿霞（Asia），十四歲，盧干斯克

＋＋＋

神啊，我希望在烏克蘭沒有戰爭，而我和爸媽和奶奶可以找到一個漂亮的房子。我還想向您祈求，請你讓大人們不要像現在這樣生氣，因為那樣的話我爸爸每天心臟就會痛，而我很擔心他。

——卡爾（Karol），八歲，斯達漢諾夫

＋＋＋

我很想要回家，因為在這裡，在我們目前所在的地方，我們要一直拜託，大人才會買巧克力、餅乾或冰淇淋給我們吃。大人們很少買東西，而且說他們沒有錢。在家裡我們有比較多錢。

如果我可以成為神一下子，我會把所有的手槍、步槍裡面的子彈都拿過來，然後把這些子彈變成糖果。

——尼基塔（Nikita），十歲，尼柯萊葉夫卡（Nikołajewka）

✢ ✢ ✢

神啊，求求你，讓我家的大人們不要對彼此吼叫、罵髒話。求求你，讓呂西安（Ruslan）不要再打我媽媽。我很擔心媽媽。因為呂西安現在穿上了軍服，而且手上有槍。當他很生氣的時候，就拿著這把槍在我媽媽面前晃來晃去。

我就是因為呂西安，才跟著叔叔阿姨一起離開媽媽的。而媽媽現在和呂西安在一起，在很遠的地方，在我們在頓內次克的家。

——克莉絲汀娜（Krystyn），五歲，頓內次克

✢ ✢ ✢

我很希望烏克蘭的國旗再次成為烏克蘭的，因為我聽說現在德國人和法西斯主義者搶走了我們的國旗。我不喜歡這一切。要讓烏克蘭的國旗再一次成為烏克蘭的，我們必須停止這場戰爭，並且讓所有人和好。

比如說，我姊姊一直打我、咬我。我要保護自己。我知道我該做什麼，我會打回去，比如說，我會捏她。我們可以彼此打來打去，但是在戰爭中不應該彼此打來打去。只要我們不打來打去，戰爭就會結束了。必須要當個聰明的人。

——狄瑪（Dima），八歲，盧干斯克附近

避難所

母親們已經第三次叫孩子們去吃飯，但是阿琳娜、瓦拉德和米夏毫無反應。他們不想離開避難所。「請把門關起來。」七歲的瓦拉德嚴肅地下指令。「您沒有聽到火箭的尖嘯聲嗎？那是『冰雹』火箭炮的聲音。」他教導我。阿琳娜也說：「我的娃娃們會受傷的！」

孩子們躲到避難所已經兩小時了。他們把自己所有的東西拿來，然後躲在緊閉的門後面。他們的避難所是一個小房間，長寬各一點五公尺。在這間馬托爾斯克的難民收容所中，人們把這間小房間讓給孩子們使用。居住的地方太擁擠，裡面塞滿了幾十個人，睡在雙層的床鋪上。

這個小房間是孩子們唯一屬於自己的小天地，而他們則把這個唯一屬於自己的地方變成

了避難所。

+ + +

我在克拉馬托爾斯克的「自由人民之家」難民收容所、「祖母綠城市」育幼院和斯維亞托戈爾斯克的「聖山」難民收容所蒐集到這些孩子們的夢想和祈禱，同時，我也要感謝基輔附近的別林斯克耶育幼院的兒童心理師悠莉亞・格理查（Julia Grycar），提供我大力的協助。

（本文原載於：《波蘭選舉報》（*Gazeta Wyborcza*），二〇一四年十二月十三日）

附錄 《向日葵的季節》作者伊戈爾・T・梅奇克訪談

採訪：林蔚昀（本書中文譯者，以粗楷體標示）
受訪：伊戈爾・T・梅奇克（以明體標示）

請問這本書的寫作契機為何？為什麼會去烏克蘭報導？

理由很陳腔濫調，因為烏克蘭發生了戰爭，世界各地的報導者都去了那裡。在我們的地理地區，或是地緣政治的地區中，烏克蘭爆發戰爭——或甚至是獨立廣場上的革命——是一件完全出乎意料的事，不管是對分析家、政治家、外交官還是記者而言皆是如此。在我印象中，自從九〇年代初的南斯拉夫戰爭後，沒有比烏克蘭戰爭更讓整個地區陷入動盪不安的事件了。身為一名記者，我去那邊是理所當然的，這是第一個理由。第二個理由，我長年關注東部的議題，算是這個領域的專家。我指的東部是所有在俄語區的國家，後蘇聯地區的國家。

雖然現在已經不能稱它們為蘇聯國家，但殘忍地說，它們就是如此。第三個理由是：我和烏克蘭有家族淵源，我外婆是個住在烏克蘭的俄羅斯人，我從童年起就常去那裡度假。因此我有一項許多我的同行所沒有的優勢——我記得蘇聯和蘇聯時期的烏克蘭、八〇年代和八〇、九〇之間的社會現況，這些都是我親身的經歷，可以看得到，摸得到。

故事中，有你在當下的烏克蘭看到的人事物（主要故事），也有你自己家族的過往回憶（寫在留白之處），能否說明一下兩者的關係？

在紀實文學中——但不只在紀實文學中——有一種很有效的描寫現實的方法，就是把敘事集中在某些細節上，在這本書中，我把它集中在一個家族的命運。我們可以把過去二十五年來（或者更久），烏克蘭國家的命運和歷史的命運濃縮成一個家族的命運，藉此去強調社會的分隔的和政治的分隔。在烏克蘭，命運的發展經常會把一個家搞得四分五裂。比如說，我們可以看到在一個家庭中，一對兄弟中的其中之一拿起武器和分裂主義者並肩作戰，另一個則加入烏克蘭軍的陣營。我認為把這樣的細節拿到作品中，將它打造、擴充成關於整個國家，以及這個國家當代史的故事，是很吸引人、並且很有效的寫作手法。

拿馬奎斯的《百年孤寂》來當例子：當然，那不是紀實文學，但它也是透過家族史去訴說一個想像國度的故事。所以我想，如果我手中有這樣的王牌（也就是我家族的故事），我可以用它做為一把萬能鑰匙，讓讀者透過它打開並看見烏克蘭錯綜複雜的現實，看見它所有的分隔，以及這些分隔是怎麼來的。很多作者在尋找戰爭的成因的時候，把範圍局限在獨立廣場革命。但是這些原因的根源是更深的，不只追溯到橘色革命[1]，還會一直延伸到烏克蘭這個國家在九〇年代初的建立和它的經濟轉型（烏克蘭的經濟轉型和其他的中歐國家完全不同），也就是烏克蘭的寡頭經濟。為了讓讀者看到這些深層的原因，我選擇了這樣的寫作模式，而我也覺得它很貼切。

你的母親是來自烏克蘭的俄羅斯人，你是講俄語的波蘭記者。你的身分和語言在你採訪的過程中，會給你帶來什麼樣的便利和困難？

最主要的是便利。俄語是我的母語，我從小就和媽媽說俄語，和爸爸說波蘭語。我媽

1　橘色革命（Orange Revolution）是二〇〇四年十一月因當時總統候選人亞努科維奇（Viktor Yan■kovych）貪腐舞弊，所產生的一連串抗爭事件，是烏克蘭民主運動的里程碑。最後，烏克蘭最高法院宣布選舉結果無效，在同年十二月進行重選，反對派候選人尤申科（Viktor Yushchenko)高票當選總統。

媽的情況比較複雜，她其實不是在烏克蘭出生的俄羅斯人，而是土生土長的莫斯科人。我的外公在二次大戰前是小學老師，一九四一年被動員加入紅軍，於斯摩棱斯克（Smolensk／Smoleńsk）的戰役中被德軍俘虜。在蘇聯，這樣的經歷是很嚴重的汙點。他被俘虜的時間很短，半年就被放出來了……但像他這樣履歷上有汙點的人，護照上也有一個表明他俘虜身分的印章，所以他被監控，找不到工作，而他在戰後唯一能找到的工作，就是在小學當工友。一個他住在烏克蘭的親戚寫信給他，對他說：來我們這裡吧，這裡曾經被德國占領三年，所有人的護照上都有印章，你一定能在這裡找到工作的。就這樣，我的家族在五〇年代來到了頓巴斯。

回到語言的問題……我對俄語的瞭解，是有到達文化符號的程度。我不只用這個語言溝通、思考，也熟悉俄語的笑話、電影、文學。當我和受訪者坐在同一張桌子上交談，我聽得懂他們說的笑話，而那些笑話是來自七〇年代的俄羅斯電視節目，是每個俄國人都知道的。一個外國人即使俄語說得再好，也可能不會明白這些符號。而我瞭解這些情境，有時候還使用它們，人們很容易就對我敞開心胸——這是俄語的情況。

如果談到烏克蘭語……在我來到烏克蘭採訪之前，我的烏克蘭語程度是只會聽，不會說。我聽得懂笑話，甚至瞭解文學和電視節目，口語表達就比較差了，但還算可以。我在烏克蘭待的時間愈久，我的烏克蘭語就變得愈來愈好，現在我可以說，我的烏克蘭語已經很流利了。我想要說好烏克蘭語，這很重要。雖然語言在烏克蘭算不上是政治的分隔——這些分隔的分野是更複雜的——但是在戰爭期間出現了一種傾向，有些人用說俄語或說烏克蘭語來宣示他們的觀點或政治立場。基本上，所有的烏克蘭人都是雙語。不過我遇過這種狀況：當我和尤里·舒赫維奇——他是烏克蘭起義軍（UPA）最後的司令官羅曼·舒赫維奇的兒子——交談時，他和他的妻子都拒絕說俄語，只說烏克蘭語，雖然尤里·舒赫維奇的俄語很流利，畢竟他在勞改營待了三十五年。如果我不會說烏克蘭語，我們的談話會比使用烏克蘭語的情況下更冰冷。

經常有人說，西烏克蘭是親歐的，而東烏克蘭是親俄的，你在採訪的過程中，有這樣的感覺嗎？這兩個地區真的有分隔嗎？如果有，那是語言、政治、文化、宗教、經濟還是別的東西造成的？

最主要的是歷史的分隔。在烏克蘭最強烈的分隔不是「西烏克蘭」、「東烏克蘭」，而是舊加利西亞（Galicja／Galicia），也就是原本屬於波蘭，後來被奧地利瓜分的部分。[2] 在十九世

2 這邊指的是波蘭立陶宛聯合王國（Rzeczpospolita Obojga Narodów／Polish–Lithuanian Commonwealth），其領

紀，這裡的學校根本不會教俄語，除此之外，希臘禮天主教會（cerkiew greckokatolicka／Greek Catholic Church）在這裡是受到推崇的。但是在沃里尼亞（Wołyń／Volhynia）地區——雖然這也是西烏克蘭——這些教會就受到排擠、打壓，因為它已經屬於俄羅斯帝國，政府會要人們改信東正教（cerkiew prawosławna／Eastern Orthodox Church），而不是信希臘禮天主教。這邊的重點當然是政治上的依附，希臘禮天主教的領袖是教宗，而非莫斯科的宗主教（patriarcha）。整個希臘禮天主教之所以在波蘭立陶宛聯合王國被創造出來，就是為了讓波蘭東部的領土脫離和沙皇緊密連結的莫斯科宗教中心（這是遵循拜占庭政教合一的傳統），與拉丁文化融合。

所以這是第一個重要的分隔，至於其他的分隔……就無法在地理上清楚劃分。比如位於烏克蘭中南部、黑海邊的港灣都市敖得薩，這是我心目中烏克蘭最美麗的城市，和利沃夫齊名，非常國際化。敖得薩有一個巨型市集叫做「七公里」（Seventh-Kilometer Market），可以當作這個城市的縮影，在那裡，有來自二十一個國家的人在做買賣。而在街上，你可以看見一群穿著哈西德傳統服飾的猶太人，留著辮子，披著禱告披巾，年紀大約二、三十歲，來自當地，而不是從以色列或紐約來。他們邊走邊用手機處理一些事情，和一群留著鬍鬚的土耳其或敘利亞穆斯林擦身而過，整個過程很平靜，充滿尊重和包容，因為敖得薩的氛圍就是如此。

為什麼我要提這件事？因為敖得薩是公認親俄的城市，但這樣說太簡化它了。敖得薩有自己的認同，這是從沙皇時代就開始的。早在一九一四年，它就是在紐約和華沙之後，第三大的猶太人城市，即使在可怕的大屠殺和六、七〇年代的移民潮後，依舊可以從今日的樣貌遙想當時的景況。所以當西方的人們（臺灣也包含在內）說這是一個親俄的城市，他們並沒有看到這個城市的複雜性。那些說自己親俄的人，他們腦海中記得的是蘇聯，而不是今日的俄羅斯。這些人通常是老人，他們懷念的是自己的青春和社會福利帶來的安定，蘇聯提供了他們這種安定，雖然也帶給他們種種不快樂。這些人並不清楚今日的俄羅斯到底是什麼樣子。我遇過很多這樣的人，當他們想到俄羅斯，想的是社會福利和安定，而當代的俄羅斯卻被殘酷的資本主義宰制，那裡的體制比烏克蘭還要殘酷，寡頭經濟帶來的貪腐也比烏克蘭還要腐敗（說到資本主義的殘酷，俄羅斯在世界上名列前茅），規則就像烏克蘭一樣骯髒，也像烏克蘭一樣曖昧不明。

所以，當烏克蘭的人民（比如說克里米亞，或是我剛去過、在那裡待了三個禮拜的頓內

土包含今日波蘭和烏克蘭西南部及中北部，在一七七二年到一七九五年間，這個國家被普魯士、俄羅斯和奧地利瓜分，西南部——也就是梅奇克所說的加利西亞——被奧地利取走，而中北部被俄羅斯取走，這情況一直持續到一次大戰爆發。後來一次大戰後波蘭復國，加利西亞又回到波蘭領土，直到二次大戰爆發。

次克人民共和國和盧干斯克人民共和國）親眼見識到俄羅斯的現實，他們是非常失望的。這和他們記憶中、想像中俄羅斯的樣子，或說俄羅斯應該有的樣子，有很大的落差。他們期待一個不同的國家，但俄羅斯卻給了他們一個烏克蘭體系的複製品。就先不談克里米亞了，在由分裂主義者成立、不被國際承認的頓內次克人民共和國和盧干斯克人民共和國生活有諸多缺點，比如無法進入世界經濟的體系、無法連結世界銀行的系統（在那裡不能使用提款機，不能進行國外匯款）、沒有護照、沒有直飛國外的班機……這種種不便，都讓這些人的失望情緒比原本更嚴重。

你常寫到烏克蘭人的看法、烏克蘭戰俘的經驗、烏克蘭難民所遭受到的傷害，但是我們好像比較少看到「另一邊的故事」，也就是分裂主義者的看法，親俄派的看法，親俄派人民所遭受到的傷害。可否解釋一下原因？

也許這聽起來很奇怪……但是這本書在波蘭是被人當成親俄的，人們認為我花太多篇幅描寫分裂主義者和他們的創傷，但這就是我們波蘭的特殊文化，也就是強烈的恐俄心態所造成的觀感。我並不認為我花了太少篇幅去描寫分裂主義者，這本書的樣貌也和整體的概念有關。它的結構有點像是康拉德的《黑暗之心》，作者／敘事者一直在路上，他一直走一直走一直走……走得愈來愈遠，愈來愈深入現實的恐懼。這趟旅程從利沃夫或甚至從華沙開始，最後結束在象徵性的、與外婆老家公寓的相遇，那是我度過童年暑假的地方。這本書的最後一句話所隱含的意思是：那串我帶去打開那扇象徵性的門的鑰匙——這扇門後面藏著的是對烏克蘭的理解，對烏克蘭各種社會及政治分隔的理解——已經無法開啟任何東西了。

現在我正在準備一本新書，它正是關於「另一邊的故事」。當我說「另一邊」，我指的是，作者所站的位置，正是背向東方、望向西方。這視角確實是在被分裂主義者所掌控的地區的人們的眼光，我在書中所寫的不只是分裂主義者，而是整個社會。所以，這算是《向日葵的季節》的續集。

你回到烏克蘭，發現童年的回憶已經不在了。你回來對母親說了什麼？你覺得你完成了母親交代的任務嗎？

我不知道這要不要寫進訪談……但是這把鑰匙只是一個文學寫作上的手法，一個敘事的技巧。在我的旅程中，我確實緩慢地朝著康斯坦丁諾夫卡前進，鑰匙在我的敘事中成了一個前往當地的理由，讓讀者可以跟隨著它穿越時空——因為這趟旅程不只是空間的旅程，也是時間的。我媽媽沒有期待什麼，特別是，我們的家人已經不住在那裡了。我本來在那裡有兩個表哥和兩個表姊，但是現在，已經沒有人留在分裂主義者掌控的地區。有些人成了境內移民，遷往親烏克蘭的部分，現在住在基輔或哈爾科夫，還有一個親戚去了波蘭，其他人移民到俄羅斯，到莫斯科或羅斯托夫。這就是為什麼那扇門已經打不開了。或許，這把鑰匙無法打開的不是現實中的門，而是這個故事的延伸。這故事一方面是家族的故事，一方面也是二○一三年以前烏克蘭的故事。二○一二年，烏克蘭和波蘭一起舉辦歐洲國家盃足球賽，如果有人不知道烏克蘭的法庭、商界有多腐敗，還有在烏克蘭生活是多麼不容易，光看這場足球賽，搞不好會覺得從東歐的標準看來，烏克蘭是個蓬勃發展的國家，是個正常的國家。然而，烏克蘭的故事被這場戰爭殘忍地打斷了。老實說我不認為這個國家能在十幾二十年內恢復元氣，它的未來發展總是會充滿憂愁與痛苦。

在我看過了烏克蘭，得出了我剛才得出的結論後，我得說，我能告訴我媽媽的故事，真的不是什麼樂觀正向的故事，而是很悲傷的。

現在離獨立廣場革命已經快要四年了，當你回頭看你當時的報導，你覺得有什麼改變，有什麼還是一樣的？你筆下的主角如今在哪裡，在做什麼？

我寫到的人很多，我沒有追蹤每個人的命運，但是簡單說，每個人都試圖在新的現實中找到自己的位置，這現實把他們吹得七零八落、四散各處——我指的不只是地理上的意義，也包括職業和未來人生規劃方面的意義。他們都來到了他們一開始沒有計畫、也從來沒有想過的地方。只有戰爭，才會把一名利沃夫劇院的年輕演員變成志願軍營的司令官，只有戰爭才可能讓這麼荒謬的事發生。

人們離開了他們原本的居住地。在頓內次克，人口下降了三分之一，原本那裡有超過一百萬人口，現在只有七十萬左右。各行各業的專家離開了，工程師離開了，醫師離開了，那裡原本有四家心臟科診所，現在已經一家都沒有，因為沒有員工。工廠無法運作，因為最重要的專家都走了。大學和高等院校的教師也走了，到了波蘭。最後一年的畢業生也走了，因為沒有人會認可頓內次克人民共和國和盧干斯克共和國頒發的畢業證書。即使在俄羅斯，這樣的畢業證書也必須通過額外的認證程序才有效。

烏克蘭本身的情況也很糟。在分析這場戰爭的結果之前，我們先來看看地緣政治的冷硬數據：烏克蘭失去了一大部分自己的領土：克里米亞島和部分的頓巴斯，這是第一點。第二點，它在戰爭中失去大量的人口。第三點，為數眾多的烏克蘭人離開了自己的國家，移民到其他國家去。身為烏克蘭的鄰居，我們在波蘭可以看到大批烏克蘭移民，而且這些移民中不只包含工人，也有許多專業人士。

我最近去了華沙一所很優秀的大學——人文社會科學大學（SWPS，Uniwersytet Humanistycznospołeczny／University of Social Sciences and Humanities）——校長告訴我，半數的學生（不是外國學生，而是學生）來自烏克蘭。這數量很多。而且其他的大學情況類似，其中也包括需要付費的課程。烏克蘭的年輕人不只來波蘭，也到德國和英國，現在烏克蘭人進入申根區不需簽證，所以他們可以憑護照到歐洲各地停留三個月。

接下來，我們來談談錢的問題。烏克蘭幣跌了三倍，薪水卻沒漲，所以烏克蘭的全國人民頓時成了窮光蛋。物價上漲了很多，而人們的購買力——除了超級有錢的商人以外——下跌了三倍。所有生產、財務狀況表、出口、進口的指數……所有對烏克蘭來說有利的東西，看起來都很糟糕。國內生產總值下降了，許多其他的數據也是。

獨立廣場的革命開始之前，政府曾經嘗試一些改革，那些改革都在高層中進行，也有經費，但是它們大部分都陷在這個體制中無法動彈。改革遇到很大的阻力，因為這體系是由貪腐的個人組成：貪腐的法官、貪腐的警察、貪腐的商人、貪腐的檢察官。這些人形成了一個社會組織，這組織是如此習慣舊有的規則，任何在其中的改革都無法前進，就像陷在沼澤泥淖。一開始的時候，改革前進的速度很快，很有衝勁，然後就愈來愈慢，愈來愈慢，愈來愈慢……在基輔及鄰近地區，一切看起來都還很有熱情，充滿了愛國的能量，但是愈到鄉下，愈到底層，這些東西就慢慢消散，就像在沼澤裡一樣。大部分的改革都只是表面上做做樣子。雖然政府從國外請來專家，並且讓他們接部長的位置，以便推動改革——但體制反抗他們。

在這樣的背景下，唯一的正面價值是公民社會的運動，而且隨處可見。公民社會的運動以前在烏克蘭並不存在，甚至在橘色革命後都沒有出現。現在，人們（大部分是年輕人，但也不只如此，也有四十幾歲的中年人）開始建立社會團體，想要做一點事，想要做出改變。這些組織的起源是：二〇一四年志願軍到東部作戰時，人們發起了團體，幫志願軍買裝備，因為烏克蘭軍隊可說是不存在，要什麼沒什麼。人們花自己募款得來的錢，給志願軍買頭盔、甚至是鞋子，這些志願軍經常穿著愛迪達上戰場。後來，這項傳統保留了下來。這些團體的興趣和行動所涉及的範圍很廣，已經遠遠超越了當初支持志願軍的行動。

我們可以看到反貪腐的團體、自助團體、城市社會運動者的團體。你也許會認為他們爭取的東西很老套，比如腳踏車道、公園什麼的……但是這在烏克蘭以前沒有。這些人在如此困難的處境中——尤其是困難的經濟狀況，他們根本沒錢——依然想做出改變。體制一直不斷打壓這些人，但他們撐過了獨立廣場過後的第一個狂熱時期，繼續留下來進行改革。這些開端、這些國中國、這些社會組織慢慢開始和彼此連結，構成了一個平臺，讓人們能進行平面的交流。正是這樣的現象造就了獨立廣場革命，而這樣的現象也一定能改變烏克蘭。

今年是共產革命一百年，從你的角度來看，對俄羅斯、烏克蘭與波蘭的瞭解，你認為共產革命對俄羅斯、烏克蘭和波蘭的後續影響是什麼？

這個問題就像是「法國革命對歐洲有什麼影響？」是可以拿來當博士論文的問題啊。我就大略談一下吧……共產革命最重要的影響，就是它打散、破壞了整個社會的結構，而它的結果我們到今天還在經歷。對俄羅斯來說，共產革命屠殺、消滅、從社會中移除了所有沙皇帝國的菁英，這其中包括俄羅斯的菁英和非俄羅斯的菁英，比如哥薩克菁英、烏克蘭菁英、白俄羅斯菁英。這不只是關於開槍把這些人打死或是送到勞改營。俄羅斯失去了大量的領土，比如波蘭、拉脫維亞、愛沙尼亞……在愛沙尼亞和拉脫維亞原本有許多俄國化的德國少數民族[3]，他們在沙皇帝國時期出任公職，或在外交領域服務，革命後這些人才都沒有了。

另一個影響是經濟上的衰退。雖然史達林實行了許多五年計畫，邱吉爾也說，史達林把俄羅斯從一個農業國家變成工業國家。沒錯，重工業的發展是不可否認的，但是它的代價卻是幾百萬人的死亡，並且創造出一個很荒謬、很不經濟的結構。重工業是俄羅斯發展的重心，但是俄羅斯卻缺乏製造社會基本必需品的工業。人們大量製造T52坦克，而不是在製造明斯克冰箱或Moskvitch汽車。

許多人——尤其是老人——今天依然會懷念蘇聯。很可惜的，我們必須說蘇聯打造一種新人類的企圖成功了。這不只是經濟上的心態、剝奪創新、剝奪冒險精神之類的事，也是關於創造出新的國族認同。在六〇、七〇、八〇年代甚至是今天的烏克蘭，我們依然可以看到很多人無法聲明自己的國籍。他們不說「我是烏克蘭人」、「我是俄羅斯人」或「我是白俄羅斯人」，他們說「我是蘇聯人。」甚至還有一首很著名的歌是這樣唱的：「我的地址不是我家的號碼，也不是我的街道，我的地址是蘇聯。」

在東頓巴斯，我們也可以看到這樣的現象。最近人們在那裡做了一個關於認同的調查，大部分的人（尤其是老人）雖然親俄，也已經經歷過俄羅斯的現實帶給他們的失望情緒，但是當你問他們是誰？他們的回答卻是：他們不是烏克蘭人，也不是俄羅斯人，他們是頓巴斯的居民。這是很荒謬的事，你很難在這樣的情境中找到屬於自己的位置。而這所有的一切，都是一九一七年十月革命的遺產。

3 這邊梅奇克指的是從十二世紀就住在拉脫維亞和愛沙尼亞的波羅的海德意志人（Deutsch-Balten），他們雖是少數，卻是統治階級，從一七一〇到一九一七年之間他們聽命於俄羅斯帝國。

你的作品將在臺灣出版，有什麼想對臺灣讀者說的嗎？

我想對臺灣讀者說什麼？我一點概念也沒有。我從來沒去過臺灣，對臺灣的認識也不多。我不知道，你幫我想一個吧……老實說，我真的不知道，也許，多瞭解東歐？對東歐感興趣？

中文	波蘭文	英文
黑水國際（現已改名Academi）		Blackwater Worldwide
突擊工人		udarnik（俄文）
俄羅斯解放軍	Rosyjska Armia Wyzwoleńcza	Russian Liberation Army
盧恩字母		Runes

作品：書籍、論述、電影

中文	波蘭文	英文
「新地島上的核爆」展覽	Atomowy wybuch na Nowej Ziemi	
《靜靜的頓河》	Cichy Don	And Quiet Flows the Don
〈我們怎樣建設俄羅斯〉	Jak odbudować Rosję	Rebuilding Russia
《大師與瑪格麗特》	Mistrz i Małgorzata	The Master and Margarita
格爾尼卡		Guernica
《魔鬼女大兵》		G.I. Jane
〈森林之歌〉	Pieśń lasu	
《瘋狂麥斯》		Mad Max
《魔鬼終結者2》		Terminator 2: Judgment Day
《兄弟2》	Brat 2	

中文	波蘭文	英文
圖巴札	turbaza	
烏克蘭愛國者	Patriota Ukraina	Patriot of Ukraine
烏克依	Ukry	
烏克蘭國民議會	UNA	
烏克蘭國民自衛隊	UNSO	
烏克蘭起義軍	UPA	
烏爾奇	urki	
吠陀	Veda	
私有化券	voucher prywatyzacji	
傻子凡卡	Wańka	
瓦西亞	Wasia	
瓦西科恐怖分子	wasylkowscy terroryści	
德意志國防軍	Wehrmacht	
《訊息》報	W iesti	Vesti
意志黨	Wola	Volia
雅克-52	Yak-52	Yak-52
卡廷大屠殺	Zbrodnia katyńska	Katyn massacre
澤克	zek	zek
俄羅斯金環	Złoty Pierścień	Golden Ring
「祖母綠城市」育幼院	Izumrudnyj Gorod	
日古廖夫斯柯耶啤酒	Żygulowskie	Zhigulevskoye
俄羅斯聯邦安全局		FSB；Federal Security Service
俄羅斯空降軍	Wojska powietrznodesantowe Rosji	Russian Airborne Troops
去史達林化		de Stalinization
和平共處		peaceful coexistence
新語		Newspeak
帝國師		Das Reich（德）
史達林格勒戰役	Bitwa stalingradzka	Battle of Stalingrad
巴黎公社		la Commune de Pari
歷史重演		Historical reenactment
南俄羅斯（又稱新俄羅斯）		Novorossıya（俄）
2S9自走迫擊炮	2S9 Nona	Newest Ordnance of Ground Artillery

中文	波蘭文	英文
克隆斯塔起義	Powstanie w Kronsztadzie	Kronstadt uprising
「右區」(分裂主義者對右區的稱呼)	prawseki	
右區	Prawy Sektor	Right Sector
私有化	prichwatizacja	
《省報》	Prowincja	
暴動小貓	Pussy Riot	Pussy Riot
俄羅斯電臺「自由」	Radio Swoboda	Radio Svoboda
羅曼諾夫王朝	Romanowowie	House of Romanov
如勝糖果集團	Cukiernicza korporacja "Roshen"	Roshen Confectionery Corporation
火箭推進榴彈		RPG；Rocket-propelled grenade
俄羅斯東正教軍隊	Russkaja Prawosławnaja Armia	
撒冷	Salem	Salem
薩洛	salo	salo
禮炮太空站	Salut	Salyut
薩摩耶人	Samojedzi	Samoyedic peoples
白色沙夏	Saszko Biały	Sashko Bilyi
斯基泰人	Scytowi	Scythians
《今日報》	Siegodnia	
新芬黨	Sinn Féin	Sinn Féin
斯沃博達烏克蘭營	Słobożanszczyna	Sloboda Ukraine
同盟黨	Sojusz	Soyuz
聯盟號宇宙飛船	Sojusz	Soyuz
團結工聯	Solidarność	Solidarity
獨立廣場SOS	SOS Majdanu	
學生建築部隊	SSO；Studienckieje Straitielnyje Otriady(俄文)	
Sich步槍兵	Strzelcy Siczowi	Sich Riflemen
斯瓦洛格	Swaróg	Svarog
「聖靈」教堂	świątynia Świętego Ducha	
全烏克蘭聯盟「自由」	Swoboda	Svoboda
第三次哈爾科夫戰役	Bitwa o Charków (1943)	Third Battle of Kharkov
提特須克	Tituszki	Titushky
三叉戟	Tryzub	

中文	波蘭文	英文
探洞者	grotołaz	caver
格魯烏（俄羅斯聯邦軍隊總參謀部情報總局）	GRU	
烏克蘭國民軍	Gwardia Narodowa Ukraina	
加利西亞	Hałczyna	Galicia
烏克蘭大饑荒	Hołodomor	Holodomor
聖幛	ikonostas	iconostasis
愛爾蘭共和軍	IRA；Irish Republican Army	
約瑟夫・史達林重型坦克	IS	
高加索中心	Kawkaz Centr	
蘇聯國家安全委員會	KGB	
共同住宅	komunałka	communal apartment
帝國財團	Korporacja Imperium	
哥薩克人	Kozacy	Cossacks
庫班哥薩克人	Kozacy kubańscy	Kuban Cossacks
烏克蘭人民運動	Ludowy Ruch Ukrainy	People's Movement of Ukraine
除垢	lustracja	
烏克蘭除垢委員會	Lustracyjny Komitet Ukrainy	
莫爾多瓦人	Mordwini	Mordvins
聶斯特河沿岸摩爾達維亞共和國	Naddniestrzańska Republika Mołdawska	Pridnestrovian Moldavian Republic
聶斯特河沿岸	Naddniestrze	Transnistria
納里克	Narik	
新地島	Nowa Ziemia	Novaya Zemlya
內務人民委員部	NWKD	NVKD
赫魯雪夫解凍	Odwilż	Khrushchev Thaw
少先隊	Organizacja Pionierska	Young Pioneers
烏克蘭民族主義者組織	OUN	OUN
小子	pacany	
地區黨	Partia Regionów	Party of Regions
烏克蘭愛國者	Patiot Ukrainy	Patriot of Ukraine
烏克蘭童子軍「皮拉斯特」	Plast	
尋人啟事	poiskowoczki	
獨立廣場尋人	Poszukiwawcza Inicjatywa Majdanu	

特殊名詞

中文	波蘭文	英文
親衛隊第十四武裝擲彈兵師	14 Dywizja Grenadierów SS	14th Waffen Grenadier Division of the SS
獨立國民軍第一六六支摩托化步兵隊	166. Samodzielna Gwardyjska Brygada Zmotoryzowana	
布羅德第三空軍團	3. Pułk Lotniczy w Brodach	
博格丹・赫梅利尼茨基第三十一隊	31. Liniowa Sotnia im. Bohdana Chmielnickiego	
俄羅斯第四十五摩托化步兵隊	45. Pułk Piechoty Zmotoryzowanej	
阿勃維爾	Abwehr	Abwehr
志願軍艾爾達營	Ajdar	Aidar
沃羅涅日第三看守所	Areszt Śledczy nr 3 w Woroneż	
娘子谷大屠殺	Babi Jar	Babi Yar
班德拉主義者	banderowiec	banderivtsi
巴許麥柯夫幫	Baszmaki	
烏克蘭志願軍亞速營	Batalion „Azow”	Azov Battalion
烏克蘭特種部隊「夜鶯」	Batalion „Nachtigall”	Nachtigall Battalion
全烏克蘭聯盟「祖國」	Batkiwszczyna	Fatherland
別爾庫特部隊	Berkut	
白鐵鎚	Biały Młot	White Hammer
黑布倫瑞克軍團	Czarny Korpus	Black Brunswickers
國際縱隊	brygady międzynarodowe	International Brigades
白科沃公墓	Cmentarz Bajkowy	Baikove Cemetery
契卡	Czeka	Cheka
狄塞爾發動機	diesel	
第聶伯營	Dniepr	
第聶伯一營	Dniepr-1	
頓巴斯石油	Donbas Oil	
俄羅斯志願軍「黑狼」第二特別行動部隊	Dywersyjny 2. Rosyjski Oddział Ochotniczy „Czarne Wilki”	
俄羅斯聯邦安全局	FSB	
《波蘭選舉報》	Gazeta Wyborcza	
哥布林	Goblin	

中文	波蘭文	英文
羅斯托夫州	Rostów	Rostov
羅夫諾	Równo	Rivne
魯比利溫卡	Rublowka	Rublyovka
斯查斯提	Sczastie	
斯拉維揚斯克	Słowiańsk	Sloviansk
斯尼日內	Śnieżne	Snizhne
聖索菲亞主教座堂	Sobór Sofijski	Saint Sophia' s Cathedral
蘇茲達爾	Suzdal	Suzdal
斯維亞托戈爾斯克	Swiatogorsk	Sviatohirsk
沙赫喬爾斯克	Szachtarsk	Shakhtarsk
舍佩蒂夫卡	Szepetówka	Shepetivka
施若米亞	Szromia	
秋明	Tiumeń	Tyumen
提奧多西亞	Teoedozja	Feodosia
多列士	Torez	Torez
托夫贊尼	Towzeni	
烏格里奇	Uglicz	Uglich
格魯舍夫斯基大街	ul. Hruszwskiego	Hrushevsky Street
卡梅露卡街	ul. Karmeluka	
克棉洛夫斯卡街	ul. Kiemierowska	
蘇辛斯卡街	ul. Suszyńska	
運輸街	ul. Transportowa	
大學街	ul. Uniwersytecka	
果戈里街	ulica Gogola	
普希金街	ulica Puszkina	
烏拉山脈	Ural	Ural Mountains
文尼察	W innica	Vinnytsia
莫斯科大公國	Wielkie Księstwo Moskiewskie	Grand Duchy of Moscow
伏拉迪米爾	Włodzimierz	Vladimir
瓦萊尼亞	Wołyń	Volhynia
沃爾庫塔	Workuta	Vorkuta
猶太會堂「金色玫瑰」	Złota Róża	
日托米爾	Żytomierz	Zhytomyr
南俄羅斯（新俄羅斯）	Noworosja	Novorossiya

中文	波蘭文	英文
科雷馬	Kołyma	Kolyma
頓巴斯蘇聯共青團員煤礦	Komsomolcowi Donbasa	
康斯坦丁諾夫卡	Konstantynówka	Kostiantynivka
阿特姆煤礦	Kopalnia Artemugol	
史克羅青斯基煤礦	Kopalnia im. Skoczyńskiego	
彼得巴甫洛夫斯克礦坑	Kopalnia Pietropawłowska	
賽利德煤礦	Kopalnia Selidowugol	
聖約瑟夫天主教教堂	kościół katolicki pod wezwaniem św. Józefa	
克拉馬托爾斯克	Kramatorsk	Kramatorsk
克拉斯諾達爾	Krasnodar	Krasnodar
克里沃格勒	Kriwograd	
克列緬丘格	Krzemieńczuk	Kremenchuk
克里沃羅格	Krzywy Róg	Kryvyi Rih
盧干斯克	Ługańsk	Luhansk
利沃夫	Lwów	Lviv
馬克耶夫卡	Makijewka	Makiivka
馬里烏波爾	Mariupol	Mariupol
馬林卡	Marjinka	Marinka
猶太教燈臺	Menora	
梅塔利斯特	Mietalist	
摩爾多瓦	Mołdawia	Moldova
亞速海	Morze Azowskie	Sea of Azov
黑海	Morze Czarne	Black Sea
諾里爾斯克	Norylsk	Norilsk
新亞速斯克	Nowoazowsk	Novoazovsk
切爾尼戈夫州	Obwód czernihowski	Chernihiv Oblast
外喀爾巴阡州	Obwód zaparpacki	Zaparpattia Oblast
敖得薩	Odessa	Odessa
舍維尼小區	osiedle Siewierny	
自由宮殿	Pałac Wolności	
波爾塔瓦	Połtawa	Poltava
伏爾加河流域	Powołże	Volga region
賽普勒斯	Republika Cypryjska	Republic of Cyprus
諾夫哥羅德共和國	Republika Nowogrodzka	Novgorod Republic

中文	波蘭文	英文
比爾戈羅德	Białogród	Bilhorod
別爾江斯克	Bierdziańsk	Berdiansk
伊爾米諾中央礦場	Centralnaja-Irmino	
哈爾齊斯克	Charcyźk	Khartsyzk
哈爾科夫	Charków	Charkov
哈圖尼	Chatuni	
赫梅利尼茨基	Chmielnicki	Khmelnytskyi
赫雷夏蒂克街	ul. Chreszczatyk	Khreshchatyk Street
切瑞夫科夫卡	Czerewkowka	
切爾卡瑟	Czerkasy	Cherkasy
切爾沃涅	Czerwone	Chervone
傑斯納	Desna	
聶伯城	Dniepr	Dnipro
第聶伯羅彼得羅夫斯克	Dniepropietrowsk	Dnipropetrovsk
頓巴斯	Donbas	Donbas
頓內次克	Donieck	Donetsk
皮爾切斯卡區	dzielnica Pieczerska	
加利利	Galilea	Galilee
古賀斯基森林	Głuchowski Las	
戈爾洛夫卡	Gorłówka	Horlivka
格魯舍夫斯基大街	ul. Hruszwskiego	Hrushevsky Street
伊萬諾—弗蘭科夫斯克	Iwano-Frankowsk	Ivano-Frankivst
伊茲法黎諾	Izwarino	
雅羅斯拉夫爾	Jarosław	Yaroslavl
葉納基耶沃	Jenakijewem	Yenakiieve
尤斯亭諾瓦托耶	Justinowatoje	
加里寧格勒	Kaliningrad	Kaliningrad
卡盧什	Kałusz	Kalush
坎達哈	Kandahar	Kandahar
卡拉重山	Karaczun	
卡廷森林	Katyń	Katyn
克赤	Kercz	Kerch
基洛沃格勒	Kirowograd	Kirovograd
科克捷別利	Koktebel	Koktebel

中文	波蘭文	英文
尤申科	Wiktor Juszczenko	Viktor Yushchenko
維多利亞・札柯娃	Wiktoria Żarkowa	
維塔利・克利奇科	Witalij Kliczko	Vitali Klitschko
維塔利・維亞切斯羅維奇・克里默	Witalij Wiaczesławowicz Krimow	
弗拉迪米爾・康斯坦丁諾夫	Władimir Konstatinow	Vladimir Konstantinov
弗拉迪米爾・馬卡魯夫	Władimir Makarow	
弗拉迪米爾・皮耶多羅維奇・班達爾羅夫	Władimir Pietrowicz Bondariow	
維切斯拉夫・瓦迪米羅維奇・波多米亞羅夫	Wiacześław Władimirowicz Potomariow	
沃迪米爾・梅臣科	Włodymir Mielniczenko	
弗拉基迪米爾・帕拉斯尤克	Włodymir Parasiuk	Volodymyr Parasyuk
「魏倫諾克」	Woronek	
白頭沃瓦	Wowa Biały	
米凱・史齊德		Michael Skilt（瑞典）
法蘭西斯柯・方坦納		Francesco Fontana（義）
賈斯登・貝松		Gaston Besson（法）
羅莎・盧森堡	Róża Luksemburg	Rosa Luxemburg
斯維爾德洛夫	Jakow Swierdłow	Yakov Sverdlov
亞努科維奇	Wiktor Janukowycz	Viktor Yanukovych
科瑪洛夫	Władimir Komarow	Vladimir Komarov
曼施坦因		Erich von Manstein（德）
理查・巴哈		Richard Bach
莫里斯・多列士		M aurice Thorez（法）

地名

中文	波蘭文	英文
狙擊手大道	aleja snajperów	
阿布哈茲	Abchazja	Abkhazia
阿盧普卡	Ałupka	Alupka
阿夫迪夫卡	Awdijiwka	Avdiivka

中文	波蘭文	英文
普利亞	Pulia	
拉姆贊・卡德羅夫	Ramzan Kadyrov	
里納特・阿克梅托夫	Rinat Achmetow	Rinat Akhmetov
羅曼・謝蓋爾維奇・伊凡諾夫	Roman Sergiejewicz Iwanow	
羅曼・舒赫維奇	Roman Szuchewycz	Roman Shukhevych
羅曼・瓦希列維奇・格拉辛屈克	Roman Wasiliewicz Gerasymczuk	
謝爾蓋・阿克肖諾夫	Siergiej Aksionow	Sergey Aksyonov
謝蓋爾・伊凡諾維奇・郭布可夫	Siergiej Iwanowicz Gubkow	
謝爾蓋・卡爾皮卡	Siergiej Karpienka	
謝蓋爾・帕辛斯基	Siergiej Paszyński	
謝蓋爾・魏倫柯夫	Siergiej Woronkow	
史坦尼斯拉夫・羅倫茲	Stanisław Lorentz	
絲塔辛卡	Stasieńka	
班傑拉	Stepan Bandera	Stepan Bandera
斯韋特蘭娜・克拉維秋克	Swietłana Krawczuk	
斯韋特蘭娜・札伊慈娃	Swietlana Zajcewa	
沙米爾・巴薩耶夫	Szamil Basajew	Shamil Basayev
塔拉斯・楚普林卡	Taras Czuprynka	Taras Chuprynka
塔拉斯・費德羅維奇	Taras Fiodorowicz	
塔拉斯・馬特菲耶夫	Taras Matwiejew	
塔拉斯・舍甫琴科	Taras Szewczenko	Taras Shevchenko
特蒂娜・伊莉赫娃・蘇許金娜	Tatiana Ilihewa Suszkina	
塔提娜・瓦迪米柔娜・馬克辛莫娃	Tatiana Władimirowna	
特蒂娜・車娜沃爾	Tetiana Czornowoł	Tetiana Chornovol
瓦丁・西恰斯涅	Wadim Szczastnyj	
瓦丁・提特須克	Wadym Tituszki	Vadym Titushko
華勒利・烏拜屈克	Walery Łubajczuk	
瓦希里・皮雅托夫	Wasilij Piatow	
瓦切斯拉夫・舍維夫	Wiaczesław Szewiew	
維克多・巴許麥柯夫	Wiktor Baszmakow	

中文	波蘭文	英文
米亥・科切拉瓦	Michaił Korczeława	
米亥・皮雅托夫	Michaił Piatow	
米凱・史蒂潘尼區	Michaił Stiepanycz	
米亥・圖魯卡羅	Michaił Turukało	
米亥・安東諾維奇，科瓦蘭科	Michał Antonowicz Kowalenko	
肖洛霍夫	Michaił Szołochow	Mikhail Sholokhov
米亥沃・伊永	Mychajło Ijon	
米科拉・丹尼爾屈克	Mykoła Danylczuk	
娜迪亞・維克多羅芙娜・薩芙申科	Nadija Wiktorowna Sawczenko	Nadiya Viktorivna Savchenko
娜塔莉・安德烈葉芙娜	Natalia Andriejewna	
娜塔莉・齊爾卡奇	Natalia Kirkacz	
娜塔莉・皮耶川科	Natalia Pietrenko	
奈利・史達巴	Neli Sztepa	
赫魯雪夫	Nikita Chruszczow	Nikita Khrushchev
尼古拉	Nikołaj	
尼古拉・安德烈耶夫斯基	Nikołaj Andrijewski	
歐克珊娜・卡托許柯	Oksana Katuszko	
歐克西娜・馬切尤斯	Oksana Marciejus	
歐克珊娜・穆拉夫羅夫	Oksana Murawlow	
奧列格・察廖夫	Oleg Cariow	
歐勒格・盧比奇	Oleg Lubicz	
歐列・索沃維	Oleh Sołowij	
歐勒赫・提亞尼波克	Ołeh Tiahnybok	Oleh Tyahnybok
歐力克山卓・羅伯鄧科	Ołeksandr Łobodenko	Oleksandr Lobodenko
歐力克山卓・穆茲奇克	Ołeksandr Muzyczko	Oleksandr Muzychko
歐列克西	Oleksy Murawlow	
歐希普・馬什查克	Osyp Maszczak	
帕威爾	Paweł	
帕威爾・沙須克	Paweł Saszko	
帕夫洛・拉扎連科	Pawło Łazarenko	Pavlo Lazarenko
皮耶多羅維奇	Pietrowicz	
彼得・阿列克謝耶維奇・波洛申科	Petro Aleksiejewicz Poroszenko	Petro Oleksiyovych Poroshenko
皮奧特・巴伊薩	Piotr Bajsa	
普利亞	Pulia	

中文	波蘭文	英文
葉夫基尼・波坦涅夫	Jewgienij Podaniew	
葉夫基尼・瓦迪米羅維奇・達許科維奇	Jewgienij Władimirowicz Daszkiewicz	
悠莉亞・格理查	Julia Gryca	
尤莉亞・提摩申科	Julia Tymoszenko	Yulia Tymoshenko
尤里・貝列茲	Jurij Berezy	
尤里・伊凡諾維奇・安格伍	Jurij Iwanowicz Angiełow	
尤里・尼格魯	Jurij Negru	
尤里・羅迪諾維奇・施沃	Jurij Rodionowicz Szyło	
尤里・舒赫維奇	Jurij Szuchewycz	Yuriy Shukhevych
卡蒂亞・特莉絲紐克	Katia Trizniuk	
奇里・拉尼多夫	Kirył Łanidow	
克勞蒂亞・迪米崔芙娜・諾維科夫	Klaudia Dmitriewna Nowikow	
康德拉秀夫	Kondraszow	
康士坦丁・切涅佐夫	Konstantin Czerniecow	
斜眼柯利亞	Kosy Kolia	
克莉絲汀娜・科科索娃	Krystyna Koksowa	
萊麗莎・派翠芙娜・哥薩克—柯維特卡	Łarysa Kosacz-Kwitka	Larysa Petrivna Kosach-Kvitka
布里茲涅夫	Leonid Breżniew	Leonid Brezhnev
列昂尼德・加達茨基	Leonid Gadacki	
列昂尼德・克魯	Leonid Król	
庫奇馬	Łeonid Kuczma	Leonid Kuchma
烏克蘭萊絲雅	Łesia Ukrainka	Lesya Ukrainka
列夫・米林斯基	Lew Mirimski	Lev Mirimski
馬克辛・庫羅曲金	Maksym Kuroczkin	
馬克辛・魯西臣卡	Maksym Ruszczenka	
馬克辛・弗拉迪米羅維奇・斯格普尼科夫	Maksym Władimirowicz Skripnikow	
瑪麗亞・費德羅芙娜・薩芙中科	Maria Fiodorowna Sawczenko	Maria Feodorovna Savchenko
瑪麗亞・尼古拉葉芙娜・施瓦	Maria Nikołajewna Szyła	
馬克・費金	Mark Fejgin	Mark Feygin
布爾加科夫	Michaił Bułhakow	Mikhail Bulgakov

中文	波蘭文	英文
波格旦・杜巴斯	Bogdan Dubas	
波格旦・科廷屈克	Bogdan Kotinczuk	
博格丹・赫梅利尼茨基	Bohdan Chmielnicki	Bohdan Khmelnytsky
波格但・赫里尼科夫	Bohdan Chrenikow	
波里斯・費拉托夫	Borys Fiłatow	Borys Filatow
老加圖	Kato Starszy	Cato Maior
門德列夫	Dmitrij Mendelejew	Dmitri Mendeleev
迪米崔・亞羅什	Dmytro Jarosz	Dmytro Yarosh
狄米崔・柯爾雄	Dmytro Korszun	
焦哈爾・杜達耶夫	Dżochar Dudajew	Dzhokhar Dudayev
愛德華・馬克辛莫維奇・米亥炎科	Edward Maksymowicz Michejenko	
捷爾任斯基	Feliks Dzierżyński	Felix Dzerzhinsky
嘉琳娜・皮耶楚夫娜	Galina Pietrowna	
傑內第・阿克賽若德	Giennadij Axelrod	
傑內第・波格洛夫	Giennadij Bogolubow	Gennadiy Bogolyubov
傑內第・莫斯卡	Giennadij Moskal	Hennadiy Moskal
格里高利	Grigorij	
傑內第・科邦	Hennadij Korban	Hennadiy Korban
伊戈爾・法蘭奇克	Igor Franczuk	
伊戈爾・利嘉裘夫	Igor Ligaczow	
伊戈爾・索羅金	Igor Sorokin	
伊戈爾・斯特列爾科夫	Igor Striełkow	Igor Strelkov
伊戈爾・柯羅莫伊斯基	Ihor Kołomojski	Ihor Kolomoyskyi
艾瓦佐夫斯基	Iwan Ajwazowski	Ivan Aivazovsky
伊凡・楚馬蘭科	Iwan Czumarenko	
伊凡・費德羅維奇	Iwan Fiodoworicz	
伊凡・諾維科	Iwan Nowotka	
伊凡・塔倫	Iwan Taran	
揚・巴蘭朵斯基	Jan Parandowski	
亞羅絲娃	Jarosława	
葉赫・索伯列夫	Jehor Sobolew	Yehor Soboliev
葉夫基尼・安	Jewgienij An	
葉夫基尼・哈維奇	Jewgienij Chawicz	
葉夫基尼・盧比奇	Jewgienij Lubicz	

附錄　中波英名詞對照表

人名

中文	波蘭文	英文
阿卜杜勒—哈利姆・薩杜拉耶夫	Abdul-Chalim Sadułajew	Abdul-Halim Sadulayev
阿妲・雷巴屈克	Ada Rybaczuk	
亞歷山大・喬治耶維奇・亞格魯	Aleksander Gieorgijewicz Jegorow	
亞歷山大・梅尼克	Aleksander Melnik	
普希金	Aleksander Puszkin	Alexander Puszkin
亞歷山大・魯樂夫	Aleksander Rulew	
亞歷山大・畢維克	Aleksandr Byłyk	
亞歷山大・伊薩耶維奇・索忍尼辛	Aleksandr Isajewicz Sołżenicyn	Aleksandr Isayevich Solzhenitsyn
亞歷山大・弗拉迪米羅維奇・巴提涅夫	Aleksandr Władimirowicz Bartieniew	
阿列克謝・賀利采	Aleksiej Cholica	
阿列克謝・彼特洛維奇	Aleksiej Pietrowicz	
阿列克謝・斯達漢諾夫	Aleksiej Stachanow	Alexey Stakhanov
安娜絲塔西亞・卡爾波夫納	Anastasja Karpowna	
安納多・舒路德克	Anatol Szołudko	Anatol Szoludko
弗拉索夫	Andriej Własow	Andrey Vlasov
魯布烈夫	Andriej Rublow	Andrei Rublev
安德烈・貝列茨基	Andrij Bielecki	
安德烈・伊凡諾維奇・伊尼茨基	Andrij Iwanowicz Ilnincki	
安琪拉・車娜柯	Angela Czenako	
安東尼・皮耶多羅維奇・札列許屈克	Anton Piotrowicz Zaleszczyk	
阿卡第・尤里葉維奇	Arkadij Jurijewicz	
阿爾謝尼・亞采尼克	Arsenij Jaceniuk	Arseniy Yatsenyuk

*本表按波蘭文首字排序

關於作者

伊戈爾・T・梅奇克（Igor T. Miecik），波蘭最優秀的報導文學作家之一，在這一行已經有二十多年經驗，是研究東歐（俄語區）議題的專家。多年來，他遊歷各個前蘇聯國家，寫下他的所見所聞，著作包括《14:57 到赤塔的火車》、《帶刺刀的卡秋莎多管火箭炮——蘇聯的十四個祕密》及《向日葵的季節》。梅奇克的報導曾得到 Grand Press、國際特赦組織、波蘭記者協會等頒發的獎項，而《14:57 到赤塔的火車》更在二〇一三年被提名卡普欽斯基國際報導文學獎。

關於譯者

林蔚昀，詩人，作家，譯者。英國布紐爾大學戲劇系學士，波蘭亞捷隆大學波蘭文學研究所肄業。多年來致力在華語界推廣波蘭文學，於二〇一三年獲得波蘭文化部頒發波蘭文化功勳獎章，是首位獲得此項殊榮的臺灣人。著有《我媽媽的寄生蟲》（本書獲第四十一屆金鼎獎）、《易鄉人》，譯有《鱷魚街》、《如何愛孩子：波蘭兒童人權之父的教育札記》、《黑色的歌》等作。

紅 書系
熱情的議論 15

向日葵的季節

Sezon na słoneczniki

作者	伊戈爾・T・梅奇克（Igor T. Miecik）
譯者	林蔚昀
總編輯	莊瑞琳
責任編輯	夏君佩
封面設計	王小美
內文排版	宸遠彩藝

社長	郭重興
發行人兼出版總監	曾大福
出版	衛城出版
發行	遠足文化事業股份有限公司
地址	23141 新北市新店區民權路 108-2 號九樓
電話	02-22181417
傳真	02-86671065
客服專線	0800-221029
法律顧問	華洋法律事務所 蘇文生律師
印刷	盈昌印刷有限公司
初版	2017 年 9 月
定價	400 元

填寫本書線上回函

向日葵的季節 / 伊戈爾・T・梅奇克(Igor T. Miecik)著 ; 林蔚昀譯.
-- 初版. -- 新北市 : 衛城出版 : 遠足文化發行, 2017.09
冊 ;　公分. -- (紅書系 ; 15)
譯自：Sezon na słoneczniki

ISBN 978-986-94802-5-3（平裝）

882.157　　106013978

BOOK INSTITUTE
©POLAND
This publication has been supported by the ©POLAND Translation Program
本著作獲得波蘭翻譯計畫補助

ACRO POLIS
衛城出版

Email acropolis@bookrep.com.tw
Blog www.acropolis.pixnet.net/blog
Facebook www.facebook.com/acropolispublish

● 親愛的讀者你好，非常感謝你購買衛城出版品。
我們非常需要你的意見，請於回函中告訴我們你對此書的意見，
我們會針對你的意見加強改進。

若不方便郵寄回函，歡迎傳真回函給我們。傳真電話 —— 02-2218-1142

或上網搜尋「衛城出版FACEBOOK」
http://www.facebook.com/acropolispublish

● 讀者資料

你的性別是 □ 男性 □ 女性 □ 其他

你的職業是 ______________ 你的最高學歷是 ______________

年齡 □ 20 歲以下 □ 21-30 歲 □ 31-40 歲 □ 41-50 歲 □ 51-60 歲 □ 61 歲以上

若你願意留下 e-mail，我們將優先寄送 ______________ 衛城出版相關活動訊息與優惠活動

● 購書資料

● 請問你是從哪裡得知本書出版訊息？（可複選）
□ 實體書店 □ 網路書店 □ 報紙 □ 電視 □ 網路 □ 廣播 □ 雜誌 □ 朋友介紹
□ 參加講座活動 □ 其他 ________

● 是在哪裡購買的呢？（單選）
□ 實體連鎖書店 □ 網路書店 □ 獨立書店 □ 傳統書店 □ 團購 □ 其他 ________

● 讓你燃起購買慾的主要原因是？（可複選）
□ 對此類主題感興趣 □ 參加講座後，覺得好像不賴
□ 覺得書籍設計好美，看起來好有質感！ □ 價格優惠吸引我
□ 議題好熱，好像很多人都在看，我也想知道裡面在寫什麼 □ 其實我沒有買書啦！這是送（借）的
□ 其他 ________

● 如果你覺得這本書還不錯，那它的優點是？（可複選）
□ 內容主題具參考價值 □ 文筆流暢 □ 書籍整體設計優美 □ 價格實在 □ 其他 ________

● 如果你覺得這本書讓你好失望，請務必告訴我們它的缺點（可複選）
□ 內容與想像中不符 □ 文筆不流暢 □ 印刷品質差 □ 版面設計影響閱讀 □ 價格偏高 □ 其他 ________

● 大都經由哪些管道得到書籍出版訊息？（可複選）
□ 實體書店 □ 網路書店 □ 報紙 □ 電視 □ 網路 □ 廣播 □ 親友介紹 □ 圖書館 □ 其他 ______

● 習慣購書的地方是？（可複選）
□ 實體連鎖書店 □ 網路書店 □ 獨立書店 □ 傳統書店 □ 學校團購 □ 其他 ________

● 如果你發現書中錯字或是內文有任何需要改進之處，請不吝給我們指教，我們將於再版時更正錯誤

23141
新北市新店區民權路108-2 號 9 樓

衛城出版 收

● 請沿虛線對折裝訂後寄回, 謝謝!

ACRO POLIS 衛城出版

紅
書系
熱情的議論